有爱的青春陪伴者

和你不仅是喜欢

I LOVE YOU

—— 飒飒 著

花山文艺出版社
河北·石家庄

图书在版编目（CIP）数据

　　和你不仅是喜欢 / 飒飒著. -- 石家庄 : 花山文艺出版社, 2021.4
　　ISBN 978-7-5511-5571-7

　　Ⅰ. ①和… Ⅱ. ①飒… Ⅲ. ①长篇小说－中国－当代 Ⅳ. ①I247.5

中国版本图书馆CIP数据核字(2021)第037694号

书　　名	和你不仅是喜欢
	HE NI BUJIN SHI XIHUAN
著　　者	飒　飒
统筹策划	张采鑫
特约编辑	不　夏
责任编辑	郝卫国
美术编辑	胡彤亮
责任校对	卢水淹
装帧设计	周　丽　西　楼
封面绘制	liliz
出版发行	花山文艺出版社（邮政编码：050061）
	（河北省石家庄市友谊北大街330号）
销售热线	0311-88643221/29/35/26
传　　真	0311-88643225
印　　刷	长沙鸿发印务实业有限公司
经　　销	新华书店
开　　本	880×1230　　1/32
印　　张	9
字　　数	275千字
版　　次	2021年4月第1版
	2021年4月第1次印刷
书　　号	ISBN 978-7-5511-5571-7
定　　价	39.80元

（版权所有　翻印必究·印装有误　负责调换）

目录
CONTENTS

/ 第一章 /
初见 · 001

/ 第二章 /
再遇 · 015

/ 第三章 /
实习 · 028

/ 第四章 /
相处 · 047

/ 第五章 /
新闻 · 066

/ 第六章 /
风波 · 078

/ 第七章 /
下乡 · 098

/ 第八章 /
相亲 · 112

/ 第九章 /
告白 · 132

/ 第十章 /
生活 · 151

目录
CONTENTS

/ 第十一章 /
年关 · 171

/ 第十二章 /
仪式 · 187

/ 第十三章 /
分别 · 200

/ 第十四章 /
星系 · 212

/ 第十五章 /
灿灿 · 224

/ 第十六章 /
尾声 · 246

/ 番外一 /
不知道的事 · 269

/ 番外二 /
去旅行 · 274

/ 番外三 /
他们的故事 · 279

第一章 / 初见

我真名叫陈燃。

这名字是外公取的,我大概能想到他取名时寄托的美好寓意,鲜明热烈的一生吧。然而我没能如他老人家的愿,截至目前27年的旅途,没有一次"燃"的时刻。

用我妈的话说,我是个油盐不进的萎靡孩子;用闺蜜梁齐的话说,我浑身散发着"丧丧"的气质。

过分了啊。没有这么不堪,我就是一个普通的、不太积极阳光,但还是努力生活着的大龄女青年。

上面讲到我的真名,可想而知还有个假名,是笔名。我常介绍自己是一个讲故事的人,这是一种修辞手法,其实就是网络写手,名不见经传的那种。

也没有全职写作,毕竟这事容易养不活自己。我有工作,而且也和文字相关。

我是当地日报社记者。

近几年整个圈子都在唱衰纸媒,唱着唱着,它还真衰了。三年前,我新闻专业研究生毕业,没能赶上纸媒最后的辉煌,要不怎么兼职写小说呢?能赚一点是一点。

上学的时候还是有些新闻理想的,想当调查记者,很酷很有意义。

毕业后如愿进入了报社，也是实力与运气兼具吧，咳。

去年，在一次暗访中被打，我伤得不轻。是的，没想到当记者还有生命危险。

最可气的是，后来稿子被拦下，这事不了了之，还害我被动休息两个月。如果见诸报端，尚且对得起我的名字，白挨打算什么？只能算尿包。

扯远了，这些事就不多说了，吃饭不能砸碗。

总之，从那以后，调查记者我也不想当了，老老实实跑学校，一直混到现在。每周去单位一次，开选题会，其他时间做做采访，写写稿子，顺便在网络上兼职码字。

读者嘛，没多少，赚的钱堪堪够我喝一个月咖啡。

这就是本人的大体背景。

为什么说这些呢？因为今天不写小说，想讲一讲自己的事，"轶"事。

就从那次报道说起吧。

那天是周五，一个下雨天。

檀大举办基础科学年会，邀请记者前往报道。

我最喜欢这种活儿，签个到领车马费，然后拿着学校的通稿稍微改改就能完成任务，轻松又体面。

会议早上九点在学校多功能厅开始。我准时入场找到自己的桌牌坐定，随即拿出笔记本电脑，开始码字。

对，写我的网络小说。

写小说是一件很费脑子的事。一会儿沉默思考状，一会儿茅塞顿开状，在外人看来简直不能再认真了，深刻领悟会议精神，实际根本没留意场上的进展。

完全在忘我的境界。

直到旁边有人提醒，我才回过神，发现场上所有人都用期待的目光看着我。

难道写着写着又不自觉哼出歌来了？这是第一个冒出来的想法，我一脸蒙还佯装淡定。

"对，就是这位穿黑色衬衫的记者，请您提问。"场上一位主持人模样的女士指向我。

我低头看了一眼自己的黑色衬衫。

还安排了记者提问环节？可是为什么随机叫人？我后来才察觉自己一直用右手撑着头，看起来极像要举手发言。

总之，我只好硬着头皮站起来。事先没有任何准备，会上又没听一个字，我拼命在脑子里搜索有什么问题放之四海皆准。

"您有什么问题问我们的顾教授呢？"女主持适时提醒。

顾教授？围绕他问个无关痛痒的问题即可。

我目光搜索这位主讲人，可女主持旁边只有一高个子男生，白衬衫外套着灰毛衣，戴着金丝边眼镜，容貌不太清晰，但看上去年纪不大。

这就是顾教授？这个岁数当助教尚且年轻。

我心里诧异，怕再闹出什么笑话，稳妥起见先官方地称呼一句，果然男生点了点头。

"您……这么年轻，请问是如何平衡学术研究和自己的呢……个人生活呢？"

啊，太水了，不像个正经记者。

我偷偷放倒了自己的桌牌。

问题一出，没想到反响还不错。我猜他们也听不懂高深的基础科学，云里雾里半天总算逮到一个接地气的问题，会场顿时轻松起来。

就是这帮吃瓜群众给的勇气，让我好死不死地补充了一句："比如说，您结婚了吗？"

女主持笑场了，不专业。

我看不清顾教授的表情。只见他身形稍微晃了晃，举起话筒，片刻听到声音，是与年龄不相符的低沉。

"没有。"他一本正经地回答，"不需要平衡，我的生活基本都是工作。"

场下有零碎的嘘声，这个回答比我的提问还水。

应付了事，我刚要坐下，年轻的男生又淡淡地开口了：

"这位女士如果想给我增加些个人生活，我欢迎。"

掀起一阵起哄。

哦嚯,反应够快的,还将了我一军,好样的。

这事绝对没几天就会在圈子里口耳相传,权当给他们个乐子吧。我跟着大家笑了笑,用300度的近视眼模糊地瞪了他一下。

想继续埋头码字,结果思路已经断了,我只好关上电脑,浑浑噩噩地听完最后十分钟,光速离场。

看到这里,你们是不是知道男主角是这位顾教授了?

是他,可我当时不知道啊。

让我继续讲。

离开会场之后,我去了行政楼,一来是要通稿,二来顺便打个招呼。

檀大宣传处的负责人,是一位50岁的大姐,姓蔡。这一年我没少跑学校做报道,跟她混得比较熟。

这位蔡姐热衷于给人介绍对象,她是我众多媒婆中唯一一位还在坚持的,足见学校男青年的婚恋情况有多糟糕。

大家知道吧,这种单位里上了年纪的大姐都喜欢牵线搭桥,报社也一样。好在我战绩卓著,拉黑过不下十个相亲对象,就没人再给我介绍了。

除了她,上个月还给我介绍了一博士。

年纪大,没头发,嗯。

一进门,蔡姐正在喝茶。

"上回给你介绍的杜博士怎么样?你有没有跟人家聊呀?"

"聊了,不太合适。"如果表情包算聊天的话。

"小陈啊,要求别这么高,人家杜博士非常优秀的,对你印象也不错。"蔡姐苦口婆心状。

瞎编,印象哪里来的?表情包里吗?我没有反驳,装作不好意思地笑了一下。

她放下茶杯,慢悠悠地打开电脑把通稿发来。

我大致扫了一眼,里面有一段专门介绍了顾教授,名叫顾轶,1990年出生,归国人才,破格提拔。

蔡姐探过头来:"你刚才听顾教授讲座了吧?小伙子很年轻,非常优秀。"

顺着刚才的话题,我也是逗趣问了句:"蔡姐,那您怎么没给我介绍这位呢?"

她先是愣了一下,然后露出一个尴尬却不失得意的笑容:"陈燃,你知道托我介绍小顾的女老师有多少吗?排队能排到校门口。"

呵呵,我真是嘴欠。你们有没有听过这么一种说法,别人给你介绍的对象是什么样,就说明你在别人心中是什么层次。

"明白明白,肥水不流外人田嘛。"我打了个哈哈,收拾东西准备打道回府,临走时她还在提醒我要多跟杜博士联系。

回头我就把他拉黑。

学校提供的通稿一向质量不错,这次我也没费什么劲,直接在楼下咖啡馆改完就发给编辑。

咖啡还没喝完,主编来电话了,一个快退休的老头儿,不,老同志。

"小陈啊,"是他标志性的沙哑声音,"你上午去檀大了吧,有一个90后的教授?"

"对,您过后看我稿子里写的有。"

"90后当教授,不得了啊,全国也没几个吧?"他绕着弯子。

"是……很优秀?"我真的是被蔡姐带跑偏了。

"要有新闻敏感知道吗?"他加重语气,终于讲到正题,"做一期专访。我看别的媒体也在约了,抓紧。"

"嗯……"我迅速想了一圈,没找到拒绝的借口,"好的。"

挂了电话,我立马折回宣传处,跟蔡姐约专访。

我进门时,她正在接电话,听起来是都市报记者。果然,这些媒体饿狼扑食一样都在蠢蠢欲动。

但日报到底是"嫡出",销量虽然不行,名头上还是镇得住。经过与院系的一番沟通,我顺利约上了专访时间,占用顾教授课后的宝贵半小时。

采访就要做些功课了。

查了一些资料，无非是生平介绍、研究成果、学术成就之类。顾轶教授是学数学的，我从小对数学老师没好感，因为感觉他们严肃、龟毛且脾气不好。

这里形容的是本人的中学数学老师。

总之稍微有点心理阴影，导致我数学也很差，恶性循环更加讨厌数学。

言归正传，我周六在家拟了个采访提纲，问题比较中规中矩，主要围绕回国任教和学科建设。提纲通过蔡姐传达给顾轶，大概第二天中午得到了回复。

他全盘否定了我的采访内容。

蔡姐转发给我的原话是："这些问题太泛泛了，我在其他采访都回答过，没有意义。"

Excuse me？是想让我挖掘不为人知的秘密吗？圆了我调查记者的旧梦？

从业三年老娘还没见过这么难采的对象。

而且他完美踩点了我中学数学老师的关键词你们发现了没有？

严肃、龟毛，想必脾气也不好。

经验之谈，采访前就难搞的对象，后期还会有更多幺蛾子，新闻稿改个七八遍发不出去都有可能。我从来不给自己找麻烦，转头就打了几通电话给同事，想把活儿推出去。

但大家都不接，说这是主编钦点让我专访的。

行吧，没办法了。

我打了个电话给蔡姐，表示这些问题都是领导定的，要不让顾教授自己拟问题，要不就按照我的大纲走。

后来他妥协了。

应该说，我天真地以为他妥协了。

周一，按照约定的时间，我在教室门口等顾教授下课。

透过门玻璃，我认真地看了他的长相。

实话实说，相亲对象排到校门口，合理。他个子高，皮肤白，五官立体，干净利落，概括一下四个字——肤白貌美。

而且身上有种沉稳，看起来年轻却不意气。如果在校园里偶遇，我会以为他是艺术系助教之类，无论如何想不到是数学系荣誉傍身的教授。

但是，他否定我的大纲、质疑我的专业，是一个极不配合的采访人物。这种背景下，我岂会被美色所惑？

铃声准时响起，里面的课也刚刚好结束。几秒钟后，门被推开，学生一拥而出。我看人走得差不多了才进入教室，讲台前还围着几个学生正在问问题。

顾教授抬眼扫到了我，隔着人说了句："是陈燃记者吗？你稍等。"

我点点头，其实心里已经不爽。一共就留半小时，还要再等，到时采访素材不够，我岂不是要跑两趟？

余光瞄到一两个女生不断地回头打量，我没在意，只是一直看表掐着时间，超过十分钟就要把这几个人都拎出去。

结果五分钟的时候，没听清顾教授说了句什么，大家作鸟兽散。教室里只剩我俩。

"在这里采访，还是……"我向前一步。

他点点头，找了个前排座位，示意我也坐下。

"就在这儿吧，我办公室不在这栋楼。"

"大纲您看过了，那我就开始了。"我公式化地直奔主题，"介意我用录音笔吗？"

"不介意。"说着，他把眼镜摘下来，按了按眼睛，笑道，"你确定要按照大纲问题采访吗？"

"您什么意思？"我已经放在录音笔开关的手指没按下去。

"那些问题的回答我可以发给你。"他挑了挑眉，"我已经答过很多次，有现成的答案，没必要在这儿浪费时间。"

我怎么说来着，果然是个难搞的角色。

我深吸一口气，抿了抿嘴："您的意思是，今天的采访到此结束了？"

"还有二十分钟，"他看了眼表，"你可以问点别的。"

这时我才反应过来，原来还是要替换问题大纲。

按他的说辞，拿到高重复率的材料意义不大，到时稿子被编辑退回，反而平添负担。

吃瘪。

"好吧，那我们开始。"我迅速在脑子里构思了几个问题，打开录音笔放在桌上，"您是90后，在这条路上的同龄人可能博士还没毕业，而您已经被聘为教授了。对此会感到压力吗？"

他身体前倾了一下，是有话要说的表现。

我赶紧拿起笔记录。

"压力会有，但不是来自年纪，你所说的同龄人跟我也没有可比性。"

我刚写下几个字，听到后半句又停了下来——要不要这么嚣张，一点都不正能量我怎么写稿？

"那您说的压力来自哪里呢？"我只能顺着他的话头。

"科研和教学的平衡问题。"他眼睛终于有神，看来碰到想回答的问题，但又突然笑了一下道，"不是学术和个人生活的平衡，你那天的提问就差一点点。"

我稍微愣了下，还没想好怎么接话，他继续说了起来："我每周12个课时，等下还有节课。我在教学上是缺乏经验的，而且也认为老师不能脱离课堂，所以有限的精力下，跟个人研究势必会有矛盾。当然了，很多老师都有这个平衡问题……"

他讲得很认真，我边听边记。这一个问题还没说完，他停下看了看表，时间已经到了。

"今天来不及了。"他作势起身，"抱歉，再约时间？"

我还在记录，笔动得飞快，匆匆抬眼道："可以，看您。"

"就明天中午吧，楼下咖啡馆。"

他动作很快，道个别就匆匆离开，剩我一边收拾东西一边苦恼。

一个问题讲了二十分钟，毋庸置疑就是他想表达的点。我越听到后面越清晰，这是想要改革，让教学归教学，科研归科研，现下学校两边都给硬指标，很多老师无法兼顾。

不是没听过这种论调，也不否认其合理性。我其实完全赞同他的想法。

但是这稿子不符合"归国任教建校爱校"的定调，跑偏了十万八千里，怎么写？能发得出去吗？

啊，为何为难我胖虎。

我只想轻松完成工作而已啊。

太难了。

那天回家，我又把录音反复听了两遍，再次确认内容不符合主旨，最多放在结尾略带一笔。顾轶把大纲问题的回答也发了过来，如我所料，重复表述用不了。

这么一看，手上的采访素材，加上人物介绍凑数，满打满算也就能出 500 字，篇幅远远不够。于是我怒列 15 个问题，带着一种必胜的决心再次出发，会会我们的顾教授。

我提前二十分钟到达了咖啡馆，特地找了一个靠里的位置，尽量营造安静的采访环境。坐定后，把问题拿出来熟悉了几遍，试了试录音笔，一切就绪，边喝咖啡边等顾轶出现。

没多久，抬头透过桌椅间隙看到他开门进来，时间刚好。这次顾教授没戴眼镜，穿了宽松的卫衣和运动裤，像赴一场普通约会。

容易让人恍神啊，觉得自己是个等待男友下课的小女生。

想什么呢陈燃！

沉住气，我抬手示意。

"你好。"他走过来，停在桌子旁边没有落座，目光扫了一圈，"方不方便换个位置？"

"啊？"我自认为选了一个非常棒的座位。

"坐那边如何？"他手指向门口。

采访环境都要求尽量安静封闭，哪有人喜欢坐大门口，再说人来人往的，我收音都成问题。

不行，本人必须表达专业诉求。

"我还是建议尽量靠里侧，采访环境好一些。"为增加士气，我也站起身。

两个人相持不下。片刻，他笑了："不好意思，我明白，这是我的习惯问题。"

都这么说了，而且他一直不落座，我也不好再坚持，只好依言移步门口。

换个座位的工夫，我已经预感这次采访又要扑街。但是没想到，后面的采访顾教授非常配合，15个问题一条不差，内容充实远远超出我的期待。

聊完最后一个话题，我看了看表，已经过去一小时。

"辛苦您了，非常感谢配合。"我收起录音笔，"后续我们摄影记者要来给您拍个照，哪天方便呢？"

他往后一靠，沉吟片刻道："拍照可能不太方便。"

又来了又来了，又作什么妖？

我收拾东西的手一僵，不解夹杂着不满直接写在了脸上。

"不方便？"

"嗯，会给我带来困扰。"他一本正经。

他说得太严肃，我一时竟无言以对。一般这种情况多出现在暗访或涉及新闻人物保护时，正常的专访极少有拒绝出镜的。

顾轶一个大学老师，他照片满网上飞。新闻照片就不说了，还有七七八八的学生偷拍，什么"我最帅的男老师"之类，周末我查资料的时候搜出一堆。

真不是在为难我胖虎？

"这样吧，我们相互帮个忙。"他慢条斯理，"你帮我个忙，我配合拍照。"

这番话听完，我更加一头雾水。

"我帮你个忙？"连"您"字都顾不上了。

"对，很简单，相个亲吧。"

我愣住，饶是脸皮厚如墙，也感觉一阵发烫。

发完烫是恼羞成怒，耍老娘呢？

他可能看我表情不善，身体坐直了些补充道："无意冒犯，是假装相个亲。我回国后太多同事、长辈介绍，占用时间精力，确实是一个困扰，所以想请你……"

原来是这个意思。

蔡姐说过给他介绍的相亲对象排到校门口，算起来我还是那个排不上队的，没想到一下子走了快速通道啊。

"想拿我打掩护？"理解能力满分。

他大概没想到我这么干脆，反应几秒才缓缓点头："算是吧。"

我不动声色，心里盘算这买卖值不值得做。编辑说过给专访留半版，没有照片的话还真撑不起来。

"怎么帮？"

他低头看了看表："再坐一会儿，十分钟就好。"

不知道他葫芦里卖的什么药，但是再坐一会儿也没损失，我索性就等等看。

两个人就这么面对面坐着，谁也没再说话。每一秒都那么长，气氛那叫一个尴尬。

顾轶时不时看向窗外，突然眼神聚焦，然后一个起身坐到了我旁边，他不知道从哪儿变出一支吸管，往面前喝了一半的咖啡杯里插进去。

一个杯子两支吸管，关系一目了然。

聪明，简直要为你鼓掌了。

我余光观察到一个约莫30来岁的女士进了门，她很快看到挤在一起的我俩，表情瞬间震惊又八卦，僵硬地打了声招呼："顾教授，你也在这儿。"

顾轶客气地点点头："李老师。"然后就只顾着偏过头看我，低语，"还吃点什么吗？"

这位李老师颇有些尴尬，转身走到点餐台，然后全程低头玩手机。不一会儿，她拿着一杯咖啡离开了，走到门口还跟我们道了声再见。

顾轶见她出了门，才回到自己座位，看起来有点疲惫地揉了揉眼睛。

"这是你相亲对象？"看起来三十多了吧，蔡姐不厚道啊！

"不是。"他瞥了我一眼，"我们系教学秘书，她知道了全系就都知道了。"

我听完突然想通了今天整个流程。

采访是他安排在这儿的，早已算好"小喇叭"李秘书经常这个时间来买咖啡，故意找靠门口的位置被她发现。这消息一传，不出半天全校媒婆都知道他名草有主。

我惊呆了，说真的。

"干吗这么看着我？"

缓过神来，我赧然摆手："摄影记者叫林文昊，他明天会联系……您。"

他点点头："不好意思，但谢谢你了。"

"不敢不敢，稿子我写完会发给您确认。"说完我起身，互道再见后离开了学校。

这就是跟顾教授的第三次见面。

话说，记得我之前形容的数学老师吗？

再加一点——精明。

我稿子还没写完，先接到了林文昊的电话。

"陈燃，跟采访对象谈恋爱，真有你的。"

原以为这消息只在学校范围内传传，认识我的人毕竟少，不会造成什么影响。结果……老娘出名了？

"谁告诉你的？"

"我今天去过学校了，给你的顾教授拍照。"他特意强调。

"呵，他跟你说的？"顾轶不像这种自找麻烦的人啊。

"不是，都传开了，他们系的老师拉着我问你的情况。"

"小喇叭"李秘书果然厉害。

"那你怎么说？"

"我说你是我前女友啊。"

"林文昊！"我当时正在床上吃苹果，瞬间脊背坐直，"你能不能好好说话？"

电话那头的人笑出声来："逗你的，哪敢搞破坏，等下你嫁不出去我可承担不了这责任。"

我真是懒得理他，但为了避免误会，还是耐下心解释外加威胁道："警告你，别乱说话啊，顾教授那边我只是好心帮忙，没别的关系。"

他理解了半天："合着你没跟他谈恋爱，是帮人家打掩护呢？"说完又是哈哈几声大笑。

"你真欠扁。"我恨恨地把手机移到面前，对着底端麦克风喊，"照片发给我选下，再见！"

气得我苹果都吃不下了。

这个林文昊，是我们报社的摄影记者。

没错，也是本人前男友，虽然只交往了短短两个月。

我俩恋爱纯属单位大姐撮合介绍的产物，所以为什么我讨厌相亲呢？因为一旦你看这个人还可以，就会在介绍人和围观群众的怂恿下，越来越降低要求，最后凑合出一段孽缘。

我和林文昊本身就不是对方的"菜"。我胸无大志、吊儿郎当，上班以完成最低工作任务为标准；他踌躇满志，一会儿参加这个评选，一会儿组织那个应酬，太积极上进。

说到这里，我突然觉得自己有点过分，一个落后分子还嫌弃人家追求进步……

总之，没在一起多久我们就发现了对方身上的问题，互看不顺眼。要不是他总出差，没空见面，分手都用不着拖到两个月。

正想着，我的思绪被微信振动声打断，他把照片发了过来。

点开看了下，每张都拍得很好，主要是人物确实上镜。一番取舍后，我还是选择呈现课堂上的顾教授。

看完照片，发现林文昊又发了一条信息。

林文昊："这种忙你都敢帮，把人家'大熊猫'拐走了，以后在檀

大怎么混。"

"不劳你费心。"我回复。

当天晚上我就写完了稿子，连同照片简单排版发给顾轶确认。其实平时效率没这么高，这次是打了个提前量，预想他这种人肯定来来回回改个几遍才算完，怕耽误交稿。

没想到啊，不一会儿他就回复了："可以。"

是不是吃人家嘴短，拿人家手软，接受了我的帮忙他的气焰都消了半截。

顿时有种小人得志的感觉，稿子在手，天下我有，捂几天再说。

在家爽了两天，主编才联系我，问专访的事情怎么样了。

我说稿子差不多了，这就要给编辑。

老头儿居然还有点激动，说，哎哟，别家媒体都说特别不顺利，这个顾教授很难采啊，小陈你还有两下子嘛。

我谦虚了一阵，挂了电话只觉精神抖擞。千年一遇，主编夸我，谁不爱被表扬呢？一直以为自己就是喜欢混日子，现在看来我也是追求上进的，只是平时缺少鼓励。

就这样，人物专访的事暂告一段落。顺便一提，采访见报后反响也不错，还被评为社内好稿。

我经历了这次短暂的高光之后，新鲜劲没能持续几天，又开始懒懒散散，跑了几个小报道，另外把断更了好几天的小说接着往下写。

这中间，除了稿件刊登时告知了一声，跟顾教授再无联系。直到檀大文学院搞了个创意写作大赛，我才又见到他。

第二章 / 再遇

事情是这样的：这个创意写作大赛是面向全省的，第一届由檀大承办，声势做得挺大。所以我们社决定搞个连续报道，主要就是开幕、文章选登、颁奖典礼这么个路子。

开幕式仍旧在多功能厅，我跟林文昊一起去的。十点开场，九点四十五分我们到达签到处，远远就看见蔡姐挥手招呼。

我怀疑她是故意在这儿逮我。

因为这段时间她好几次发微信问我跟顾教授是怎么回事，都被我糊弄过去了。

"陈燃，等会儿别走啊，去蔡姐那儿坐一会儿。"她拉着我不松手。

我只得答应。

旁边林文昊幸灾乐祸地探过头来："啧啧啧，看你怎么收场。"

"滚！"

坐在那儿我也没心思写网络小说了，心里盘算怎么跟蔡姐说。解释误会？那忙岂不白帮了；顺势承认？后面比较难办；已经分手了？显得我有点轻浮。

要不要跟顾轶统一个口径啊？

我拿出手机发微信给他："顾教授，我来学校了，上次的事有人问起怎么说？"

然后这条微信就像石沉大海,没有回复。

眼看开幕式进入尾声,蔡姐在后门偷偷招呼我,羊就要入狼窝,瞎话只能编到哪儿算哪儿了。

"我劝你啊,"旁边林文昊压低声音,"解释清楚,一个女孩子家也不怕被人误会。"

"你是不是怕我真跟顾教授在一起,现任比前任优秀这么多,你心里接受不了啊?"

他白了我一眼:"随你吧,我下午还有会先走了。"

开幕式散场,我藏在人群中往外挪,奈何蔡姐眼睛太尖,刚一出门我胳膊就被她挽上,一起往行政楼走去。

"陈燃,你说说你,你要是相中顾教授,就跟蔡姐说啊,蔡姐给你介绍多好!"在路上,她就开始了。

嗯哼?

催我跟没头发的杜博士相亲,转眼就不记得了?说介绍给顾教授的人排到校门口,这话也忘了?

我干笑了两声:"咳,没想那么多,也是刚好采访认识……"

"你俩现在到底什么情况?我看谁也没个准话。"

"我们啊……"

我就快顺嘴胡说了,紧要关头,手机振动。

低头一看,顾轶回信息了,只有四个字:"还在一起。"

"还在一起,我们。"

蔡姐侧过头,挤出一个微笑的褶子。

虽说是笑容吧,笑中带苦。

"哎哟,那他们说的还真是,"她感慨道,"你说这小顾哈,给他介绍了多少女孩,都非常优秀,就是不看。"

什么意思,好白菜被我这猪拱了呗?

我皮笑肉不笑。

"兴许吧,都是老师反而没感觉。"我觉得她在自言自语,估计也纳闷手上这么多女老师还排着队呢，怎么被我给捷足先登了。

半晌，大概是觉察出气氛有些不对，蔡姐话锋一转："陈燃啊，你也是非常优秀，见你第一面我就觉得，这个女孩跟别人不一样。"

"过奖过奖。"我憨笑。

"真的，这记者气质就是不一样，专业，雷厉风行的。"

得了吧，就我这半吊子，每次来参加会议都是开小差，她又不是没见过。

我俩说着已经走到行政楼底下，她突然想到什么停了下来。

"哎，也别回我那儿了，带你去数学系认认门儿，也算正式给你俩搭上了。"

我一惊，怎么想一出是一出？本来就是赝品还认什么门儿，到时露馅岂不糟糕？

我赶紧找借口阻拦。

但蔡姐只当我是害羞，她已经把媒人头衔揽在了自己身上，好似重任在肩，兴致勃勃，非要带我去数学系不可。

就这样，她拉拉扯扯，我扭扭捏捏，两人一路到了数学系门口，正要进门，里头走出来一男的。

年纪大，没头发。

你们知道是谁了。

蔡姐即将迎来自己做媒史上的滑铁卢。她居然忘了杜博士也是数学系的，就兴冲冲带我来认门儿。

而且还就这么巧，迎面撞了个正着。

这下尴尬了吧？

我和杜博士没见过面，只互相看过照片。他的发型太令人印象深刻，一眼就能认出他来。

他应该也看我眼熟，又有点拿不准，半张着嘴想说什么，向我们走来。

"蔡处，"他捋捋为数不多的头发，露出一个不好意思的笑容，"这就是陈燃记者吧，过来怎么不提前跟我说一声？"

啊哈，他以为蔡姐带我来跟他见面的。

毫不夸张，当时的空气都要凝结了。

我只能装作没认出他来，稍微欠了欠身，客气道："您好，您好。"然后睁着我困惑的大眼睛看向蔡姐。

球传给你了，接吧。

蔡姐收到我的信号，也是愣了好一会儿，才介绍："陈燃，这是杜博士。"

"哦……"我恍然大悟状，"您好，我是陈燃。"

"咱俩加过微信。"杜博士摩擦着双手，一副蓄势待发的样子，"陈记者工作忙，我之前约你也一直没空，什么时候一起吃个饭？要不就今天吧？"

"啊，真不好意思，最近比较忙。"

他碰了个软钉子，转而向蔡姐发出邀请："蔡处，你们到我那儿坐会儿？办公室就在里面。"

"小杜啊，改天去，今天是带陈燃来给顾教授做采访，时间有限。"聊天的工夫，蔡姐已想出了借口。

"哦，工作要紧，工作要紧。"他有点失落，转念想到我们是要找顾轶，又热心起来，"顾教授好像在里面。"

说完，他扯着嗓子喊了声："顾教授！"

声音浑厚，直冲屋顶，着实把我吓了一激灵。

没有回应。

我刚放下心，就见杜博士往过道走了几步，自言自语道："我记得他在办公室啊。"然后又是猝不及防一声吼，"顾教授！有人找！"

蔡姐急忙制止："不用喊了，我给他打电话，你先忙吧。"

然后，我就听到开门的声音。

"咔！"

不远处第三间办公室，一个身影慢悠悠晃出半边。顾轶正摘下一侧耳机，说："谁找我？"

这下精彩了。

一真一假两个相亲对象碰头了。

"顾教授,这位陈燃记者来给你做专访的。"杜博士迅速以中间人自居,蔡姐都插不上话。

"陈燃?"他侧了侧身,才看到被挡住的我,然后把另一侧耳机也摘掉,走了过来。

"您好,是这样,之前的专访还有些收尾的工作,"我快步迎上去,"在哪儿谈方便?"

顾轶皱了皱眉,没看明白我们仨唱的一出什么戏。还好他聪明,顺着我的话接了下去:"那去我办公室吧。"

总算得救了。我跟两位打了个招呼,就随顾轶进了房间,逃离这个尴尬场面。进门时隐约听外面杜博士还在跟蔡姐聊起我,大意是问我为什么一直没空。

自己乱点的鸳鸯谱,就靠您自己解决吧,蔡姐。

还有,这回我真的会拉黑杜博士。

"随便坐。"顾轶回到桌前,弓腰动了动鼠标,像是在关闭什么。

我粗略观察了一下。

这是间挺小的办公室,他对面只有一张椅子,坐下立马像受训的学生。

"你还认识杜博士?"他边说边递了瓶矿泉水给我。

"嗯,不熟。"我没有遮掩,"相亲对象。"

他看了我一眼,表情有些复杂。

嗯哼,我的相亲对象水平就是这么参差不齐。

"蔡处长给你介绍的?"他略微皱了下眉,"你没跟她说我们在一起?"

"我们在一起"这几个字从他嘴里轻而易举说出来,脸不红心不跳,就像在说一道数学题。你们体会一下,他讲这句话的效果如同:你没跟她说这道题怎么解?

"我说了,杜博士是在你之前。"我就做不到他这样,话一出口自己都觉得肉麻,于是又故作淡定地补充了一句,"我们装到什么时候?"

顾轶低头，少见地犹豫了。

我好怕他在心算，再反手列一个方程出来。

结果半晌，他只问了一句："你说呢？"

"嗯……"没想到这个问题踢回给我了，我想了想回道，"时间太短显得轻浮草率，时间太长会影响我们各自下一步计划。"

我在说啥？说了跟没说一样。

他笑了："时间你来定吧，有什么想法只要通知我一声。毕竟主要受影响的人也是你。"

"好。"我爽快地点点头，"那就先这样吧。"

一两句话的工夫，我俩达成初步共识，继续装下去，且主动权在我手里。反正本人很久来一次学校，暂且受不到什么影响，还能用他挡一挡杜博士之流，挺满意。

该说的说完了，风头避过了，我也准备告辞。刚跟顾轶说了再见，打开门就看到杜博士正在走廊踱步。

"采访完了？"他有所准备似的迎上来。

"您还在这儿？"怎么回事，蔡姐没解释清楚？

"我正好下午没事。"杜博士又捋了捋他的头发，我发现他每次不好意思都是这个动作，"没想到你们结束得挺快，现在吃饭早了，要不去喝点东西？"

"呃……"我始料未及，难找借口。

正发愁，一边靠在门上的顾轶幽幽来了句："陈燃正准备跟我去听节课。"

"听课？"杜博士看看顾轶，不明白他怎么突然插了句话进来。

"对，采访的一部分。真不巧了，下次吧。"我赶紧就坡下驴。

"不是采访的一部分。"顾轶站直了身，"杜老师，陈燃是我女朋友，下次也约不了了，不好意思啊。"

我和杜博士都一脸震惊，目光齐齐投向他。

顾轶依旧神情淡淡。

"这个……这个蔡处，"半晌，杜博士滚了滚喉结，"也没跟我说明白，这事儿搞的。"说完又尴尬地笑了两声，自己给自己打圆场，"哎，快上课了，你们去吧，我先上楼了。"

留下一个落寞又郁闷的背影。

虽然我老说要把杜博士拉黑，虽然蔡姐两边和稀泥，让我极其不满，但也没想把他置于这样尴尬的境地，还真有点抱歉。

我呆立在原地，顾轶已经从办公室拿了一沓书出来。

"走吧。"他跟没事人一样。

"去哪儿？"

"陈记者要是没事，赏脸听个课。"

我们到的时候已经有不少学生，偌大的阶梯教室，居然没什么空座。

好不容易找了第三排靠边的位置坐定，瞄了一眼身边同学的课本，《概率论与数理统计》。

算一算，有十年没上过数学课了吧。

左右什么都听不懂，只好专注地看顾轶。

窗外有光，正好笼出他的轮廓，好像勾勒出一层柔和金边。我有点恍惚，一种"看我男朋友多帅"的自豪感油然而生……

又想什么呢！被自己的心思吓了一跳，我赶紧把脸别向一边。这一转头，正好看见前面的女生在偷偷拍照。

我眯起眼仔细看她的手机，镜头里是正在讲课的顾轶。就想网上那些偷拍是哪里来的，原来集散中心在这儿。

女生不时按键，拍得很专注，丝毫没有留意后面还有位观众。

哎，好多精彩表情，一垂眸一挑眉，她都没有抓拍到，而且构图也不大好，真是遗憾。作为一名记者，我常年跟摄影师打交道，也算学了一点皮毛。

然后我就鬼使神差地拿起手机，镜头慢慢上扬对准了顾轶。

不知道自己当时的表情，或许认真又花痴吧。刚准备点拍照的圆圈，就看到屏幕里的顾教授转过头来。

膝跳反应一般，我下意识地把手机拿到耳边，想假装在打电话。

又惊觉在课堂上打电话也不太对，太久没当学生，开小差经验清零了。

我索性放下手机，双手撑额把脸埋起来，心里懊恼：我在干什么啊！

没过一会儿，感觉有人点了点我的胳膊。前面拍照的女生转过身来，带着几分揶揄的笑意。

"你是大几的？"她悄悄问。

不想搭话，我只是摇头。

"看着也不像，你是研究生吧？"

三年前是。我迟疑了一下，点点头。

"哎，你刚才拍到什么了，给我看看。"说着她就要拿桌上的手机。

大概是我面色不善，她打量几眼又讪讪缩回手："算了，我给你看看我的吧。"

她把自己的手机凑到我面前，拼命压低声音都藏不住得意："你看这张，点击已经上万了，评论有两千多。"

一张顾轶上课的照片，但不是今天拍的。

这都是什么学生？热情的花痴小姐妹？

我不时瞥两眼讲台，确保没被发现，才悄声说："你这样多影响学习，不怕考试挂科吗？"

"你怎么知道，我就准备这学期挂科，重修顾老师的课。"

我看着她，无言以对，低下头没再说话。

转眼到课间，教室里开始松动。

刚刚的女生又一次转过头来。

"你要不要加粉丝群，群里也有好几个研究生。"

"什么粉丝群？"

"顾老师粉丝群，'轶心一意'。"她展示给我看，眼睛笑得眯成一条缝，"我们有信息组、宣传组、后勤组，你不想进组也没关系，就看顾老师的照片和消息。"

我整个都呆了，这是围绕顾轶的采编宣一条龙啊，一个校园版狗仔队。

看我迟迟不给反应,她又亮出身份:"我是群主,叫郑小迎,商管大二的。"说着拿起手机,"我扫你啊。"

我也是挺好奇,加了她的微信,不一会儿被她拉进群里。

"欢迎新成员研究生小姐姐加入我们'轶心一意'大家庭!"

郑小迎发了一条信息。

我扫了一眼手机,抬头认真地问她:"照片是上课偷拍,那消息你们都从什么渠道拿?"

"打听啊,跟踪啊,顾老师没有社交账号。"

打听?跟踪?

我一股无名火起,决定泼泼无知少女的冷水。

"那你们知道,顾老师已经有女朋友了吗?"

"知道。"她翻了个白眼,"假消息。"

嘿,我这暴脾气,假不假的轮到你们评判了?

"怎么是假消息呢?"

"一看就是,他就不像谈恋爱的样子。"郑小迎故作深沉,"你还不了解顾老师,进群一阵就好了。"

"郑小迎是吧,"我脸色一沉,"顾老师有女朋友千真万确,把心用到正地方,别没事搞这些了。"

她看我好似生气了,这才有点安分下来,嘟囔:"那他女朋友是谁?"

是老娘!

咳,我没这么说。

"是我。"

郑小迎愣了几秒,表情起了变化。但不是预想的惊讶或嫉妒,而是一种……恍然大悟的感觉?

我正心下纳闷,就听她慢慢吐出三个字:"女友粉?"

女友就女友,加什么粉?轮到我愣住。

"你看看群里。"郑小迎用眼神示意。

我不明所以地点开,欢迎我加入的信息下已经更新了数条,好几个头像跟着欢迎,分别是:顾老师女朋友、顾老师迷妹以及……顾轶老婆?

赝品合集？

"你也可以改个名字。"郑小迎嘻嘻一笑,"大家都是顾老师的女朋友。"

上课铃又响起,她转过身去,只剩我哭笑不得。难怪顾轶要找我来演戏,前有长辈介绍,后有学生追随,"女朋友"一抓一大把。

说实话,相亲虽然让人不胜其烦,但讲究的是一个契约精神,总要甲乙双方相互满意才行,遵循成人世界的规则。

学生可就麻烦,难以掌握一个度。不表态有暧昧之嫌,拒绝狠了又怕惹出什么事端。两条红线之间,偏偏还得履行教师的职责,不可避免要接触。

顾轶啊顾轶,难。

就让本记者帮你拿下这个不务正业的小组织。我摩拳擦掌,突然找回一点当调查记者时暗戳戳激动的心情。

这里插一嘴。

其实回过头看,关于加入粉丝群这件事挺无厘头的。本人也就是一个官方认证的假女友,干吗这么卖力演出？扪心自问,我没这个闲心助人为乐。

所以怎么就义愤填膺了,这里面是不是有一种"自己的东西要被人抢走的紧迫感",却浑然不觉？

当然了,这是后话。

反正,在那个当下,我就是干了一件挺蠢的事。

我真的按照郑小迎所说,把群里名字改了。

我叫"老娘才是"。

不要笑,谁还没个傻气的网名。

有这胡思乱想改名字的工夫,第二节课已经过了大半。直到收到编辑催稿微信,才把我从莫名较劲的状态里拉回来。

讲台上顾轶还在说天书,他就是神仙也拯救不了我的数学了,索性老老实实拿出笔记本电脑,把今天上午的开幕式稿件搞定。

写着写着，没留意教室空了。

"下课了。"顾轶的指尖在桌子上敲了敲，骨节分明。

"稍等，我把稿子发过去。"

我边打字边抬眼，发现他在前排坐下，回过身一只手撑住下巴，在看我。

"怎么了？"我被看得心里发毛。

"看手机，聊天，发呆，玩电脑，这位学生。"他语气里有淡淡的嘲讽味道。

老师都有这种眼观六路的能力加成？

"我数学不好。"我哂笑道，"抱歉啊，听不懂。"

"还偷拍。"

我心里"咯噔"一下，手上动作略滞。果然刚才拍照的窘态被尽收眼底。

"没……"我心虚极了，但还是大言不惭，"没拍到。"

他边笑边点头，露出一种"算你脸皮厚"的表情。

还笑，操心别人？有空盯着我，不知道自己被偷拍多少张照片了吗？上万点击，两千多评论。

稿子发完，关机，我慢悠悠地合上电脑，好似无意地问："你知道你有个粉丝群吗？"

"知道。"他作势也起身，"你不是还跟群主聊得起劲？课间。"

这都知道，这人怎么老是出其不意？

"你认识这个郑小迎？"

"嗯。"

"怎么认识的？"对新信息刨根问底是记者的天性，对不起，我控制不住。

"派出所。她跟踪我，我报警了。"他语气毫无波澜，好像说的不是自己的事。

但是，我呆掉了。

这句话在我脑子里轰鸣，而且是边盘旋边轰鸣，席卷各种脑细胞，

瞬间产生几个想法：

第一，这位大哥这么刚，我自作聪明的小动作显得好猥琐……

第二，我要退群，这不是不务正业的小组织，这是个犯罪团伙。

第三，再次刷新了我对顾教授的认识。对，我又叫他顾教授了。你们可以观察，每次我敬畏他的时候，这个称呼都会改，不自觉的。

"嗯……"我沉吟，半晌蹦出两个字，"佩服。"

"没什么用。"他丝毫不以为意，还有些苦恼地皱了皱眉，"学校怕影响她学业，没做什么处理，所以还是一样。"

"还在跟踪你？"

顾轶没回答，好像在想别的事情。我想这涉及隐私，也就没追问，自顾自收拾好东西，看他下一步什么安排。

"你没跟郑小迎说你是我女朋友？"他突然冒出一句。

又来了，今天是第二次了，我要不要脑门上贴一个"顾轶女友在此，妖魔速速散去"啊？我是脸皮有多厚啊，逢人就自我介绍？

虽然我确实说了……

但是对方不相信，说出来还挺没面子。

"啊……"要面子呢还是说实话呢，"空口无凭，她不信。"

顾轶剑眉一拧："晚上有空吗？吃完饭再回去？"

"檀宴"是檀大附近最火的一家餐厅，名字起得挺豪华，其实馆子不大，多是学生来吃。我曾经结束采访后跟几个记者来过一次，味道不错，环境堪忧。

傍晚，也是人最多的时候，乌泱泱一片。

话说，你们知道那些明星情侣躲狗仔吗？或者是负面人物躲记者的样子？

我俩现在正相反，哪儿人多往哪儿凑。顾轶真的是铁了心要让这段关系最大范围地实锤，恨不能开个新闻发布会。

店里乱哄哄的，服务员横冲直撞，学生挤来挤去。顾轶个子高，一直站在身后把我笼在阴影里，有时候迎面过来端盘子的人，我躲闪不及，他双手会把住我的肩。

好像真的一对情侣。

受店内环境所限,这回没有什么"一个杯子两支吸管"的戏码,我俩很容易地被淹没在嘈杂中,反而找到了一种比较舒服的相处方式。听不清的话,他会自然地靠近我耳朵传达,说真的,我第一次感觉顾轶真实,真实又亲近。

但吃完饭走出餐厅,空间由逼仄变空旷,世界由嘈杂变安静,他又变回了顾教授。

在店门口,我们客气地互道再见,都不知道下回再见是什么时候。

也好像真的合作伙伴。

情况不妙,我突然地伤感了。

第三章 实习
!HeNiBuJinShiXiHuan!

对于身处职场的人来说,单位都像自己第二个家。

但是对于本人这种不上进的记者来说,报社的工位还不如楼下兰州拉面的座位亲切。

跟顾轶分开后的第二天,正好回报社开选题会。一周不见,我的工位又陌生了些,此时还坐着一个不认识的男生,看样子也就20岁上下,一副嘻哈打扮,戴个耳机,不时摇头晃脑像是来泡网吧的。

我已经走到跟前,他掀起眼皮看了一下,没理会又低头沉浸在自己的小世界里。

哪儿来的小祖宗?又是谁家亲戚?

正准备敲桌子,旁边跑企业的张记者搭腔了。

"陈燃,这是你的实习生。"

"哈?"我知道每年这个时候报社都会来一批实习生,大多数是温温柔柔的女孩子,也有少数愤青男孩子,学新闻主要就这两类人。

但张记者说眼前这个跑错片场的饶舌歌手,是我的实习生?

"今年来了多少实习生?你们也都分到了吗?"我向张记者打听。

"跟去年差不多。喏,我带两个呢。"他指了指旁边正在整理报纸的两个女孩。

"我跟你换。"

他哈哈一笑，一副精明嘴脸："不换。"

"主编分配的？"我不甘心。

"主编照顾你，"张记者小声说，"这个男生关系不一般。"

不用说我也知道，看这大爷样儿，没点关系敢这么拽吗？别的实习生都能帮着分担点，带这么个人只会添麻烦。

再重申一遍，我最讨厌别人给我工作添麻烦。

"我可不用他照顾。"

我赌气地往主编室走去，半路就碰到老头儿正出来。

"主编，实习生这个事情……"

"我正要给你介绍。来来来，见一下你的实习生，小缪。"他闷着头就要往我座位走。

"能不能给我换个人，这位爷我带不动啊。"我一路跟着劝说。

"带不动？别人都带两个实习生，就你带一个。"

"那我跟他们换。"

"陈燃，"他停住，"为什么安排小缪给你带，还不是因为你跑学校最轻松？心里没数吗？别得了便宜还卖乖。"想了想又补充，"也别捅娄子，就两个月，时间一到给实习报告盖个章就完事了。"

一番控诉我无言以对，只得把后面的话咽回肚子里，老实接受。

这就是我第一次见小缪，对他印象差到地下、地底、地心。

在报社每年都带实习生，这是个固定任务。

实习过的人都懂，为的就是一张报告，这种单位你表现再好也留不下。所以反正两个月后就再无瓜葛，对我来说也好，对学生来说也好，都是走个形式，从不过心。

那时我绝对想不到小缪不只是走个形式而已。

小缪全名叫缪哲，确实是学新闻的，半吊子。他才大二，按理说，没到实习期，硬被家里送进来的。主编对他挺客气，简单介绍后，还专门带他去会议室。

选题会我从来都是无精打采，瞄了几眼小缪，更胜于我，直接半趴在桌子上。往年我带的实习生都安安分分，今年偏偏赶上这个人，好衰。

正皱眉，发现对面林文昊幸灾乐祸地笑。我看着他，用本子半遮，缓缓伸出了个中指。

他笑得更开心了。

开完会，我想着跟小缪交代几句，收拾材料的工夫他已经没影了。别的实习生都拘谨着不敢走，他跑得倒够快。

我一路追出去，才在电梯间将他拦住，这时已经气喘吁吁，火气也止不住地往脑门冲。

"小缪。"

我叫住他，但是这名字一出口，就缺乏气势。

缪哲转过头，高高的个子，一双狭长的眼睛看向我，不耐烦的神色。

他倒是气势十足。

在他面前三步的位置停下，才能勉强平视，我沉了沉声音："你是我的实习生，有些事情还是要交代一下。"

"哦，你说。"还是那双死鱼眼。

"你没心思在实习上，我也不见得多想带你。所以两个月时间，相互体谅一下。"我双手抱胸，强忍着火气。

他挑眉点了点头。

"采访前我会通知你，来不来你随意，但要回复。如果跟我采访，有两点，第一绝不能迟到，第二……"我抽出一只手比画了一下，"你这个打扮，不行，要换。"

"叮"的一声，电梯来了。

他伸出胳膊挡着电梯，问："来不来我随意？"

"对。"

"那我不来。"他扯扯嘴角笑了。

"太好了，多谢配合。"我翻了个白眼转身回了办公室，坐下缓了半小时才平息怒火。

我以为这么轻松就把小缪打发了（他大概也是一样的想法），还是太天真。过了三四天，去一中做百年校庆的采访，我刚到学校就接到了主编的电话。

他一上来就问我小缪在不在旁边。

"不在啊,他没来。"

"他没去?"老头儿有点着急,"这几天你采访他都没跟着是不是?"

"对啊。"

"陈燃啊,"他的声音升了几分贝,"我怎么跟你说的,就两个月别捅娄子。"

"我捅什么娄子了?我就是按您说的,完全尊重他的想法。他不想来,我还能把他从家里拽过来?"我这边分贝也跟着升。

"唉!"老头儿说不过我,"他妈妈给我打电话,说小缪每天都说去采访,半夜才回家,问我们的采访怎么会到半夜。"

我缓缓吸了口气:"那我没办法,自己孩子满嘴瞎话,当妈的不知道?"

"陈燃!"老头儿生气了,"不管你怎么弄,今天采访小缪必须参加,拍现场照片给我,要不你也别来了,就这样。"

说完挂了电话,只剩忙音。

老头儿生气我也生气,林文昊在旁边拍照,听我们通话识相地往一边躲。

我心里一万个不爽,思前想后还是决定再通知小缪来采访,至于他来不来,反正我通知了好交差。

拨通他手机,响了十几声才接。

一个没睡醒的声音,懒懒倦倦又带点不耐烦。

"谁啊?"

"我是陈燃。"

"陈燃?"电话那头的人迷迷糊糊嘟囔了一句,"打错了。"

"日报社陈燃,带你的记者。"我耐下性子。

那边的人停顿了几秒钟,声音才清晰了些:"什么事?"

"有个采访,马上要开始了,我昨天给你发过的。"

"哦……"他拖长尾音,"我不去,挂了啊。"

说着电话挂断。

我其实早想到他不会来,但咽不下这口气,立马按了个重拨又打过去,这回接得挺快。

"又怎么了,还让不让人睡觉了……"

"你给我闭嘴!"我一声喝住他的牢骚,"采访你爱来不来,但是撒谎要带脑子。天天三更半夜回家说是去采访,你采访夜间工作者?"

他被我说得愣住,缓了一会儿才问:"谁跟你说的三更半夜……"

"你妈。"话一出口,我突然察觉似有不妥,抿了抿嘴,"你母亲说的。"

"她跟你联系了?"

"我劝你啊,赶紧过来。不然你好日子到头了,半夜采访这个锅我是不会背的。"

电话那边的人含糊着发了半句牢骚,又被咽回喉咙里。

"在哪儿?"

"一中,现在,换身衣服来。"说完我潇洒地按了挂断。

本想让两个人都轻松,谁知道他年纪轻轻,脑子不好使,撒个谎都不会。

那就一起折腾吧。

一中大礼堂,校长正在致辞。我站在后排,已经暗中盯上了好几个采访对象,就等一散场跟进。

身边还有好几个记者,晚报的,都市报的,平时总能遇上。当地学校就这么多,新闻素材有限,一有风吹草动大家都凑在一起,看谁抢得快。

我精神正高度集中,感觉有人拍自己肩膀,回头一看,是都市报的记者,30多岁一大哥,印象中他姓王。

"陈燃,又碰到你了。"奇怪了,跟我套近乎,我至少一个月没见过他了。

"您好,您好。"

"看了你写的专访,写得真不错。就是檀大数学教授那篇。"

半个多月前的稿子了,突然恭维绝对没安好心。我低头笑笑,道了声谢,等他继续开口。

"你跟顾教授挺熟的吧?"他拐到正题。

"嗯?还行……"

"那个,是这样啊,我这也想约顾教授做个采访,一直没约上。"他不好意思地干笑两声,"给介绍一下呗?"

"采访?我记得……他做讲座那天,你们就跟蔡处约了吧?"明明那天我进门时,蔡姐正跟都市报沟通采访的事。

"这不是被你给截和了吗?这个家属我们比不了啊。"他哈哈一笑。

这话说的,那会儿我跟顾轶就一面之缘,才不是走后门拿的采访,纯属你们都市报名头不够响。

不过听到"家属"这个词我还挺受用,我不自觉地笑道:"您说笑了,但是年会都过这么久了,你们还要上专访啊?这个时效性……"

"咳,不是年会的事。顾教授刚拿了一个奖,你不知道吗?现在人应该还在外地领奖吧?"

呵,我知道?我知道才怪了,一个假女友。

原来他这几天人在外地。

看我没说话,他好像也意识到触了什么霉头,赶紧找补:"也是刚刚才得的奖,咱们做媒体的,有时候消息比当事人还快。"

不得不说,王记者这个找补挺失败,我就不是做媒体的了?顺便还质疑了我的专业性,你可真棒。

"行,等他回来我帮您问问,但是他挺忙的,不一定抽得出空。"

"你肯帮忙就行。"王记者笑呵呵,像个福娃。

就这样,我得到了一个联系顾轶的机会。正苦恼怎么跟他说,校长讲完话了,转眼开始散场。旁边几个人蹿得飞快,只看到王记者远去的后脑勺。

"陈燃,你愣什么呢?采访谁啊?"林文昊在不远处喊我。

我一看,刚才盯着的校友哪里还找得到人影,都乱作一团,不禁一阵懊恼。

"走,采访校长。"

我和林文昊刚出大礼堂,看见一个高个子迎面过来,歪歪斜斜穿了

件衬衫，顶着一张好像别人欠他 20 万的臭脸，是小缪。

"结束了？"他边说还边打了个哈欠。

"没有，你来得正好。"我掏出手机，"来，你就站这门口，我拍张照。"

"干什么？"他很抗拒。

"以后我每次采访，都要带着你拍张照。这就是你撒谎不过脑子的代价。"我一本正经。

林文昊在旁边憋不住笑，上来解围："等会儿采访我把你收进画面就行，不用站这儿拍。"

狗腿，看人家关系硬就想运作。但是我这会儿脑子里还惦记着顾轶的事，没空跟他们俩掰扯，回身就拿手机"咔嚓"拍了张照，一个从下往上的谜之角度。

"陈燃你！"小缪拧着眉头，上来就想抢我手机。

"叫陈记者。"

"陈燃，你把照片删了。"

我低头几下操作，将照片发给了主编，在他面前晃了晃："你跟主编说吧，照片是他要的。"

小缪低声咒骂，一副"放你一马"的表情重新抬起头："那我走了。"

"等会儿，就是因为你来晚了，校友一个也没采访到。"我故意拉着脸，"现在出来的人，你随便找几个简短采一下，我需要被采者信息。问题嘛很简单，问感触就行。"说着掏出本子撕了两页纸，顺带拿一支笔塞在他手里。

小缪盯着我，把纸攥在手里，胳膊虚挎在腰间，看起来很是不爽。但他接连叹气，酝酿半天只憋出一句话：

"你要几个采访对象？"

"五个吧，采完整理一下发给我，谢谢啊。"

话没说完他转身走了，连谢谢都不听，歪歪斜斜的衬衫被风吹得鼓起。

我面上得意，其实心里松了一口气。缪哲小我这么多，但毕竟是人高马大的男生，万一犯起浑来可制不住。

"你非这么较劲干吗？你知道他是谁家孩子？"林文昊在一旁絮絮叨叨。

"我带我的实习生你也要管？"

"这不是一般的实习生。"他把城府都写脸上了。

"呵！"我瞥了他一眼，"那送给你了，你来带吧。"

"人家又不是学摄影的。"

看见没，我跟林文昊真是两路人。懒得跟他废话，我赶着去校长室守株待兔，把今天的任务完成。

到家发现小缪已经把采访记录发过来了。出乎我意料，做得挺清楚，不比以往的实习生差。看来自己也犯了刻板印象的毛病，反省了一下还有点不好意思，赶紧回复一句"辛苦，写得不错"。

微信跳出一行提示：

"缪哲开启了朋友验证，你还不是他（她）朋友。请先发送朋友验证请求，对方验证通过后，才能聊天。"

你可以的，居然把老娘删了。

小缪删我微信实在很幼稚，除非他换个记者或者干脆退出实习，不然早晚得加回来，到时候还不是没面子？

不过现在我没空跟他置气。

我盘腿坐在床上，捧着手机，还有更重要的事：给顾轶的这条微信已经编辑了二十分钟。

先恭喜他拿奖，问何时返校，再帮都市报王记者约采访，这语言有什么难组织的？

我一个文字工作者，二十分钟搞不定50个字，烦躁！

最后顺了一遍，不管了，匆匆点"发送"，手机一扔，结果故作潇洒玩脱了，直接甩到床下。捡手机的工夫偷偷瞄了一眼，居然这么快回复了，他明天返校上班，下午可以腾出半小时接受采访。

没想到如此顺利，时间还挺紧张，我赶紧通知王记者，跟他约定下午同去。白捡了个获奖消息，也能充充工作量，这拨不亏。

第二天下午出发前，我接到了小缪的电话。

我说什么来着，他第一句话是这样："我按错了。"清了清嗓子，"误删。"

"嗯，有事说事。"今天心情好，不为难你。

"有采访吗？"

"等会儿去檀大，出篇消息。"

"我也去。"

"可以啊，消息你来写吧。"不给点活儿对不起你莫名的积极。

"嗯……"他含混不清，"到了再说，我要出发了。"

看他这样又要耍什么心眼儿，我们就不能互利共赢吗？为什么老是斗智斗勇，又斗不过我。

"写稿就来，不然别来了。"

"知道。"他声音闷闷的，"我挂了，你把我那个……微信通过一下。"说完变成忙音。

刚到校门口，我就看见小缪杵在那儿。我来早了，没想到他比我还早。

"在这儿等一会儿吧，都市报的王记者还没到。"

"我三点还有事。"

我低头一看表，三点四十分了，怕不是在耍我？

我顿时火大："那你干吗来了？"语气不善。

"我今天确实有很重要的事，说来采访才能出门，"他死鱼眼飘忽，一副委曲求全的样子，"消息我回去写。"

我没吱声，因为不知道怎么反驳。大二的学生了，被家里管得这么严，到底是作了什么惊天动地的妖啊？

反正自己也无意掺和，与人方便吧。

"走吧，走吧。"

小缪挪了挪脚，还在原地。

"干吗？不走？"

"给我拍个照。"

"……"

真是无语，也是我傻了。他折腾一趟，可不就是为了这张照片吗？肯定昨天采访发给主编的现场照，又转到了小缪妈妈那里，人家才放心。

所以今天故技重施。

之前说每次采访要拍照，是吓他而已，没想到一语中的，平添多少麻烦？碰上这小祖宗是真衰！

我翻了个白眼，还是拿出手机迅速拍了一张。

"发给主编。"他边说边走近。

事儿真多。

突然警觉，这小子万一是去干什么不法勾当，我是不是要负看管不严的责任啊？

"你等会儿是去干吗？"

他不耐烦地重重吸口气，半晌吐出两个字：

"演出。"

还真是个饶舌歌手？所以被管得严是因为不务正业，玩嘻哈？摇滚？我不太懂，脑子里只有些群魔乱舞的画面。

算了，我心想着放他一马，手已经打开微信了，突然感觉背后有人接近，随后被猛地一推，身体不受控制往前扑去。

手机被甩飞，我下意识地捞住站在面前的小缪，缓冲一下才没脸朝下拍在地上，他也反应不及，被我扯了一个趔趄。

谁推老娘？

顾不上起身，我扭头看到一个跑远的背影，小小的个子，扎了个马尾左右甩起，这个后脑勺有点眼熟……

这是……

那天听课认识的郑小迎？

自从知道这位群主被顾轶送进派出所过，我就把她删了，群也退了。你们还记得吧，关于"轶心一意"粉丝群和我愚蠢的网名。

时隔几天，没到再次来学校多了个仇人。看来跟顾轶那顿饭没白吃，她终于信了我的"女友"身份，忌妒心作祟要打击报复。

心理太扭曲了吧！我也是个赝品而已啊。而且推完就跑，厌不厌？

我没想到事情会有这种戏剧性的变化,又是讶异又是生气,一时脑子有点乱。

旁边小缪伸手来扶,我才回过神来,手磨破了,膝盖也破了,关键是想起身居然没站住。

脚崴了。

流年不利。

我坐在路边花坛上,简单擦拭伤口。小缪站在我面前,不时地看表,满脸写着纠结。

"这是什么表情?你不是有事吗,走啊。"我仰起头看他。

他犹犹豫豫,好像抛下我有损道义似的,说:"你走不了路啊?"顿了顿,接下去,"不用我背你吧?"

看他一脸犯难的样子,谁稀罕你背了?电影看多了吧?

我晃晃手赶他:"走走走。"

小缪迟疑了一下,又回过头:"你手机是不是坏了?"

我的脚都崴了,他还关心发照片的事呢。

"坏了,你自拍一张发给主编吧。"

他抿抿嘴:"我的意思是,你还能联系上那个什么报的记者吗?"

王记者,我没想到这茬儿,他应该快到了。

"我跟他约了校门口见,在这儿等着就行。"我再一次赶他,"有事就去,别杵着了,我仰脖子跟你说话好费劲。"

他瞥了我一眼,转头大步离开。

目光所及,王记者正好跟小缪擦身而过,朝我走来。

"这怎么还负伤了?"人还没到面前,话先飘了过来,王记者一脸惊讶。

"不小心摔了,还得麻烦您扶一下。"

"你这还能行吗?要不你跟顾教授说一声,我自己过去就成。"

"没事,我也要出报道。"

"跑学校了还这么拼啊?"

我好久没听人这么评价自己,一时愣神,只机械地笑笑回应。

王记者扶着我一步步挪往数学系,好在离得不远。因为怕给他添负担,我一直暗暗提着力,到了门口已是气喘吁吁。

顺着记忆找到顾轶办公室,门虚掩着,居然有点紧张是怎么回事?入戏太深?

敲了两下门,听到动静。

我正准备去拉门把手,就看到缝隙出现顾轶的脸,他轻轻推开门。

"来了。"一如既往的平静。

"顾教授。"王记者很是热情先伸出手去。

"您好!"

两人客气问好,完全不需要引荐,我在一边略显尴尬多余。

主要是自己也觉得别扭,因为突然不知道怎么称呼他。叫顾教授也太生分了,毕竟在王记者眼里我可是"家属"。但还没有直呼其名过,真有点张不开口。

正想着,猝不及防和顾轶四目相对,我没过脑子,急急忙忙开口。

"嘿!"

嘿?好想抓起这个字吞回去。

他笑了,片刻又注意到我奇怪的站姿。

"腿怎么了?"

"过来的时候摔了下,不要紧。"

顾轶蹙眉,弯腰简单查看,说:"带你去校医院。"

王记者也赶紧搭腔,表示我的伤要紧。

"不用,先采访吧。我也要写个稿,稍等还要让你……让你确认一下。"

这真真假假的关系,让我语言系统都紊乱了。

"那在办公室等我一下,很快。"

顾轶没再坚持,和王记者去会客室采访。

我留在他办公室借电脑一用,想着把获奖消息赶出来,本来也没指望一个去演出的人能及时交稿。

然后,话说在前面,我真的不是有意窥探隐私。

我打开网页想搜索奖项的相关新闻，意外发现搜索记录里，躺着我的名字。

一条是：陈燃。

一条是：日报社陈燃。

他搜索我的信息干吗？

被关注的窃喜刚涌上心头，一联想到顾轶那个严谨劲儿，就不知怎么化为一种被审核的感觉。毕竟假相亲安排得明明白白，了解我是不是也在他计划里？可像我这种小记者，网上能查到什么啊？

我边想边托着下巴看搜索记录，鬼使神差又去点开"日报社陈燃"，网页上出现我写过的各种报道，第一条就是顾轶的专访。

话说，你们在搜索引擎输入过自己的名字吗？

我刚进报社发第一篇报道的时候，就干过这个事，而且也是这样搜索的。先输入"陈燃"，发现出来的是各路名人，又输入"日报社陈燃"，才看到自己。

一页一页翻下去，每篇稿子都很熟悉，而且越往前翻，标题越沉重。

那会儿跑社会新闻，是我愣头青的时期，暗访出事之后才调到文教部。悄悄说，其实那些没发出去的稿子我还备份在电脑里，等以后不想干了，不戾了，就匿名发出来。

顺着这丝头绪越跑越偏，疑惑也抛到脑后了，直到翻了二十多页，听到走廊传来脚步声。

扫了一眼屏幕右下角的时间。

半小时过去了，消息稿一字未动，光顾着自恋了。

顾轶进门的瞬间我刚好关闭网页，长舒一口气。明明是他在网上查我，不知道自己心虚个什么劲。

"你们还挺快的。"还用说话掩盖紧张。

"嗯。稿子写完了？需要我确认？"

"啊……"并没有，一个字都没写，我急忙道，"差一点，后面再发给你。"

两句话的工夫，他走近。

"我看下你的伤。"说着,他的手搭上椅背,直接连人带椅子,把我转到他面前。

突然的移动让我始料未及,我本能地把住扶手,感觉自己像是等待牙医的患者,脑子一阵乱。他微微弓下腰观察,嘴抿成一线,这才发现我不止崴了脚,膝盖也破了,刚才擦过的地方又渗出血来。

"刚才就应该去。"顾轶好像自言自语,掀起眼皮,"去校医院。"

我还兀自蒙着,没有反应过来。

"起来。"他拍拍我肩膀。

"哦。"

我还没站稳,就见顾轶背过身蹲下去。

"上来,我背你。"

哎?要脸红了好吗!

"不好意思?"他见我没动静,转头笑问。

"不是,当然不是。"对,不好意思。但我更不好意思承认这突如其来的难为情。

"我能走,刚才就是王记者扶我过来的。"

"你脚伤会越走越严重。"他又转回头去,轻声催促,"快。"

最终,我笨拙得像树袋熊一样趴在他背上。

这会儿校园里人还不多,但仍旧能感受来往行人的注目礼,我突然有种马上会被郑小迎追杀的感觉。

说起郑小迎又是一肚子火,但我还没想好怎么处理这个女疯子。一个大二的女生,真找她麻烦又有点担心,万一寻死觅活的……但放她一马,难保不会再有什么过激行为。

关键是,老娘凭什么放她一马?要不是小缪缓冲那一下,我兴许已经破相了。

想到这里,我咬牙切齿,就听见顾轶冷冷开口。

"别磨牙。"

"……"

在校医院包扎了伤口，又处理了脚踝的扭伤，弄完已经四点多。我心里惦记着还没动笔的消息，着急回家赶稿，正准备跟顾轶道别，又被他叫住。

嗯，我的假男友提出送我回家。说实话，今天顾教授善心大发让我好不适应。

其实上车的时候我犹豫了一会儿，是坐副驾驶还是坐后排。当然了，坐后排是把人当司机，这个礼仪我还是懂的。

但是，我知道自己有个毛病。

怎么说呢，应该叫"副驾驶话痨症"。

我只要一坐上这个位置，就会自动化身人工导航以及安全预警，控制不住。这种情况下，司机一般有以下三种反应：你行你来开，滚后面去，你给我下车。

所以我现在不敢吱声，眼睛四处观察，但紧闭着嘴。

车上安静极了，呼吸声都依稀可辨，渐渐开始弥漫一种尴尬的氛围。

"怎么不说话？"顾轶先打破沉默。

我瞄了他一眼，忍了忍："右后方有一辆电动车……"

"嗯？"他偏过头看我一眼。

"看路。"

他又目视前方，整个被我搞蒙，侧脸线条明显紧绷了一下。

过了一会儿，他才问："你是害怕坐车？"

"不是。一坐在这儿我就忍不住想提醒司机，所以你别让我说话。"

顾轶愣了半晌，开始忍不住笑意，我从侧面都能看见他嘴角的弧度。这是什么笑点，其他司机朋友这时候已经想把我踹下去了。

"没事，你说，我缺个导航。"

"前面左拐……"

在我有力的导航下，大约半小时到了家，迅速赶出稿子发给编辑，这才收到小缪的微信。难得他还记得这篇消息，倒让我吃一惊，虽然写得狗屁不通。

因为崴脚，我接连几天都宅在家里，再出门已经是去檀大文学院报道创意写作大赛的颁奖典礼,小缪同行。

我照常在底下偷偷写网络小说,没留意旁边的小缪,等缓过神来,他已经不见人影。

倒也不是特意去找他,正好去洗手间,回来的路上听旁边走廊有动静,像是争吵。

我好奇地探出半个身子去看热闹,结果发现这两个人是……

小缪和郑小迎?

我现在跟你们一样困惑。

他们怎么扯到一起去了?

可惜,两人与我有些距离,我拼命地竖起耳朵,也只能隐约听郑小迎在说"多管闲事"。

唉,带上包里的录音笔就好了。

我又往外探了探身子,想从形体表情上找些线索,就见小缪抱着胸的背影,不时调整站姿,以及郑小迎被遮挡的轮廓,略微有些激动,手里好像还攥着什么东西。

这是什么情况啊,我的好奇心要爆炸了。

脑子里闪过好多狗血的可能性。要说两人早就认识,郑小迎推我那天小缪没发现吗?他应该看得到正脸啊;要说不认识,在这儿演什么偶像剧呢?

思维正发散,听见"啪"一声,像是东西掉落。我 300 度的近视眼远远看去,小缪和郑小迎周围的地面逐渐蔓延出一片刺眼的红色……

我脑子一下就嗡嗡作响——出事了!

我也顾不得躲着了,几步跑出去大吼一声:"干什么呢,你们!"

小缪和郑小迎显然没料到我突然出现,都被吓了一跳,一时愣住。

不知道为什么,我下意识地觉得受伤的是小缪,跑过去一把扯过他胳膊,从上到下打量一遍,除了裤脚和鞋上溅上了血,没发现伤口。

一颗心刚放下,又骤然提起,这小子把女孩伤了?

我这才向郑小迎看去。

她看到我,眼神有些飘忽,紧紧抿着嘴,表情又是愤懑又像是畏惧,

一声不吭。所幸除了脸色不好，没有发现其他异样。

我大概是神经太紧张了，两边都确认完才稍稍放松，感官重新回归，马上闻到一股强浓烈的颜料味道。低头一看，地上还有个空塑料瓶，瓶壁上挂着红色痕迹。所谓的"血"是从这儿洒出来的，确实是稀释的颜料。

我要气死了，吓出我一身冷汗！

小缪有点尴尬，一耸肩把我手甩掉，满脸不耐烦地转身就想走。

"别走，谁给我解释一下这怎么回事。拍戏呢？"

郑小迎一脸无所谓，挪动了几下步子，用沉默表达不满。在背后搞鬼那股跋扈散去，倒像个跟老师唱反调的学生。

小缪斜了她一眼，终于淡淡地说："这女的要泼你。"

"泼我？"没想到我在这偶像剧里还有角色呢？

他点点头，眼神示意地上的颜料。

这才恍然大悟，原来不是我想的那样。

事情大概是：郑小迎知道我来参会，鬼鬼祟祟地带瓶红颜料来想让我出糗，没承想碰到门口瞎晃荡的小缪。

小缪又刚好认出郑小迎是上次推我的女生，两人就在这儿相持上了。

这个郑小迎，怎么烂招层出不穷啊？

虽然猜得八九不离十，但我还是保险起见问了句："你之前认识她吗？没什么恩怨……情仇？"

"她推人差点把我带倒，算不算恩怨？"小缪死鱼眼一瞥，"不然我管你的闲事？"

把你给厉害的，非要装酷吗？

现在事情清楚了，我转而走向郑小迎，离她越近，越能感受她的拘谨。

你们知道吗，难办就难办在这儿。她在你面前完全不像个加害者，就是个普普通通的小女生，可一旦藏在人群里，就不知道能酝酿出什么恶意。

精神分裂一样，我都不知道用什么策略对付她。

"郑小迎，"我沉着声音，"你到底对我有什么意见，能不能像个成年人一样？"

她犹豫半晌，小学生般甩下一句"你配不上顾老师"，扭头就跑。

又跑了！推完人就跑，撂下狠话就跑。我虽然老说不放过郑小迎，但其实真的拿她这种泼皮没有办法。连被顾轶送进派出所，出来都能继续运转她的小组织，真的太让人头大。

再一次被气出内伤，我愣了半天，回头又对上小缪欠扁的表情。

"情感纠纷啊？"他慢悠悠地转身，"没想到。"

颁奖典礼结束，我和小缪往会场外走，两个人都耷拉着脑袋，一言不发。不知道他为什么无精打采，反正我是被郑小迎搞得身心俱疲。

经过刚才的走廊，看见清洁大妈正一边清理颜料一边骂骂咧咧，不自觉加快了脚步，前脚才离开案发现场，后脚就听见有人叫我。

回头一看，是蔡姐。

"陈燃，好久没看见你了。"她看上去心情不错，"哎哟，这是你们新来的同事啊？"

"蔡姐，"我赶紧介绍，"这是新来的实习生，缪哲。"

"这大高个子，多帅。实习生啊？多大了？"蔡姐两眼放光。

看这样子，又想抓壮丁去扩充她的相亲人才库了。

小缪一脸木然地站在旁边，我碰了碰他的手臂，他才冷冷地回答："大二。"

"啊，大二就实习啦？"年纪太小，蔡姐有点遗憾，转而又问我，"顾教授呢？怎么没跟你一起？"

"他……有课。"

蔡姐神色有异："那不能，课都停了，要期末考了。"

"那我记错了……有会。"

她沉吟半晌，苦口婆心道："陈燃啊，你跟小顾怎么样啊？有事就跟蔡姐说啊。"

我还没来得及回答，就听小缪不耐烦地清清嗓子，给了我一个"速战速决"的眼神。

"我俩挺好的。"

"那你来学校他连个影都没有？这样可不行的。"

不知道怎的，蔡姐这句话突然就击到我心上了。可能今天太郁闷，这郁闷又跟顾轶直接相关，委屈一下就翻涌上来。但立刻又嫌弃这样的自己太矫情，两股情绪交缠，第一次后悔和顾轶假装相亲了。

蔡姐看出我的表情变化，估计认定顾轶做了什么对不起我的事，更加义愤填膺："我这就给小顾打电话。"

"不用！"我拦住她，一时冲动，"我自己打。"

结果是顾轶今天根本不在学校，他接到我的电话还有点诧异。

这我就很尴尬了，蔡姐还在旁边一脸关切。

于是，就有了以下鸡同鸭讲的对话：

"哦，你在开会啊？"

"我今天不在学校。"

"好，我去找你。"

"我说我不在学校，今天没课。"

"好，一会儿见。"

"陈燃……"

"对，我在蔡姐这儿。"我加重了"蔡姐"两个字。

"明白……"

"我这就过去，那我先挂了啊。"

"等会儿，"他顿了顿，"要不去看个电影？"

第四章 相处
HeNiBuJinShiXiHuan

我一路紧赶慢赶总算在约定时间到达电影院。

因为是工作日，影院大厅的人并不多。我粗粗环顾一周，没发现顾轶的身影，坐下平缓呼吸又等了十分钟，人仍未出现。

我怕闹出约错时间地点的乌龙，正想打电话，一抬头恍惚发现大厅角落一排闪着光唱着歌的娃娃机前，有个熟悉的背影。

顾长的身形，一件宽松衬衫露出颈后些许碎发，一只手拎着五六只娃娃，另一只手正在操作。

好像……顾轶？

我不敢确定，偷偷绕了一大圈从侧面看过去。

微蹙的眉，紧抿着嘴唇，这一脸研究哥德巴赫猜想的表情……

还真是他！

让我想想怎么描述当时的心情。

文字不能描绘我震惊的十分之一。

几步之遥等儿童片的小孩儿坐在沙发上看电影宣传册，这边顾教授就着灯光和音乐专心致志地抓娃娃。

用反衬法，你们体会一下。

尽量自然地走近，我在他旁边站定。

"顾教授……"我表情管理要失控了，一脸揶揄忍都忍不住。

他这才转头看到我，稍微愣了几秒，张张口刚想说话，就听"嗒嗒嘟嗒嘟"音效响起，配合五彩灯光，一只皮卡丘掉了出来。

　　顾轶弓腰捡起，舔了舔嘴唇，一本正经地说："这也是数学，概率。"

　　哦嚯，教授就是教授，真是堂皇。

　　他把娃娃一股脑塞到我怀里，清了清嗓子还在试图挽回："数学在生活中的运用很多。"

　　"嗯。"快别说了，您人设崩了。

　　"进去吧……快开场了。"

　　"看什么电影？"我一脸期待。

　　其实来的路上查过正在上映的影片，除了一部恐怖片，我没有特别感兴趣的。本人属于又怂又欠的类型，每次都要看，每次都吓得屁滚尿流，下一次还要看。

　　题外话，你们是不是期待我俩看一部恐怖片？

　　真情侣腻歪必备，假情侣升级法宝。

　　但是，让你们（以及我）失望了，顾轶已经买好票。当我满怀期待接过时，发现是一部二战电影。

　　嗯。

　　整个影厅都没几个人，稀稀拉拉地坐着。

　　灯光暗下来，屏幕亮起来，英文飙起来，我的困意接踵而至。

　　可能是因为早起参加文学院的颁奖典礼，又被郑小迎折腾这么一下，本来就累。画面里战火纷飞，全景声环绕着我，有节奏地起到催眠作用。

　　就好像，你们有没有睡过火车卧铺，绿皮那种。听着铁轨震动的声音，特别好睡。

　　我拼命揉眼捶头给自己醒神，第一次看电影就睡过去实在不好，尤其是这种充满历史厚重感的片子，会显得我很肤浅。

　　不时瞟一眼顾轶，光影晃过他的侧脸，像一尊雕塑。

　　"看电影，别看我。"他声音很低，嘴角弧度很微妙。

　　"没看你。"

　　目视前方，我更困了，撑不住了……

被顾轶叫醒的时候，灯光已经亮了，旁边一位清洁阿姨在收爆米花空桶。

我睁着迷糊的双眼，下意识地擦了擦嘴角。

"睡得还行？"他问。

"咳……"我坐直身，"对不起，太困了。"

从电影院出来去吃了个饭，顾轶聊到即将到来的考试周，数学公共课安排在前两天，时间很是紧张。

他往后一靠，沉吟片刻道："想请你帮个忙。"

这熟悉的操作，熟悉的动作和语言，我心跳有点快，上回是相个亲，这回是……

"改考卷。"

真是个务实的人呢。

"病急乱投医？我数学也就中学生水平。"我连连摆手，自知之明还是有的。

"选择题而已，对照答案，再算算分数。"他顿了顿，又加了一句伤人的话，"100以内加减法……给你计算器。"

我想反击，但觉得自己还是需要计算器的。

"什么时候？"

"周五吧。"

"周五我要去报社开选题会。"

他思索片刻，刚要开口，我立马接道："不过下午可以。"

"那就周五下午，在办公室等你。"

周五。

早上一到报社就看到小缪在我位置瘫着，旁若无人地戴个耳机玩电脑。

"起来。"我敲敲桌子。

他瞥了我一眼，张嘴就来："主编叫你过去。"

用什么烂借口耍我。

"赶紧,坐张记者那儿去,他还没来。"

小缪慢悠悠地摘掉耳机,一脸挑衅似笑非笑:"要是真找你怎么办?"

"不怎么办。"我把包往桌子上一放,边说边往主编室踱步。

门虚掩着,稍稍推开,我探进头去。

"陈燃,来来来,进来。"老头儿招呼我。

进门一看,沙发上还坐着一位女士,手里拿着几份报纸。年龄看着40岁上下,保养得非常好,这是其次。

她坐在那儿微笑,优雅又温柔,浑身散发母性光辉。

这么说吧,形容中年女士的一切美好词汇放在她身上不为过。我一时挪不动步子,这是哪里来的娘娘啊?往这儿一坐,把主编衬得更加猥琐了。

对不起主编。

我有点拘谨地走近,她笑说:"这就是陈燃吧,来,坐我旁边。"

我立马被俘获了。

老头儿这时才开口介绍:"陈燃,这位是小缪的母亲。"

啊?

我以前不理解一个看起来叛逆的嘻哈男生,怎么出个门都要用采访当幌子,原来是有这样温柔的妈妈。他不是厌啊,谁见到这样的娘娘都不忍心忤逆啊。

"您好,您好。"我都笑出褶子了。

"我看了你们采访的新闻。""娘娘"把报纸拿给我看,上面有缪哲的名字,"真得谢谢你。小缪听你的,让他来实习是来对了。"

"没有没有,他本来就挺优秀。"本来不想这么说的,不知道怎么变成了马屁精。

然后,我和主编就开始轮番夸奖小缪,真虚伪。

"我了解缪哲,他挺不让人省心的,主意大着呢。""娘娘"谦虚,开始跟我们讲小缪的叛逆史。

大意就是,小缪进入大学之后机缘巧合加入了乐队,从此喜欢上玩音乐,旷课、挂科无所顾忌。父母俩本来想他只要能混个大学文凭,就任小缪做自己喜欢的事,谁知道前不久他提出了休学。这下家人着急了,把孩子送进我们报社实习,想给他找回点专业兴趣。

不得不说,跟我跑学校,只会丧失专业兴趣。

很多人觉得,当记者每天接触新鲜事物,多精彩啊。其实不是的,有几个记者能常常赶上重大事件、报道重大新闻?大多数像我一样,跑常规性消息罢了。

但我不能这么告诉她,只是频频点头。

半晌,"娘娘"总结发言:"我发现他现在挺喜欢采访的,就拜托陈燃记者多照顾,有什么事随时和我联系。"

"当然,当然。"我笑眯眯地回应。

老娘又要给他当保姆了是吗?

虽然说了很多违心的话,但还是觉得跟这位"娘娘"的聊天如沐春风。然而春风还没吹够,老头儿低头一看时间,该开会了。

我先行出了主编室,远远看到小缪大爷一样的坐姿,只能感慨这对母子反差真大,怎么就培养出这么一位满身刺的小祖宗。

"开会了。"我走到跟前。

小缪看都没看我,不慌不忙地开始摘耳机,整理耳机线。

"原来是你妈妈来了,在主编那儿。"近朱者赤,受这位"娘娘"感染仿佛自己都变温柔了,我竟然没有拉下脸催他,感慨道,"你太幸福了。"

听到这里,他死鱼眼才抬起来瞥了我一下,鼻腔里发出不以为然的哼声。

什么态度?我受感染的维持时间可有限。

"怎么,我说得不对?"

小缪没有直接回答,沉默片刻,说:"你能想象棉花糖罩在脸上的感觉吗?"

突然这么抽象的表述,让我有点不习惯,但是脑子下意识地已经去想象。

什么感觉?

甜，柔软，窒息。居然想象得有点难受。

他观察我的表情，给了个眼神好像在说："就是这种感觉。"

意思是被爱绑架？父母管得太多喘不过气来？只能怪你不务正业还谎话连篇啊。

"我看你是身在福中不知福。"

我不以为然，这实在是太典型的家庭关系了，尤其对男孩子来说，十个里面有九个觉得家长关心过度，小缪只是众多叛逆小孩儿中的一个。

后来才发现，又武断了。其实他的形容不太贴切，这位"娘娘"哪里是棉花糖，根本就是浸湿了的纸糊你一脸的感觉。

这是后话。

选题会上，我边听主编讲话边盯着小缪，他又半趴在桌子上，全身没骨头一样。可能是刚接受嘱托使命感上头，我几次试图提醒他好好开会，但这小子愣是装作没看见。

我决定要整治整治他的散漫。刚好主编讲到下阶段工作，主意来了。

情况是这样，接近暑期，学校的采访基本会停掉，这段时间的报道方向主要有两个，假期安全和培训乱象，年年如此。

假期安全里有一个最让我头疼的内容，就是游泳安全，每次都让我陷入无以复加的尴尬……好在今年不会了，聪明如我，想到这里不自觉要笑出来。

"主编，"我找了一个合适的当口插话，"关于我这边的工作，有个情况想请示一下。小缪虽然来了没多久，但是表现很突出。我是这样想啊，今年游泳安全的报道就交给他独立完成。"

我的话一出口，众人反应不一。

老头儿没料到我主动发言，惊讶之余露出一个赞赏的笑容，大概觉得我关照小缪尽职尽责。林文昊就坐我对面，不动声色地竖起大拇指。这个活儿要是不甩出去，他也跑不掉。

余光扫到小缪，却是一脸如梦初醒蒙了的表情。

"我看可以啊，这个事情就交给小缪了。"老头儿笑呵呵，也觉得自己立了个大功。

散会，小缪紧跟在我后面走出门。

"耍我？"

"是照顾你，别的实习生可都没有独立做报道的机会。"我笑道，"对了，你查一下去年的报道，就知道怎么做了。"

他没好气地把我拉到一边，拿出手机顶到面前，正是去年的新闻电子版："这就是你所谓的报道，游泳池偷拍，你是记者还是偷窥狂？"

"哦，你已经查到了？"

他脾气上来又拿我没办法，索性两手插兜，摆出一副无赖的样子："反正我不做。"

"你知道每年在游泳池发生多少起安全事件吗？配备的观察台数量够吗，救生人员达标吗、有没有资格证、工作期间是否在岗、坐在上面是不是在玩手机。"我抛出一连串问题，义正词严，"曝光这些隐患就是记者的工作。"

小缪盯着我，慢悠悠地吐出几个字："呵，真能说。"

"提醒你拍的时候注意安全，被人当成变态就不好了。两周交稿。"我懒得跟他费口舌，转身要走。

"不是有摄影记者吗？你前男友。"小缪阴魂不散。

我回头瞥了他一眼，这都知道，谁嘴这么欠？

"他不归我管。"我走到桌前整理东西，准备出发去学校，就见这小子晃到面前，狭长的眼睛带点揶揄。

"我归你管？"

"对，你是我的实习生，在报社期间我要对你负责，不做你就退出实习。"

我话音刚落，一个温柔的声音接道："不做什么？谁要退出实习？"

一抬头，是主编正好陪着小缪妈妈过来，原来她还没走，看来要等儿子一起回家。

果然，"娘娘"一来，小祖宗不吱声了。

"咳，我说的是别人。小缪做得挺好的，刚接了一个独立采访呢。"

我赶紧打哈哈,"您是等小缪吧,没事了,他可以回去了。"

"我不等他,让他多待会儿。""娘娘"拍了拍小缪的肩膀,"陈燃啊,不能让他闲着,多找点事情给他做。"

"好的好的,放心。"

大概是看到我在收拾东西,她临走前又多问了句:"你这是要去哪儿,我捎上你?"

"不用麻烦,我去学校很方便。"

"你去学校啊?"她眼睛一亮,"那你正好带上缪哲,让他跟着跑跑,我直接送你俩过去。"

我始料未及,自己是要去帮顾轶改考卷,带着小缪算哪门子事啊?

"我不是去采访……"我连忙婉拒。

"这么一想我确实应该跟着,不采访帮帮忙也行,就当学习。"没等我说完,小缪突然插了一嘴,露出假笑。

母子俩唱双簧一样,搞得我无言以对,只能妥协,一起坐车去檀大。

小缪耍这么个心机,绝对是想借跟我去学校的名义开溜。又摆老娘一道,我想想就不爽。

没多久,"娘娘"把我俩送到校门口。

"你又有演出还是什么?我不拦你,但要保持联系,不然你妈妈那边我没法交代。"下了车,我把话挑明。

"演出?"他笑着摇摇头,"我今天下午没事,就是跟着你。"

我一听愣了,又打什么鬼主意?

"跟着我?"没听错吧。

他点点头:"快走吧,去哪儿?"

"我不是说了今天下午没采访,跟着我干什么?"敌不动我不动。

"我也说了,没采访帮帮忙,就当学习。"

这话一出,抬杠的意味就很明显了。

"你在跟我较劲是吧?"我有点恼火,"就因为给你个报道任务?"

"不是,我是看陈记者自由惯了,体会不到被人看着的感觉,所以让你感受一下。"

我竟然语塞，搞来搞去还是"棉花糖罩脸上"的问题，就因为我说了句身在福中不知福。以前没发现这小子锱铢必较，他妈束缚他，他要来束缚我，这是什么逻辑？

小缪对我沉默的反应像是很满意，优哉游哉地往学校里走了两步，回头看我还在原地，说："走啊，是不是去找你的顾教授？"

你们大概也发现了，小缪现在精力过剩，把不务正业的心思转移到跟我唱反调上，实在很麻烦。

我一路都在盘算怎么甩掉这个小祖宗，走得非常慢。他在前面时不时驻足回头，既不催也不着急，逛公园一样悠闲，更让人火大。

两个人磨磨叽叽硬是多花了一倍时间，终于还是走到了数学系楼下。

没什么法子，本记者只能以理服人。

"小缪，"我叫住他，"你就这么轻易放弃搞乐队了？"

对，打算劝他重回歪路，就是如此没原则。不然这小子把时间精力都耗在实习上，作天作地的，谁能搞得定？

他停住看我一眼，笑了："才跟着你这么一会儿，就妥协了？"

"这不是妥协不妥协的问题。"真诚，重要是眼神真诚，我看着他，"我是站在你的角度考虑。"

"哦，那你帮我过我妈那关？她跟你说了吧，我要休学。"

"这个问题……"

小缪插着口袋，漫不经心地打断我："你什么时候让她答应我休学，我什么时候不跟着你。"

这是什么生意鬼才，把老娘算计进去了。

"我可没这么大能耐，你跟我耗着是白费力气，"火气已经上来，我逼自己耐下性子，"光顾着在这儿置气，把自己爱好都荒废了，犯得着吗？"

"我现在发现偷偷摸摸地搞乐队，没什么意思。"他眉毛一挑，"好像没跟着你实习有意思。"

真有你的。

"行！"老娘算是遇到劲敌了，小缪的难搞程度直逼郑小迎。"不

嫌累就跟着,看你能跟到什么时候。"

贸然带着小缪,我其实是有点担心顾轶的反应,但眼下小祖宗甩不掉,只能硬着头皮往办公室走去。

短短一段路,我走得忐忑又窝火。

门开着。

顾轶正在改考卷,戴着眼镜很专注。卷子翻得唰唰作响,听到敲门声他才回过神。

一抬头看到门口一张衰脸和一张臭脸,他明显愣了一下。

"不好意思啊,带上了我们报社的实习生。"我就是那个衰脸。

小缪往后面一站,哪里有点实习生的样子,好像跟着我追债的,臭脸。

"没事。"顾轶恢复他一如既往的平静,看不出什么表情,"多个帮手。"

我这才放下心来,隐隐又泛上来点失落。

记得之前说过,顾轶的办公室挺小,我们三人围坐在桌前,略显局促。尤其是小缪,坐着折叠凳,就着桌子的短边。他长得又高,腿伸出来老长,看起来很不舒服。

"不难受吗?回去啊。"我低声问。

小缪瞟了我一眼,不作回答。

顾轶好像丝毫不受我俩影响。他把考卷分成两沓,让我改前面部分,自己改后面大题,由小缪汇总分数,很快形成了一条简易流水线。

流水线上的工人大家见过吗?闷不作声忙自己手上的活儿,因为劳动占据大脑分不出心来。我们仨也很快投入这种作业中,一时间只听到笔尖触纸和翻阅卷子的声音。

我改得还挺爽,读大学的时候就知道数学是很多人的噩梦,现在有种掌握生杀大权的感觉。

这些卷子里也发现好多划水的,选择题全蒙C那种,甚至还有白卷,空空如也。

但是改了这么多,都没有眼前这份卷子奇怪。

也填了几个空,还是比较复杂的答案,都正确。剩下大半却都空着,还暗戳戳点缀着一些小符号,爱心啊,笑脸啊。就好像在说:我其实都会,但就是不答,画些可爱的东西让你看看我。

直觉来了挡都挡不住,我一把扒开考卷姓名处,果然工整地写着三个字:郑小迎。

我立马回想起她在课上说过:"我就准备这学期挂科,重修顾老师的课。"

真是说到做到,就她这考卷,精准挂科。

我抬眼偷瞄对面的顾轶,正改得认真,中间还有电脑半遮,应该不会发现。于是,我做贼一样偷偷换了边上的黑笔,对着答案就开始一顿猛抄。

帮你收收心思,干点正事。不客气。

我都能听到自己的心跳,紧张得要命,作弊的同学可太不容易了。我下笔很快,顾不上模仿郑小迎的字迹,眼看填完最后一个空了,匆匆换回红笔。

抬起头长舒一口气,发现小缪一双死鱼眼正盯着我,我赶紧做了个噤声的手势。

他挺疑惑的,可能没明白这是什么操作,但看出我心虚,慢慢浮现出一抹手握把柄的笑意。

我懒得理他,想抓紧改出郑小迎的卷子,刚打了几个钩,他的手晃过来,拿着一支笔在考卷上随意敲了几下。

这一敲,顾轶抬起头来。

"咳,差点改错了。"我打了个哈哈糊弄过去,怒视小缪。这时,感觉手机振动,我点开一看,正是这个小祖宗。

小缪:"独立采访我不去。"

好一股恶气郁结,我抬头看到他拿着手机,正面无表情在等我回复。

我:"行。"

然后,我听见小缪把手机放回桌上的声音,恍惚还听见游戏机里自己被 K.O 的声音。

心累,但终于可以在考卷上大笔一挥,这下郑小迎可以稳稳飘过及

格线,回到她应有的成绩,终于安心。

三人改了将近两个小时,才将卷子全部改完。我一阵腰酸背痛,伸了个懒腰,旁边小缪也在扭脖子舒缓。

顾轶摘掉眼镜,用手按了按眼睛,声音低低的,但很清楚:"辛苦,谢谢了,先回去吧。"

我一愣。

没想到他这么干脆送客,话虽然说得客气,但生分,我心里有点不好受。

小缪已经站起来,他巴不得早点走。

我这边刚作势起身,就见顾轶前倾,伸出手按住我胳膊,然后对小缪说:"先回去吧,不早了。"

顾轶总能在云淡风轻间将人一军,有种降维打击的感觉。一如曾经被说呆的杜博士和我,现在小缪也愣了,而且脸色很难看。

小缪身形顿了顿,看我没有要走的意思,深吸了一口气,然后装酷甩下一句"走了",大步出了办公室。

这时我才惊觉自己和顾教授之间有十个小缪的差距。小祖宗把我气得牙痒痒,就这么被顾轶四两拨千斤了,让人自愧不如,敬佩之情溢于言表。

小缪一走,办公室只剩我们两人。

"累吗?"顾轶收回手,往后一靠,没事人一样。

"还行。"不知道为什么有点不自在,我随手抓了个话题,"改卷子其实还挺有意思。"

"挺有意思……"垂下眸重复了一遍,他突然笑了,"我觉得你也挺有意思。"

这话说得我脸有点莫名发烫,其实是褒是贬都没听出来,正踟蹰着想问,听见顾轶接着说:"你还帮人家答考卷了是吗?"

笑意还留在嘴角。

被发现了?

当时脑子里迅速过了一遍偷偷答题的画面,敢肯定他没有看见,这位福尔摩斯是怎么知道的？

没质疑没否认没解释，我直接悻悻发问："怎么知道的？"

"笔迹明显不一样，而且还没干。"他气定神闲。

啊，大意了，应该多晾一会儿再给他的。

我一定把懊恼写在脸上了，引得顾轶又稍微探过身，饶有趣味地观察，问："你把郑小迎拉到及格线，是怕她重修？"

我也不必遮遮掩掩，大言不惭道："嗯，刚好碰上就帮你个忙……我看了她考卷，水平本来就在及格以上。"

"那我还得谢谢你？"他今天还挺爱笑。

看到这个反应，我就安心了，知道顾轶没有纠缠改考卷的事，严谨中还是懂变通的嘛。安心之余又觉得答应小缪的无理要求真是亏大了。

"不谢，应该的。"毕竟假装相亲的初衷不就在这里吗？不提我倒快忘了。

看得出他嘴角又要勾出弧度，但立马给扳了回去，他作势起身收拾了一下东西："走吧，带你去放松一下。"

我和顾轶一起出了门，正赶上学校里热闹的时候。大概刚结束考试，大批学生从教学楼拥出，往宿舍和食堂分流，熙熙攘攘都是讨论试题的声音。

我俩就在人群中往校外走，去"放松一下"。

其实还挺好奇一个数学教授有什么放松方式，会不会异于常人？比如做数独、拧魔方什么的。两个人较着劲比谁拧得快，那画面不敢想。

又或者教授也难以免俗，泡澡按摩理疗。呃……想到这里，我不免一身鸡皮疙瘩，紧张兮兮地问了句："我们去哪儿？"

"嗯？"他凑近才能听清。

"去哪儿？"我用手扩音，加大音量。

正问着，听见"嘀嘀"的喇叭声，旁边一辆SUV随着人流缓慢挪动，车灯明晃晃的。

真是很讨厌这种在拥挤中开车的人，按喇叭有什么用，让得开吗？我刚皱眉瞟了一眼，就见车窗摇下来。

蔡姐探出脑袋，笑容灿烂，喊我们："小两口这是干什么去呀？"

我看到是她先吃了一惊，听到这话更是直接尴尬到石化，都不敢去看顾轶的表情，您能不能别玩我？

"蔡姐您别乱说，哈哈！"我赶紧打圆场。

"还不好意思了，那不是迟早的事吗？"她换了个姿势，像是要跟我俩好好聊聊的架势，直接冲我们顾教授问，"小顾，你说是不是？"

蔡姐的热心劲真是无人能及，今天估计要碰上顾轶这颗软钉子了，第二次滑铁卢。

结果顾轶还真回答了，说得清清楚楚又滴水不漏：

"那要问陈燃。"

然后，蔡姐就笑开了："对对对，小顾你这话说得对，陈燃做主。"

我没料到他还会说这种场面话，打了个太极把蔡姐给逗乐，索性不吱声了，只是傻笑。

"你们这是要干吗去？"她又开口了。

放松一下？这话怎么这么别扭，我也不知道怎么个放松法，用眼神向顾轶求助。

"就是去闲逛。"顾轶回答，慢条斯理地又加了句，"您慢点开，我们先走了。"

我刚才就在心里琢磨怎么结束这场对话了，主要是蔡姐的车被困在人流里，开得比我俩走路还慢，要说"您先走吧"，她明显走不了，难不成要陪她聊一路。

没想到，顾教授来了句"我们先走了，还您慢点开"，他怎么想的，又气人又好笑。

蔡姐一脸还没聊够的表情不舍地道别。随后顾轶拉住我快步往人群里侧靠了靠，回头看一眼，那辆SUV依旧保持龟速前进着。

"看到了吧，蔡姐做媒包售后的，很难缠。"我以过来人的身份说。

"呵！"顾轶不以为然，"她给你介绍杜博士，有什么售后可谈的？"

我哑口无言。

这么一说还真是……要说我和顾轶假装相亲这事，根本没人介绍，纯属自发结盟。蔡姐老以中间人自居,把我都给绕进去了。

这么想着,没注意到已经出了校门。

又走了十来分钟,进入一条小巷,行人渐少,越走越安静。我还纳闷学校附近居然有这么隐蔽的地方,就听顾轶低声说:"到了。"

面前是一栋三层民宅改造的店面,门脸很小,简简单单一束光,连招牌都没有。

我心下警惕起来,踏进门那刻还是忍不住问了一句:"这里是干吗的?"

顾轶回头看我这熊样,有点哭笑不得,伸手轻轻拉住我胳膊往里一带。

"射箭。"

哦嚯,我也已经看到了,入眼就是一张弓。

里面是一个很大的空间。举架很高,布置极其简约,几条箭道分隔开,人不多,安静,只能听到干净利落的发箭声和射中靶心的闷响。

万万没想到,顾教授所说的放松方式是射箭,更没想到隐蔽在小巷民宅里,居然是一个射箭馆。

看到我俩进门,一位30岁左右的男士迎上来,估计是老板。

"来啦。"他很随意地拍拍顾轶的肩,探过身看到我,"哟,今天带人来了。"

"您好。"我微微点头。

老板带着一种八卦的笑意迅速瞟了顾轶一眼,问我:"玩过射箭吗?"

"没有。"

"第一次来,没关系,我们这儿都有教练,包你学会。"

还挺会做生意,但我没来得及道谢,就被顾轶拉着胳膊往里走去。

"不用,我教她。"

隐约听见老板在身后笑骂:"你不是最讨厌教别人吗?"

说实话,我第一次来这种地方,有点兴奋。站在箭道前左顾右盼,顺便想象自己的飒爽英姿。

"伸出中指。"

"啊?"我迟疑地伸出手,"不好吧?"

顾轶掀起眼皮:"给你戴护指。"

"哦。"我还是觉得别扭,只好五指张开,伸出个爪子好像在乞讨。就见顾轶把一个黑色软垫套在我中指上,转身拿起一张弓。

"左手持弓,胳膊伸直。"

"哇,好重!"对重量没有预估,我一下没举起来,被顾轶眼疾手快扶住。

"没想到这么重。"我嘀嘀咕咕给自己找说辞,不想表现得太弱,"然后呢?"

"这样。"箭被卡在弦上,他站在侧后方很自然地把住我的手,摆出拉弓的姿势。

当时我脑子就"嗡"一下,一股热浪上头。教练都这么教的吗?手把手?

我斜眼观察旁边的人,就听见头顶顾轶淡淡地开口:"专心。"

这语气好熟悉,我心虚地抬头瞄了一眼,他表情极其严肃认真,一点没有之前的和颜悦色。果然各行都有职业病,老师就是能分分钟板起脸,不管是教数学还是教射箭。

"闭左眼,右眼瞄准。"

"我近视。"

"没关系,瞄黄色区域。"

"好……好了。"我胳膊已经支撑不住,酸得不行,开始狂抖。

"放出去吧,松手。"

"啊?怎么松?"我右手好像不听使唤,紧紧拉着弦,就是松不开。

听到顾轶倒吸一口气:"手指张开。"

我胳膊已经要抖成筛子了,靠他把住才没垂下去。终于放出了第一箭,离弦后像个肌无力患者,轻飘飘地落在靶前。

"再来。"

"……"

我不想他教我了。

没去数他说了多少次"再来",箭道上全是"肌无力"。我胳膊也酸,眼睛也累,浑身挫败感。这根本不是放松,简直要了老娘的命,不玩了!

"干吗去?"他一伸手拎住我的上衣帽子。

我猝不及防被勒得一个刹车,居然拎我帽子?嗯?

记得很久之前形容的数学老师吗?龟毛、严肃、脾气不好。接触久了我怎么就忘了呢,他是个数学老师啊,职业病太可怕。

"我歇会儿啊。"我忍不住回头怒视。

"把这几箭射完,来。"

本来听到顾轶跟老板说"我教她",我心里是有点窃喜的,没想到结果成这样。

我抹了一把脸,垂头丧气地拿起弓,全身心表达不满,箭在弦上,想都没想就松开手射出。

然后就利落地正中靶心。

我觉得我找到诀窍了!

回头刚想显摆,撞见顾轶在身后,正垂眼扬起嘴角。

一个欣慰又骄傲的微笑,是没有出现过的表情。

他没发觉我在看他,我也没说话。

后来这个表情印在我脑子里很久很久。

但有一次我问他,你知道哪个瞬间让我印象深刻吗?他说在射箭馆,你射中第一箭的时候。我就奇怪了,这个人脑门上长眼睛了?

我问,你怎么知道?

他说,我感觉你看了我很久。

万事开头难,接下去就顺利多了,一箭接着一箭基本都能上靶。我深陷其中无法自拔,不用顾轶监督,自己玩起来没完,直到来电铃声响起。

我拿出手机时,对方已经挂断,点开一看,是都市报的王记者。再瞄一眼时间,居然已经在这儿待了两个小时。

这个无利不起早的人找我能有什么事?

我回拨过去,电话很快接通。

"您找我有事？"

"陈燃，又要麻烦你帮个忙。"

"您说。"果不其然。

"是这样，我们想找顾教授开个专栏。"

"开专栏？"都市报是疯了吧，找数学老师开专栏，在报纸上教数学？

"对，咳……"他大概也觉得有点牵强，"也是上面领导提议的，顾教授的专访刊登之后，报纸销量有增长，所以……"

销量增长还不是因为你们把顾轶的照片放了四分之一版吗？人家一个大学教授，被当成招揽生意的门面，想想我都来气。

顾轶也是的，当初拍张照都说不方便，不知道怎么会同意都市报的骚操作。

"你们打算把专栏开在什么版啊？内容呢？"我不自觉就把自己当经纪人了。

"娱乐版，内容就趣味数学。"

真敢想！有人看算我输，除非放他照片。

"配合插图照片，这样。"

真不要脸。

"王记者，我觉得欠妥啊，你们还是再研究一下。而且这个我也决定不了，您到时直接和顾教授说吧。"

不知道什么时候顾轶就站在身后了，突然冒出一句："和我说什么？"

我吓一跳，看了看他，对电话里说："要不您现在就直接跟他说吧。"

我把手机直接给了顾轶，低声交代："都市报的王记者邀你开专栏。"然后眉毛眼睛嘴巴都在努力，表达另外几个字：不要同意。

顾轶走远几步讲电话，我听他就"嗯嗯嗯"了几声，没说多久挂断，把手机还给了我。

"怎么说？"我关心结果，虽然已经料想顾轶不会答应。

"先试试看，这个暑期。"

"你答应了？"

"嗯。"他边收拾弓箭边随口应了一声。

不敢相信,这人平时的精明哪儿去了,怎么犯糊涂?

"王记者是不是没跟你说明白啊。专栏开在娱乐版,还要上照片。"我跟在他身后絮絮叨叨。

捡好最后一支箭,他直起身看我:"说了。"

我哑口无言。

完了,怕不是想靠脸吃饭了。

这里可能要插一嘴,略提一下都市报和我们的关系,其实同属一个报系,但定位大相径庭。都市报顾名思义,是面向市民的,从社会新闻到家长里短,统统往里装,简单说就是读者爱看什么放什么,销量的导向作用十分明显。

受报纸风格影响,都市报的记者也有显著特征,像王记者就是典型,活跃家,找关系都能找到我头上。

所以我不想让顾轶接这个专栏确实是出于为他考虑。都市报只顾着娱乐化,长远看对他的学术形象没什么好处。

他这个聪明脑袋怎么会想不通呢?

总之直到那天回家,我也没弄明白顾轶为什么答应开专栏。考虑再三,还是给王记者编辑了一条微信,请他把专栏的策划内容发来,至少帮忙把把关。

后来我修改到半夜,才觉得差不多可行。

第五章／新闻
HeNiBuJinShiXiHuan

第一次射箭之后的那段时间,我左边胳膊基本处于抬不起来的状态。在家待了几天,眼看报道实在不能再拖了,才打电话给小缪,让他跟我去取材。

就是游泳安全那篇报道。

当时是答应他不单独采访,但有我在旁监督指导,那也不能算单独了。

上午十点,我前脚刚到,后脚就看见小缪远远过来了,又一副没睡醒的样子,松松垮垮地穿件T恤,倒挺像来游泳的。

我俩在游泳馆门口嘀嘀咕咕,酝酿阴谋。

"你就正常进去游泳,带着手机。注意看观察台有没有人,如果是空的,拍张照就算完成任务了。"

小缪皱眉瞥我一眼:"如果有人呢?"

"那就要看救生员有没有在打盹啊玩手机啊,稍微等一会儿。"

他眉毛皱得更紧了,一脸生无可恋。

"去吧去吧,票都给你买了。抓紧,这家没问题还要跑下一个。"反正今天务必要把素材拿到。

"那你呢?"他刚要挪步,才反应过来。

"我在这儿等你。"

"陈燃？"小缪又把手虚挎腰间，回头看我，"你怎么答应的，我说了我不单独采访。"

"所以我来了啊。"就知道他要纠结这个，"你以为我们真来游泳的？我进去也没用啊，你赶紧拍个照片出来就行了。"

这时候旁边已经有人投来诧异的目光。我不想再掰扯，用眼神示意他"快去"，小缪低低咒骂一声，转头进了更衣室。

原来在外面等是这个感觉，还挺欣慰。去年也是这个时候，带的实习生是一个温温柔柔的女孩子，只知道低头、脸红、摆手拒绝三联，只好本记者出马。

时隔一年，我总算摆脱了尴尬，可以在外面悠闲地等人。

正想着，也就十来分钟，突然听到什么动静。下一秒，更衣室的门"啪"一下被推开，一个人影蹿出冲我狂奔而来。

是跑成虚影的小缪。

什么情况？

我还没反应过来，他已经掠过面前，留下一个字：

"跑！"

他干什么了？

拍个照最多被人鄙夷吧，哪至于上演这么一出？

然后就听到更大的动静，门又被推开，有人追着冲出来。

我嘴巴还没合上，突然感觉有人猛地扯手腕，是小缪又折回来拉上我就跑。

我完全不由自主地被他拉着，腿都倒腾不过来，风呼呼地灌进耳朵，脑子里只有一个想法——为什么要拉上老娘？

你不拉着我，谁知道我们是一起的。

我从小体育就差，体质测试的时候显示心肺能力不适合做剧烈运动。这么跑了两条街，简直要虚脱，大脑一片空白，没力气跟着跑也没力气挣脱。

终于在一家便利店门口停了下来，他弓腰拄着膝盖大口喘气，我直接瘫在地上，说不出话来。

缓了有五分钟,小缪进便利店去买了两瓶水,我喝了几口才觉得恢复语言功能。

"你干什么了?"我都顾不上怪他拉着我狂奔,不用想也知道,小祖宗还觉得自己很仗义。

"就拍照啊。"他义正词严。

"照片给我看看。"

小缪把手机给我,打开一看,照片上远景观察台上还真没人,形同虚设,不合规定。

但是镜头前晃过一位穿泳衣的女士。

"你拍人干吗?"我火气忍不住上蹿,多好的素材,就差这么一点。

"谁说我要拍她了?我刚拿起手机要拍,她突然就走过来了。"小缪喝口水,接着说,"然后一男的过来,非说我偷拍他女朋友,然后就这样了。"

我目瞪口呆。

生活真的比电影还戏剧,游泳安全的报道我跑过好几次了,没有一次出现这种事故。

"现在怎么办?"小缪问。

"怎么办?"我沉默片刻,把空瓶一扔,"观察台连个人影都没有,回去,曝光它!"

我们俩从游泳馆狂奔到这里,也就花了十分钟,走回去却几乎用掉半小时。好不容易到了门口,小缪说什么也不进去了。

"要去你去,反正我是不去了。"他冷着脸往墙上一靠。

真是不堪大用。

"拿着。"我把包往他怀里一塞,抓着手机就要往里走,"我去。"

"你就这么去啊?一看就不是游泳的。"

我没理他,直直地进了女更衣室。

一进门旁边坐着一位收泳票的大姐,斜眼看到我:"来,票给我。"

"不游泳,在外面等半天了,我儿子还没出来。我进去看一眼啊,别再出什么事了。"我一脸着急。

她打量我，泳衣都没带，想必也蹭不了她家游泳池。况且关乎孩子的事，大概也怕担责任，片刻放行："快点啊。"

我火急火燎就进去了。

你看，年龄也不是虚长，关键时候能派上点用场，比如居然能装孩子妈了，不知道是该笑还是该哭。

一进去正好对着观察台的角度，上面仍然空着。我也顾不上心虚，拿起手机就拍了一张，装作找人的样子眺望一圈，然后转头就回去，前后用了不到一分钟。

"找着了吗？"大姐问了嘴。

"没有，估计他爸领出去了。"我想想又加了句，"我看你们都没有救生员啊，多不安全，要不我怎么担心呢。"

"咳！"她倒是一点不脸红，"这么多人呢，还能出事啊？"

我扬起嘴角咧出个笑，真是上赶着贡献报道素材，就应该把这句毫无安全意识的话写进去，可惜没开录音。

小缪见我这么快出来，以为没有成功，正要出言讽刺，我把照片给他看，他才傻了眼。

"怎么做到的？"

"找儿子。"我抬眼瞥了他一下，笑道，"原来儿子出来了。"

小缪脸一青，觉得我在占他便宜，可能又觉得莫名好笑，脸青一阵白一阵，最后化为一声笑骂。

"照片也到手了，今天就结束了吧？"

"不行，还得再跑几家。我需要一个有说服力的数据，说明这是个普遍问题。"我斜眼看他不耐烦的样子，"我看你跟着也没什么用，先回去得了。"

"算了，算了。"他低头挪了挪脚，好像做出多大牺牲一样，"跟你去吧。"

中午先找了个地方吃饭，吃到一半，难得跟小缪围绕新闻进行了一番有益探讨。

我一厢情愿认为有益。

他问了个问题:"我们这篇报道有多少人能看见?"

"如果你指的是普通消费者,包括游泳池经营者,很少。"我老实回答,"可以说,以我们的发行量,他们基本都看不到。"

"那费劲报道干吗?"

我看着他,目光灼灼:"你觉得呢?"

"呵,"小缪一笑,"又起范了。"

咳,我承认,每次讲到相关话题,我就蹿上一种莫名的热血气息。虽然在报社不求上进,还老是抱怨,但这个职业从它的源头吸引我,心中有一缕无法说清又有点难为情的正义感。

"报道是给管理者看的,推动监管才能从根源上解决问题。你知道媒体通过各种方式施加压力,引导舆论。不同的媒体有不同的路径,我们是通过这一种。"

小缪抿了抿嘴,我还以为他要发表什么独到见解,或者一番赞赏,结果慢悠悠又是那句:

"真能说。"

烦死这个人了。

下午又跑了几家游泳馆,包括小区游泳池。有了经验速度就比较快,最后算起来大约三成的泳池观察台根本无人值守,另外有两家救生员全程玩手机。

从最后一个游泳馆出来,两个人都累得不行。

临分开的时候,我让小缪整理今天的素材,他脸一冷,又开始不耐烦了。

"怎么,实习生你不想实习了?"整理个素材推三阻四的,"何况上回不是整理得挺清楚吗?一中校庆那次。"

我当时还发了句"做得不错",没想到被小祖宗删了。

他瞥我一眼,不以为然:"别人弄的。"

嘿哟,居然还有代笔,我实习生本事够大的。

"那你就接着让他弄吧,做得挺清楚。"我才不在意出自谁手,能帮我省事就行。

小缪支支吾吾,皱起眉半天,烦躁道:"行行行,我自己写。"

我看他那一脸别扭的样子,就能猜个八九不离十。

"同学帮你写的,女同学?"

他也是新闻专业的学生,我之前怎么说来着,学新闻主要是温温柔柔的女孩子。

这人没搭话,手一揣兜转身要走:"我回去了。"

"这种人情不好欠的啊。"我在身后补了一句,看他步伐稍微一滞,还是走远。

要是小缪自己整理,我还真不敢指望,之前见识过他狗屁不通的新闻稿。回家趁着思路还在,赶紧整出一份材料。

在这个报道里,游泳池安全只是一方面,另一方面游泳圈之类的用具其实也有很多隐患,不合格品充斥市场。后面两天研究了下国标,为接下去的调查做准备。

又是周五。

像我这种不坐班的人,每次去开选题会都异常痛苦,尤其是早上非常狼狈,不习惯早起。

这会儿我披头散发叼着袋豆浆刚走到报社一楼大厅,就恨不能当场遁地,因为迎面过来的这位同志让我无比吃惊和难为情。

我一手拿着豆浆,一手捋头发,局促地问:"你怎么在这儿啊?"

顾轶穿了件咖啡色的衬衫,袖子挽起来,一大早就很清爽的样子:"来都市报,聊专栏的事。"

忘了说,都市报跟我们挨着,同一大厅进去,一个东楼,一个西楼。

"啊……"不知道说什么,就想赶紧结束这一趴,让我能去洗手间照照自己的蠢样,"他们在西楼,从那边电梯上去。你是找王记者吗,他在8楼。"

顾轶点点头,抬手看了眼时间:"我知道,我来早了。"

"要不……"我犹犹豫豫,"去我那儿坐坐?"

"好。"他倒不客气,领着我就往电梯间走去。

刚上电梯我就后悔了,为什么要多嘴。自己又没有单独办公室,就一个工位还乱得惨不忍睹,请人家坐哪儿,多尴尬。

想到这里,我立马拿手机给小缪发个微信:"帮我收拾一下桌子。"

又补充一句:"然后坐一边去。"

电梯门一开,我也顾不上待客之道,抢先一步出去。我探着身子往里面走,果然远远看见小缪还在我位置上瘫着,正在优哉游哉地看手机。

"起来,起来。"我边疾走边用手势示意。

他目光从手机屏幕移到我身上:"干什么帮你收拾桌子?"

"不用你了,起来。"我回头,眼见顾轶已经跟了上来。

小缪稍微探身,这才看明白,冷哼一声,慢慢吞吞起身走远。

"我们平时不坐班,所以这个位置乱糟糟的,哈哈,你坐。"我迅速拿起椅子上的衣服往旁边张记者桌上一堆,脸已经有点发烫,就像被抓住什么小辫子。

顾轶笑了,没说什么,只是依言坐下。

"嗯……我给你倒杯水……还是茶?"平时很少有人来单位找我,一下子还有点手足无措。

"随意。"

"茶吧,茶吧。"我自言自语地拿走杯子,顺手拎走了张记者桌上的茶叶,张记者爱喝茶,经常显摆自己有好茶。

一进茶水间,发现原来小缪躲到这儿玩手机来了,林文昊也在,还挺热闹。

"哎,我刚看见是顾教授来了吧?"林文昊一见我进来,就开腔搭话。

"是啊。"这才想起来他们倒是见过面,拍专访的照片。

"我说陈燃,还装着呢,这忙帮得够久的啊。"

我没想到他来这么一句,还没缓过来,就听小缪插嘴:"装什么了?"

林文昊一脸猥琐,煞有介事地说:"装人家女朋友。"

当时一听我就不乐意了，把杯子重重一放："就你嘴欠，不会说话就别说。"

"真的假的？"小缪这个没有眼力见儿的，还在追问。

"不关你事，管好你的嘴。"我脸一冷，狠狠把茶叶倒了半罐进去。

真烦，这么明显，还得赔张记者茶叶。

我越想越来气，"咣当"把茶叶罐放桌上，余光瞟到林文昊对着小缪点点头，压低声音说："走走走，陈燃生气了。"

然后两人做贼一样出了茶水间，边走边叽叽咕咕。

两个大男人在这里八卦，有劲没劲？

而且我最近常常忘记假装相亲这件事。

真的很烦林文昊在这儿提醒。

茶大概也没泡好。看了一眼是铁观音，忘了洗茶，希望顾轶没这么多讲究。

刚端过去，发现顾轶和主编居然在我位置上正聊着天。

"小陈，"主编招呼我，"顾教授来了怎么不告诉我一声？"

"哎？"我过去放下杯子，"这不还没来得及叫您。"

"顾教授要给都市报开专栏，你知道吗？"

"我……"我脑子转得飞快，这是什么剧情，知道还是不知道啊？

"她也是刚知道。"顾轶解了围。

"你看都市报动作多快？咱们也可以邀请顾教授开专栏嘛，特约撰稿人也行啊。"主编乐呵呵地说。

嗯？怎么会是这么个剧情？要是老头儿知道是我帮王记者牵的线，我岂不是被骂死？

我脸上阴晴不定，估计笑容都僵了，只随口答应了一声。

"都可以，我配合陈燃。"顾轶声音低低的，真安稳。

老头儿一副受宠若惊的样子，他早就听人说顾教授不好搞，大概没想到这么痛快，两人又客套几句，眼看开会时间要到了。

顾轶一共也没待上十分钟，还被主编客套占去了大半。

关键又出了这档子事，亏我还对都市报开专栏各种鄙夷，谁能想到主编也心血来潮了，凑这个热闹。

我送顾轶去电梯间。

哎，实在很不好意思开口，太强人所难了。

"那个，对不起啊，你看……你还能再开一专栏吗？"厚脸皮就是我。

顾轶看着我："要不我把那边推了？"

"你不是答应王记者了吗？"

"嗯……"他低头沉吟片刻，掀起眼皮，"到底要不要我开？"

"开。"

电梯来了，我赶紧上去伸手拦住电梯门。

"那你把策划发我。"他走进去，把我手拿开，"以后别拦电梯，危险。"

门缓缓关上，只剩我喊了句："谢谢啊，请你吃饭！"

他又笑了。

太对不起王记者了，又把他的专栏截和了，我后面好长时间见到他都绕道走。直到大概两个月以后，我俩又在一次采访上遇见，说起这件事。

我才知道，原来一开始顾轶就没答应他，只说要考虑，那天来报社就是给他个结果。顾轶前脚从我这儿离开，后脚就去了都市报，告诉王记者因为内容不符合他的定位，专栏开不了。

所以这件事我是被顾轶耍得团团转，他顺水推舟，卖给我好大一人情。

亏我当时还傻傻地帮王记者改专栏方案，好吧，也不算白改，后来自己用上了。

但老娘还是很生气！

选题会后，我特地去找了主编，实在想不通他怎么就突发奇想，学人家都市报开专栏，要确认一下才放心。

他是这么说的：

"咱们也要与时俱进啊,都市报为什么找顾教授,因为销量涨了啊。你说咱们定位不一样,那我问你,咱们有没有广告部,要不要盈利?"

我无言以对,领导真是说什么都有理。

"那发在什么版……"

"咱们文教版啊,还能便宜别人。"

"那发什么内容……"

"90后的教授,这么个人才,还怕没内容发吗?你好好想想。"

"那要上照片吗……"

"当然了,不用大,没有合适的你叫林文昊再去拍。"

对答如流,领导英明。

我要出去的时候,老头儿又叫住我,犹犹豫豫地问:"小陈,我听人说,你和顾教授在谈恋爱啊?"皱着个眉,瞪着个眼,满脸怀疑。

"是啊!"

我也不知道自己嘴硬个什么劲,转头开门出了办公室。

谁让您一脸不信的样子!

下午带小缪去批发市场看游泳圈,他一路心不在焉,好几次欲言又止。

下了车,我实在忍不住了:"想说什么就说。"

他看看我,摆出一副不以为然的样子:"我是没想到这种事还有假装的,真够有意思的。"

呵,讽刺我,因为顾轶的事。

"以后离林文昊远点,他满嘴胡话。"我避重就轻。

"怎么嘴这么硬呢?"他双手抱胸,在我旁边侧着身走,"又是被人推又是泼颜料,结果还是假装的。采访你一下,怎么想的?"

真是一下子触到痛脚,我步子骤停:"你不懂,少掺和。"

"我发现你可真逗……"

"行了。"我打断小缪,不明白这小祖宗怎么越来越话痨了,"赶紧的,找一下游泳用品在哪儿。"

他斜我一眼，还是往前走了几步，高高的个子晃荡了一小圈，回过身指了个方向："那边。"

远远就看见一片五颜六色，是游泳圈没错了。

我在一家店铺前停了下来，随手拿起一个儿童游泳圈翻看。

里头出来一大姐："给孩子买游泳圈吗？进来看，里面还有好多款式。"

一眼能把你认成孩子妈，就还挺气人的。

行吧，买给我那还未出生的儿子。

我转头叫小缪，准备进去看看，大姐这才注意到原来我俩是一起的。

"哎哟，孩子爸真年轻。"我不懂她是马屁拍错了，还是真的有感而发，把我俩双双说愣。

然后，同时回答：

"孩子他舅。"我反应够快的吧。

"哈，谢谢。"小缪……夸你什么都承认？

这下又把大姐听愣了。

尴尬了几秒钟，她也搞不清我俩是夫妻还是姐弟了，一脸憋不住的看戏表情，强行转到正题："想买什么样的？"

"就孩子用，都有什么样的。"

大姐拿出好几款。

我一个一个地挑过去，低声问小缪："发给你的国标看了吗？"

"看了。"

"能分辨出来吗？"

"都不合格。"他眼睛看向别处，压低嗓子，间谍一样。

还可以啊，做了功课的，最近有点让人刮目相看了。

其实这些都不用拿去质检就能自行识别，既然说到这里了，容我提一嘴，买游泳圈请认准 3C 标志。救生圈和游泳圈也不是一回事，就不赘述了。

全店几乎没有合格品。又看了几家，都是这么个情况。其实我也不意外，年年如此，里面的事情难说清楚。

"行了，不看了，没几个合格的，超市的情况或许会好点。"绕了一圈又回到起点，我交代小缪去拍张照片，没准用得上。

"就拍这家吧，谁让这大姐眼神不好。"

小缪没理我，自顾自往前走去："不拍这家。"

什么毛病？这也要唱反调，舍近求远不嫌累。

下午又跑完商超，报道的调查部分算是基本结束，只剩下一个质检部门的采访，时间还没约好，我让小缪等通知，就各自回家了。

第六章 风波

暑假正式开始的三天前,檀大发生了一件事,搞得沸沸扬扬。

其实就在我和小缪游泳圈摸底回来的第二天,刚好赶上檀大的毕业典礼。顾轶本来这学期没有教毕业班,却也应邀出席了。

我们约好毕业典礼后在学校见面,一来给他确认专栏方案,另外也说过要请他吃饭的。

在过去的地铁上,我无聊玩手机,看到了记者群的消息。这个群里都是跑教育口的记者,纸媒、教育台、网络媒体之类50来人。平时我都屏蔽的,今天刚好发现里面特热闹,就点进去看了。

这一看,发现一个大瓜。

他们在说檀大毕业典礼的事情。就今早典礼开始前,有人在学校礼堂和公告栏张贴匿名举报信,控诉某男老师玩弄女学生感情。

不得不说,这举报者是个狠人,还有点传播技巧。挑这个时间场合,全校领导老师毕业生都在场,是想捅上天啊。

群里好多记者表示接到了蔡处长的公关电话,说事情是个误会,希望媒体能高抬贵手,不要多做文章。大家都在讨论,到底卖不卖这个人情,消息是跟进还是放弃。

我开始纳闷了,怎么自己没接到电话?虽然日报不爱发这种吸引眼球的狗血八卦,但来公关一下是起码的尊重啊。

其实是她不敢给我打电话……

几分钟后，群里开始扒这位陈世美是谁了，有好事人发了举报信的照片上来，我放大一看。

白纸黑字写着，数学系顾轶教授。

当时我就脑子发蒙，呼吸不畅，吃瓜吃到自己身上就是这么个感觉。

我当然不相信顾轶会干这种事，用脚指头想也知道，举报信绝对是郑小迎写的。匿名什么的最符合她暗戳戳的心理，只是没料到她已经疯到这个程度了。

被考试成绩刺激到，没法上顾轶的课就破罐子破摔了？

眼下没空研究她发疯的心路历程，消息扩散出去，会给顾轶带来很大的负面影响，即便是被泼脏水，谣言自有谣言的能耐。

万年不发言的我在群里发了一条："事情有误，各位先稳住，别发。"

然后我打了个电话给蔡姐，开门见山问这是怎么回事。

"陈燃啊，估计是个误会，你别多想，小顾不是那样的人。"蔡姐已经焦头烂额，还是安慰了我几句。

"我知道是误会，您就告诉我现在事情怎么样了？"

"举报信都撕了，他们还在开毕业典礼，说结束再来处理。我现在就怕你们媒体乱传，有好些学生已经发微博了。"

"您等着，我马上到。"

风风火火赶到学校，我直奔宣传处，找到没头苍蝇一样的蔡姐，跟她大概讲了郑小迎的事情，让她安排写份声明出来备用，另外跟商管学院沟通，把人找出来。

然后我俩去了保卫处调监控，想证明所谓的匿名者是郑小迎，没承想画面里贴举报信的人居然是个送外卖的。

我天，都疯到这个份儿上了，怎么智商还没下线？

正一阵挫败，在监控前捂着脸想对策，旁边保卫处处长开口了："送外卖进校园的人都有备案，我给你找找看。"

他解释之前外卖员在学校里横冲直撞出过事故，为了加强管理，要

求进校园的外卖员统一登记。没多久,果然对照着找出了监控里的外卖员信息。

打个电话过去,小哥轻松告诉我们下单的是谁。

就是郑小迎。

毕业典礼刚结束,始作俑者已经被我们找到,后面的事情交给学院处理,我和蔡姐也一起过去。

路上,她看我都是一脸崇拜。

"这记者就是雷厉风行的。"又老生常谈了,夸我就从来不会用别的词。

"蔡姐,这个郑小迎进过派出所的事您知道吧?她是惯犯了,这次也确实是造谣。"我还是不放心,想帮顾轶解释。

"知道,这真要严肃处理。女孩子怎么能这样?"

"但对顾轶还是有影响,多找点学生在网上发正面评论吧,声明可以先不发,事情还没闹大不用节外生枝,有需要可以单独告知媒体。"

"好。"她看我,目光突然很温柔,"没给你们介绍错。"

很快到了学院,办公室里坐着四五个人,大约是学院领导。我没敢进去,站在门口远远就看到顾轶,冷着一张脸,薄薄的嘴唇抿成一线,坐在那儿指尖一下一下敲着桌面。

从没见过他这个表情。

我感觉,顾教授怒了。

我扒着后门门缝偷看。

从这个角度只能看到顾轶的侧脸,略低着的头,紧绷着的下颌。

蔡姐进去之后,把情况大体说了。我能感觉到几位领导有些坐立难安。确实,这种事放在谁的院系都不好处理。

要是不作为,事情已经到这种地步,老师的权益得不到保障,学校也压不住舆论发酵。但严惩学生,难保不会闹出更大的事,万一家长参与进来死缠烂打,领导们还要不要过暑假了?

几个人你推我,我推你,半天说不出个所以然。我正听得忍不住叹气,顾轶低沉的声音传进耳膜。

"林院长,上次的处理方式已经很糟糕,才会发展到现在这样,"他这话说得丝毫没留面子,"或许以她的精神状况,需要休学治疗,不适合再待在学校。"

嚯,够狠的。

坐在中间的老头儿下意识地摸了摸额头,估计就是林院长。他清了清嗓子:"小顾啊……"然后就没了下文,停顿了好几秒,居然又重复了一遍,"小顾啊。"

这两声"小顾"叫得真是气势全无。

顾轶这时候换了个姿势,原本前倾的身体往后一靠。想想他两次给我下套都是这样,看来成竹在胸,又准备憋什么大招发难了。

"不然还是交给警察处理,学院也不要插手了。成年人该为自己的行为负责,侵犯隐私、诽谤、故意伤害,够她消停一段时间了。"

我一听,郑小迎什么时候还故意伤害了?胆敢对顾轶下手了?

"能调解还是不要闹到校外吧,影响不好。"林院长这下倒回答得挺快。

蔡姐点点头,附和了一句:"最好在校内解决。"

可不是?在校女大学生因骚扰诽谤男老师被抓,这消息传出去,我估计蔡姐要考虑提前退休。

"劝退。"顾轶毫不让步,"我的意见就是这样。"

几位领导相互看了看,面露难色,场面一度尴尬。

半晌,林院长终于松口:"好,我们先跟学生和家长协商,好吧?"

"院长,下学期她如果还在学校,我就用自己的办法解决了。"顾轶起身,像是要离开。他眼神扫过后门,吓得我一个后退,差点撞到了人。

回头一看,一位女老师,后面跟着郑小迎。

我自知偷看理亏,装作路过的样子往边上挪了几步,就见郑小迎头低低的,头发垂着遮住她的脸,不知是什么表情。

这两人刚想开门进办公室,正赶上顾轶出来,顿时都僵在门口。

我人在几步远,也跟着瞎紧张,郑小迎会哭?会扑上去?会当场

发疯?

结果,她只是抬头看着顾轶,咬紧下唇,一声不吭。那样子跟曾经被我质问时像极了。她还是她,只会在阴暗里张牙舞爪。

顾轶面无表情地回应她的注视,淡淡说了句:"你不是我学生了,不会再有网开一面。再找我女朋友麻烦,学校也救不了你。"

大概就是这么个意思吧,我当时注意力全在"女朋友"三个字上面,以至于其他的内容记得不是很清楚。

所以女朋友说的是老娘吗?

正想着,顾轶朝我走过来了。

"走吧。"顾轶拉过我手腕,自然得好像我俩约好在这儿见面。身后突然传来一声歇斯底里,肯定是郑小迎,我回过头想去看,被他手轻扶住后脑勺,"别管了。"

没想管她,下意识的反应而已。

顾轶手没收回,而是在我头上轻揉了一下,像摸一只小动物。

我感觉额头细密的汗珠一下子沁出,就听他说:"谢谢你啊,蔡处都说了,你是军师。"

"咳!"我不自然地扶额,"没帮上什么大忙。"

一阵无言,也不知道是要去哪儿。实在抑制不住心里的好奇,我还是厚着脸皮问了:"你刚刚说找你女朋友麻烦……"

"不是找你麻烦了吗?"

"哈……"原来真是我这个女朋友。

一阵脸热,我下意识地用手扇风,这才发现不对啊。

"你怎么知道?"

"群里看的。"他看看我,"抱歉,最近才看到。"

我被他说晕了,一脸疑惑,什么群还能播报我被郑小迎耍的消息?

"粉丝群,我在里面。"

"那个……'轶心一意'?"

"嗯,之前派出所警官出的主意,算是留证据吧。"

我天，还有这种操作。在一帮"女朋友"的群里卧底不知道是什么感觉？看自己的行踪被讨论，那还挺恐怖的。

"说到这里，一直忘了问你，"他脸部线条突然柔和，眼里带着些许促狭笑意，"'老娘才是'是什么？"

"什么？"

"之前群里有个'老娘才是'，不是你吗？"

本记者是个有思考能力的人，但大脑是不是有种应激的保护机制，让我脱口而出："不是啊。"

"哦？头像是你，点进去，也是你。"

"巧了……"我已经胡言乱语了，只想把这个话题混过去。

但是顾轶不，他非要说，他说："老娘才是顾轶女朋友，是这个意思吗？"

我可以否认。

我可以说只是较个劲、跟个风、开个玩笑。

我就是厚脸皮地承认又能怎样，我甚至还能反怼回去。

明明有那么多说辞，此刻却半张着嘴说不出话来，这让我意识到一个很严重的问题——老娘当真了。

顾轶的笑意本来让这段对话带着一丝打趣气氛，活生生让我的沉默给搞尴尬了，就这么愣了十几秒。

谁先认真谁就输了，是不是有这么一句话？

"我要跟你确认专栏方案的。"非常不高明地强行转移话题，我边说边翻出打印好的材料，递过去。

"好。"他也很配合地接了。

"我下午有个采访，质检部门，约好了时间了。"瞎话编得越精确越心虚，我接着道，"那我先走，下回请你吃饭好吗？"

顾轶大概没料到我这么不经逗，表情有点复杂。

他手不断在整理材料，折叠又打开，半晌还是说："好，先回去吧。"

然后我就灰溜溜地逃了。

这里告诉大家一个道理，如果你开玩笑，对方却没有笑，那就不是

个玩笑。人家认真了。

我下午当然没有采访，此刻在回家路上。

一把年纪了，这么落荒而逃好像有点怂。

但还是要为自己辩解一下，不是扭扭捏捏不敢面对，老娘没在怕的，只是需要时间和空间来捋一捋这整件事，来确认自己的心思。

从假装相亲开始，怎么一步步走到这里的。

我听说过很多假结婚最后真在一起，也听过假离婚最后真分开，总之问题就出在这个"假"上。

不是娱乐圈也有这种说法吗？因戏生情的男女演员，拍完戏要各自冷静一段时间才能确定是不是真的喜欢。

你们明白我的意思吗？

这在心理学上绝对有什么原理，比如自我暗示之类的。总之我吸取了林文昊的教训，不会再盲目开始一段感情。

当天晚上，我翻来覆去睡不着，感觉脑子里有根线，打了结。必须确认，我这乱七八糟的心思是喜欢上顾轶了，还是陷在假女友的身份里晕了头。

立刻马上，一分钟都等不了。

我抓起手机，就给顾轶发了条微信：

"记得你之前说，装到什么时候由我来定，有什么想法只要通知一声吗？要不就到这儿吧。"

忐忑等了好久没有回音，也不知道自己什么时候睡过去的。第二天一早醒来发现他回了一个"好"，时间是凌晨2点15分。

只是打住了一段假装的关系，不知道为什么有点提不起精神。我本来打算就宅在家里，结果接到了小缪的电话，问什么时候去采访。

"人家还没回复我，着什么急？你妈又不让你出门了是不是？"

"你联系的谁啊，这么慢？"

真是皇上不急急死太监，记者不急急死实习生。

"就他们办公室。"

他听完就挂断,我倦倦地拖着步子去弄了一杯咖啡,刚喝上两口,电话又来了。

"现在回复了吗?"小祖宗一上来就是这句话。

"你真是闲的,没有。"

"你看一下。"

我把手机从耳边拿开,看了眼微信,对方办公室的工作人员居然真发了信息过来,说下午可以采访。

"怎么回事,找关系了?"

"下午见。"他倒干脆利落。

"你是记者还是我是……"我不满小缪自作主张,结果话还没说完,他把电话挂了。

居然带个实习生也这么被动!

下午三点,我无精打采到了门口,发现小缪正站在树荫底下,喝着一罐可乐。

夏天的样子,没心没肺的样子。

"长本事了,居然安排起采访来了。"我慢悠悠地走过去。

"你不是着急出报道吗?"

我瞥了他一眼,最近确实是没出什么稿子,只好忍住了后面的吐槽。

小缪几口把剩下的可乐喝完,罐子捏在手里,探过身看了我一眼。

"你生病了?"

"没有。"

"那脸色这么差?"

"还好吧。"经过外面的玻璃幕墙,我转头看了一眼自己,是稍微有点疲态。

"受什么打击了?"

"你问题这么多,等会儿你来采访吧,"我拿出采访提纲往小缪手里一塞,"就这么定了。"

他倒没推托，拿着提纲有模有样地边走边熟悉，让我突然有种孩子长大了的感觉。后面的采访过程把握得也可以，很顺利完成了今天的任务。

我俩从办公楼出来还不到五点，正准备回家休息，小缪又有什么主意了。

"我晚上有演出，"他把手插口袋里，装酷装得非常明显，"去不去？"

难怪今天非要采访，果然是拿来当幌子的，原来还在悄悄搞他的乐队。

"我就不去了，你别回去太晚，不然你妈又要问我。"

小缪好像有那么一瞬间的失望，但马上又板着脸："估计她会问你，我说的是跟你去采访。"

我实在不在状态，没空跟他耍小聪明："她要是问了，我帮你掩护，不就这个事吗？"

小祖宗愣了半天，点了点头："行。"

于是我又无精打采地回家了，给自己煮了碗泡面，对着电脑屏幕边吃边构思小说。

面都见底了，屏幕还是一片白，鬼使神差就打出了"顾轶"两个字。

我在想，摘掉女朋友这个头衔，和顾轶仅剩下工作关系。专栏作者不必常来报社，后期基本和编辑联系，所以我们的接触可以说会很有限。在这有限的接触中，如果我还对顾轶心存幻想，那就足以说明问题了。

我只要挨过这段不怎么联系的时间。

结果事情出乎我所料。

当晚就发生了两件意外。

一件是，大约九点多，我接到一个陌生电话。对方是个男生，说话有点大舌头，感觉喝了酒，上来就问我是不是陈燃。

我说是。

对方讲了半天，我才总算听清楚，小缪人在酒吧喝得烂醉，让我去接。

才九点多就烂醉，行不行啊？

"你打电话给他家人,好吗?或者能不能直接送他回家?"帮忙打掩护的事情我完全忘到脑后了。

"我……我跟他也不熟,不知道他家……家在哪儿。他之前说了,万一喝多了,就给陈燃打电话……你赶紧……赶紧来好吧?"

我上辈子一定是做了什么对不起小缪的事,现在要来当他保姆偿还。

问清了地址,我刚准备出发,第二件意外的事发生了。

顾轶打了个电话过来。

"喂,顾教授,有什么事吗?"我边接电话,边关门下楼。

"哦,那个,专栏方案的事。"少见,他这话说得不是很有底气。

虽然知道大概时间,但我还是下意识把手机移下看了眼,快十点了,打电话过来聊专栏?

"现在可能不方便,我正好要出门。"

"快十点了,"他停顿了一下,"是有什么事吗?"

原来您也知道快十点了。

"小事,实习生喝多了,去帮忙接一下。"我往小区门口赶。

"上回带来的实习生吗?"

"啊……对。"

"自己可以吗,我跟你去?"电话那头传来杂音,感觉像是什么东西倒了,"我去接你。"

"可以可以,不麻烦,我已经坐上车了。"

刚好拦到一辆出租车,我上车跟司机师傅交代了地址,才又把手机放回耳边,错过了前半句,只听他说"直接过去"几个字。

再想问,顾轶已经匆匆挂了电话。

这个点的酒吧人还不算太多,但仍旧昏暗嘈杂,烟雾缭绕。我一进去就感觉脑子嗡嗡作响。

我找了半天没有发现小缪,正张望,一个喝得半醉的男生过来搭话:"是不是找缪哲?"

"对。"我不自觉地遮住鼻子,试图挡挡这酒味。

他眯着眼打量我:"陈燃吧?我刚才给你打的……电话。"

"对,他人在哪儿?"

男生手一挥,带我往里面走去,边走边回头轻笑道:"你是他……女朋友?"

"我是他领导。"我板着脸。

"哈?"男生又回头,表情夸张,"现在都这么玩了吗?哈哈,哈哈哈……"

傻瓜!

喝多的人是不是不会看脸色。这个智障看着我,又哈哈笑两声,终于停下来手一指:"这儿呢,快带回……家吧。"

角落里的卡座,小缪一个人瘫在沙发上,桌上杯盘狼藉,旁边放着把电吉他。

他脸有点红,眼睛闭着,真是醉得不省人事。我得仔细观察他起伏的胸腔,才能放心。

带路的男生刚要走,被我一把捞住:"一起来的其他人呢,演出完就都走了?"

"其他人在后台准、准备着呢。"

什么情况,不是演完了才喝多的?

"还没演呢?"

"对啊,拜托,哪有这么……这么早的?"

"还没开始,就把他灌成这样了?"我突然蹿上来一阵火,马上要翻脸。

兴许是离得近,他终于学会看人脸色,嘴也利索了:"这位领导,这可不是我们灌的,他自己要喝。"

小祖宗可真行。

没再追问,男生几步走了。我上前拍了拍小缪的肩膀:"起来。"

他毫无反应。

"起来!"我越拍下手越重。

这时候小缪眼睛才半睁，迷迷糊糊地看我。

半响，他开口："陈燃。"声音哑哑的。

也是奇怪，这一声叫得我火气顿时灭了大半。

"对，是我，起来起来。"我去拉他的胳膊，费了好大劲才让他坐起。

小缪耷拉个脑袋，看起来有点难受。

"你得自己起来，我拽不动。"我叹口气，眼看他又要睡过去，赶紧上手拍了拍。

小祖宗抬起脸，死鱼眼定定看我，啪唧，脑袋又垂下，正好砸我肩膀上。

我能感觉他满身酒气，头发擦在我侧脸。

只是他还没来得及有啥动作，侧后方就伸过来一只手，毫不客气地顶着小缪脑门，把他推了回去。

我顺着手的方向转头，顾轶正抿着嘴唇站在后面，头发有点乱，穿着件T恤，看起来是匆忙出门。

我立马想通，刚刚在出租车上，他应该是听到我报地址，说直接过酒吧来。

万幸啊，我一个人根本搬不动小缪，多个帮手就容易多了。

"还好你来了，我还真搬不动他。"我如释重负，"谢谢啊。"

顾轶看了我一眼，从鼻腔发出一声"嗯"。

他把手机和车钥匙递过来，自己去拽小缪，然后半拖半扶地架着人往外走。

我抱上吉他，在后面跟着。

费了九牛二虎之力，才把小缪塞进车。他倒在后座上，皱眉闭着眼，好像又睡过去了。

"送他去哪儿？"顾轶启动引擎。

"稍等，我问一下。"我给小缪妈妈打了个电话。

刚响一声，她就接了，看来一直守着。

问清了地址，扯谎说采访后报社聚餐，把人给喝多了。"娘娘"语气着急又担心，一再嘱咐我路上注意安全。

又一次给这个小祖宗背锅。

小缪家距离不近。路上我偷偷瞄顾轶,样子挺严肃,心情不佳。反观后视镜里的小缪,只能看到趴着的身子。

一时间,车里很安静。

我前一天才发微信言之凿凿,给假情侣画个句号。今天就接受人家帮忙,自觉十分没脸,不敢说话,居然连副驾驶话痨症都自愈了。

到了一个十字路口,红灯,车停下。

后座突然窸窸窣窣,小缪不知道何时醒了,支着胳膊坐起来。

"陈燃呢……"

我回过头:"在这儿,你坐好。"

他眼睛迷蒙,看了半天才对上焦,冲我勾勾手:"过来。"

"干什么?"

还没等到下文,车一个猛地起步。他没坐稳,"砰"一下跌坐回去。

"嚯,慢点。"我也是惯性往后一顿,怎么这位教授今天开车不稳啊?

小缪有点发蒙,又挣扎要起来。

"他没系安全带,停一下,我坐后面吧。"我提议。

顾轶舔了舔嘴唇,慢慢把车停到路边,问我:"有驾照吗?"

"有……"

"我坐后面,你来开。"他三下五除二解了安全带,迅速下车坐到后座。

他今天一直没笑过。这是什么操作,我心里也没底。虽然拿驾照有几年了,我却极少开车,实在是三脚猫功夫,只能硬着头皮慢慢上路。

我往后视镜里瞄一眼,小祖宗絮絮叨叨,时不时地还拉过顾轶掰扯。具体内容我听不清,但他重音都落在称呼上,一会儿喊"哥们"一会儿叫"陈燃",大概根本不知道旁边坐着的人是谁。

醉酒后的状态因人而异,小缪无疑属于话多的类型。

顾轶不堪其扰,整个人已经挤靠在车门上,偏偏还要去听小缪在说什么,拧着个眉,一副费力分辨的表情。

一个醉得难受,还滔滔不绝;一个忍得难受,还全神贯注。两人都拧巴。

我开始把车速提起来,扫了眼导航也就剩两个路口了,总算胜利在望,就听到小缪喊了声:"我要吐!"

刹车都来不及,后面传来"哇"一声,小祖宗说吐就吐,毫不犹豫。

车里开始弥漫一股难以形容的气味,回过头去,正好对上顾轶黑着的一张脸,目光下移,小缪吐他裤子上了。

生理先于思考做出了反应,我打开车门就对着空地一阵干呕。真的见不了别人吐,这东西会传染。

其间听到顾轶重重叹了一口气。

我想帮忙,但反胃难忍,心有余而力不足。

小缪吐完可能终于舒服一点,昏昏沉沉又睡过去。

只剩顾教授收拾残局,忙了好半天。我本来就已经觉得不好意思,这下更是大气都不敢出,老老实实地开车,终于把睡熟的小祖宗顺利交到"娘娘"手上。

送完了小缪,换顾轶开车送我。

眼看快到家了,他才开口,跟我聊了今晚第一句闲话,是这样的:

"他实习到什么时候?"

"小缪吗?实习期两个月的话……下个月就结束了。"

他缓缓点点头:"那个专栏的事……周五我去报社找你吧。"

"好。"

车停稳,广播里也正好报时,零点了。

"好好休息。"他说。

"今天非常非常不好意思,这小孩儿吐你一身……车里也是……我可以帮你洗车。"我下了车,隔着车窗表达歉意。

顾轶看了我好一会儿,终于脸上浮现了点疲惫笑意,说:"不好意思可以请我吃饭。"

"嗯嗯嗯。"反正也还欠着一顿饭呢,我又道,"慢慢开。"

车子重新启动,我转头要往单元门走,又被他叫住。

"东西都带好了吗?"他略微探出头。

我下意识地摸摸包和口袋,手机也攥在手里:"都带了啊。"
他停顿两秒:"好,回去吧,我走了。"
然后慢慢驶离了视线。

第二天一早,我是被手机铃声吵醒的。
迷迷糊糊接起电话,是小缪。
这个喝醉的人居然还能早起。
"昨天你来接的我?"他嗓子还有点哑。
"嗯……"我还没睡醒,含混不清地答应。
"送我回的家?"
"嗯……"
"咳,我断片了,"他清了清嗓子,"没乱说什么吧?"
看来小祖宗也知道自己喝醉话多的毛病。
我翻了个身,这时候只想接着睡觉:"不知道……"
"都中午了你还在睡啊?"他对我的敷衍很不满。
"没什么事我挂了啊……"我作势就要挂断。
听到电话那头小缪乱叫:"等等等等。"
我重新将手机拿回耳边:"说……"
"我吉他呢?"

他的吉他呢?
一句话把我从昏睡中扇醒。
开始回忆,自己离开酒吧的时候是抱着吉他走的,但是下车的时候只把小缪人送到了……
"糟了,还在后备厢里。"我顿时清醒。
电话那边的人一顿:"落出租车上了啊?"
"不是……"万幸啊还能找回来,我接着道,"顾轶的车后备厢。"
"……"
我估计他可能反应了一会儿顾轶是谁,才想明白就是顾教授,气急败坏地低低咒骂了一声。

"他跟你一起送的我?"他语气有点急。

"是啊,你醉得烂泥一样,我一个人能搬得动吗?"

电话那头又是一声低咒,他还不乐意上了。

"你跟人家絮叨一路,最后还吐人家一身。"怎么就没点感恩,我必须提醒他。

"不可能。"他嘴硬得很。

"明天到报社你自己问,可不可能。"我气笑了。

"他又要来报社?"

"人家来开专栏,不是找你算账的,别担心。"

"谁担心了?"他没好气地嚷嚷,"挂了。"

"哎哎,那我明天给你拿吉他,来得及吗?"

"不要了!"

说完,变成忙音。

什么臭毛病!

这一通电话打完,我也睡不着了,一看手机还真的已经中午。最近太能浪费时间,稿子稿子没写,报道报道没接,心思被风花雪月的破事占了大半,居然有点慌张了。

叫了份外卖胡乱吃完,我开始疯狂写稿,但老是控制不住地走神……

严格来说,现在属于对顾轶喜欢与否的自我考察期。我本意是想尽量躲躲他,借此来确认心意,结果怎么反而比假情侣的时候接触还多?

这个走向不太对啊。

你看,我昨晚才跟他道别,今天如果要取回吉他,又得见面,明天在报社还会遇见。此外,我还答应了人家一顿饭,到现在也没吃上。

这个频率,我还怎么确认心意?肯定盲目沦陷啊。

既然小缪也不着急,索性我就当不知道后备厢里忘了东西。明天顾轶开车来报社,自然会带着。

打定主意接着写稿,结果也就半小时吧,收到了顾轶的微信。

"吉他落在我后备厢了,顺路给你送过去。"

哪好意思再麻烦他送过来,要说也应该我去取才对,何况明天直接带到报社不是更方便。这么想着刚准备回复,发现屏幕显示对方正在输入。

于是我停下来,等了几秒钟,新的对话框出现了。

他说:"在你楼下。"

这么雷厉风行吗?

我连滚带爬到窗边往下张望,果然看到顾轶的车。

我像受惊的动物开始瞎蹦,一阵风似的洗脸刷牙穿衣服,但这个头发……熬夜又睡到中午的头发是没救了,翻箱倒柜找出来一顶去年参加志愿者活动的帽子,也顾不上合不合适,戴上就往楼下跑。

当时如果有时间照镜子,我是不会下楼的。

跑出单元门,正好顾轶也从车里出来,看见我微微一愣,说:"去参加活动了?"

我这才下意识地扶了扶头上的帽子,有空想想它红色的帽身和黄色的志愿者 logo,我恨。

"嗯……哈哈……志愿服务,"我给自己打圆场,"本来没想麻烦你跑一趟,怎么有空过来?"

"刚好去洗车,在这附近。"他绕到后备厢,把吉他拿了出来,递给我。

"谢谢啊。"许诺的这顿饭,好像也终于来到了合适的节点,我问,"要不一起吃个饭再回去?"

一切都自然而然地发生,水到渠成。除了我的头发它不同意,这造型跟顾轶一起出门那是要了老娘的命。

指尖无意识地抠着手里的吉他,我困难地张了张嘴:"我能上楼换身衣服吗?可能要……半小时?"

我觉得他有那么一瞬间无所适从,但很快笑意爬上眼角:"去吧,在这儿等你。"

我家所在的小区其实也有些年头,附近是连成片的住宅,老人孩子多,傍晚挺热闹。

就在周边吃饭,索性车放在楼下,两人溜达着往外走。

要说吃什么,方圆几公里的餐厅外卖基本被我点了个遍,试菜无数。征求了顾轶的意见,带他去了不远的一家私房菜馆。

这店的外卖我常常点,口味特合心意,跟老板神交已久,但从没踏进过店里,也没见过本尊。

现在,老板就站在旁边点单,是位英姿飒爽的姐,一头大波浪挺美的。我曾经一度以为她是男的,并且想撩我,因为在外卖单备注里,她常常积极又豪放。

熟练地报了几个菜,提了一堆要求。这位姐边记边纳闷,可能觉得口味太熟悉了,先是看我,又转而看顾轶,慢慢对上了他的眼神。

"座山雕?"她试探着说。

顾轶蒙了:"什么?"

两人愣在原地,我适时打破了僵局:"那个,是我……"

这是我外卖收件人的名字,座山雕,先生。

其实很好理解,一个女生独居,外卖名必须霸气,我当时刚好在看《智取威虎山》,还有比这更合适的名字吗?

但是,这个场景就莫名地尴尬了。她笑得前仰后合,头发一晃一晃,说一直以为我是个男的,不然干吗费劲每次在外卖单上备注跟我聊天。

所以她刚刚以为飞鸽传书的人是顾轶,心里乐得不行了吧?醒醒啊,请问哪个帅哥会起这种名字啊?

但怎么说呢,也算是一个爱情故事的好开端,以后可以写进小说里。

"小姑娘起这种名字干吗?"老板揶揄,"这是你男朋友啊?"

这架势好像我一旦否认,她反手就要开撩了。

斜眼看了下顾轶,我压低声音:"不好说……"

她拍了拍我的肩膀:"看住喽。"然后对着顾轶一笑,"看你这么帅,送你两道菜啊。"

他居然也一本正经地答应了:"谢谢。"

"要不留个电话吧?有新菜叫你。"

是把老娘当空气啊?

他居然也一本正经地写在点菜单上了。

不自重!

我当下脸色就难看了,这可怎么办?自己还在这儿磨叽,有人已经磨刀霍霍地冲顾轶去了。

心情郁结还装作若无其事地吃完了饭,离开的时候我借口去洗手间,跑到收银台,敲了敲桌子。

老板正在算账,抬眼看到是我,笑了。

"这可能是我男朋友,别撩了啊。"我尽量拿出气势。

"撩不动。"她语气懒懒的。

"不是都给你留电话了?"

她把点菜单往柜台上一放,指尖点了点顾轶写下的号码:"这是你的电话吧?"

我一看,还真是,不免一股得意上头,临走时说:"以后还点你家外卖。"

"但你那些破要求,什么辣椒换麻椒,白糖换红糖的,老娘可不伺候了。"她笑眯眯的。

出了餐厅,我心情又好起来,顾轶还挺纳闷。

"什么事这么开心?"

对于把心情写脸上这件事,我一向不自知。

"没什么。那个,明天几点来?"我匆忙掩饰,"可以稍微迟点,等我们开完选题会。"

"好,十点吧。"

又聊了些有的没的,一路晃荡回楼下。顾轶开车离开,我也上楼回家。

自觉这饭吃得挺有意思,我重新坐回桌前,稿子更加写不下去了,满脑子瞎想。

我百无聊赖,就顺手打开了手机里的小说应用,想转移转移注意力。

我在这平台更新小说，最近不稳定，已经很久没有新读者，但是这一刷，发现了一条新评论。

读者8654961：小说一般，没您的报道写得好。

当时冷汗就下来了，因为没人知道自己是个写稿的，我刻意把网络世界和真实生活分隔开，怎么突然次元壁破了？

到底是谁啊？

不会是同事吧……要知道，我平时看谁不顺眼，就写进小说里，几乎每部小说里都有主编，给他起过好几个外号。我还写过一个叫林文的中年油腻男，就是照着想象中林文昊十年后的样子写的。

总之，熟人看到太容易对号入座了，被发现我还要混吗？想到这里，我赶紧猥琐地抱着手机，开始全方位了解这位读者。

然而除了能看出是昨天才注册的账号，一无所获，没有任何其他痕迹。

最后我还是发了一条私信过去：

"您是？"

这条私信的回复，我等了三天，后面说。

第七章 下乡

HeNiBuJinShiXiHuan

昨晚,乡镇一化工厂发生了泄漏事故,我一早上班途中才得知。据说各地媒体都在赶去的路上,我们社会版的记者也已经连夜出动。毕竟在自己的地盘,首发和独家被人抢走实在没面子。

在热搜刷到这则新闻的时候,我还感叹,好在离开了社会版。

之前说起过各个报社的记者风格都不太一样,其实同一报社的不同版面也是如此。你看社会版的记者,再看娱乐版的,根本不敢相信他们来自同一家单位。

至于文教版,你们看我就知道了,有人管我们叫"养老版",很过分对吧。

话说回来,我在路上不是还庆幸吗,很快就被打脸了。

到了报社,刚出电梯就发现主编站在门口,差点迎头撞上。

"您站这儿干吗……"吓我一跳。

"等你,跟我来办公室。"

一大早的在电梯口逮人,我是犯什么事了啊?

还没放下包,就忐忑地跟着进了主编室,顺道瞟了一眼,我座位空着,小缪还没到。

"昨晚的事故你知道了吗?"老头儿往椅子上一坐。

"早上看了新闻了。"有一种不好的预感。

"挺严重的,他们人手不够,一大早跟我来借人……"老头儿一阵唉声叹气,用眼神点我。

完了完了,我倒吸一口凉气:"您想让我去啊?"

"不是我想,是人家点名,毕竟你做社会新闻出来的。"

"我手上事情也不少啊,能不能考虑一下……"

老头儿摸了摸脑门:"没得考虑了,票都买好了。你也不用开会了,现在就回家收拾下行李,十一点的动车。"

他叹口气又补充:"估计要待小半个月。"

我想回嘴,但看老头儿不松口的样子,就知道难有商量余地。

一个贫困县下辖乡镇,化工厂泄漏,这报道环境想想都酸爽,还要待半个月。躲都来不及的任务就这么找上门了。

无奈领命,正想出门,又想起来两件事需要安排妥当。

"那我的实习生怎么办?"

"小缪啊,实习期也快到了,没必要跟着你跑,转给张记者带。"

"顾教授的专栏呢?他今天十点要来确认的。"

"交给编辑对接,等会儿人到了我招呼,这事你就不用担心了。"

原来老头儿早都想好了。

我回到座位刚坐下,看见小缪晃晃悠悠进来了。

他有一瞬间的局促,大概因为醉酒的事不太好意思,但很快又吊儿郎当地走到桌前:"你今天来挺早啊。"

"嗯。"我边收拾东西,边瞥了他一眼,"恭喜你啊脱离苦海了,我要出差了,后面张记者带你。"

"什么?"

"我出差,你被转手了。"

他胡乱地拨了拨头发:"去哪儿?"

"看新闻了吗?下乡。"

小祖宗低头想了一会儿,手拄在腰间:"什么时候?"

"现在。"我起身,踮脚拍了拍他肩膀,"等我回来你实习期就结

束了,实习完回学校吧,别想着休学了,毕业证还是要拿的。"

小缪皱着眉听我的临别感言,半晌没说话,但身体前倾靠在了隔板上,让我可以不用踮脚就够得到他。

我一下子有点伤感。第一次见小缪,我还记得很清楚,戴个耳机一身嘻哈摇头晃脑,爱搭不理的样子。

这么一想,我一直没留意他的穿着不一样了。

还有每次对采访上心一点了。

每次顶撞我少一点了。

"什么时候回来?"

"半个月后吧。"我往电梯间走去。

"那老头儿不让我去?"他拖着步子,也跟在身后出来了。

"你去干吗,化学品泄漏,你当是什么好事呢?"按了电梯,我又想起来差点忘了件事。

"对了,吉他还在我那儿,等回来给你吧。"

他撇撇嘴,不置可否。

"叮!"

电梯来了。

"走了啊。别给张记者找麻烦,但也别跟他学得油嘴滑舌,反正没几天糊弄糊弄就行了。"不是我说,张记者跑企业,出去采访一身社会气。

"嗯。"

"拜拜。"

电梯门慢慢关上。

回家路上,我给顾轶打了电话,把专栏的事情交代清楚,顺便说了出差的事情。也是巧,想着拉开距离让自己想想清楚,老天还真就安排了这样一段时间。

我觉得半个月后回来,大概就能确认自己的想法了吧。

匆忙收拾完行李奔赴火车站。我查过路线,将近一小时的动车,到了之后还要转两趟中巴。那边目前比较混乱,几个同事在当地招待所搞了个临时记者站,但没人顾得上我,只能自己找过去。

紧赶慢赶总算上了动车,我的座位靠过道,坐下就一直在查相关背景资料,没留意过了多久,突然感觉身边有人一直站着不动。

是没位置坐吗?

有种压迫感,我皱眉抬起头,看见小缪半靠在我座椅边,说:"你这什么破位置,我找了半天。"

我完全没料到前脚刚发表了临别感言,后脚在动车上又见到小祖宗。他还是早上那一身装扮,没带任何行李,明显是从报社直接过来的。

"你干吗来了?"我仰着头蹙眉。

"实习啊。"小缪挑挑眉,正好过道对面的大姐起身,他顺势坐下。

"谁让你来的?主编?"

"对啊。"

绝对在唬人。我当下拿出手机,作势要打电话:"那我问问他。"

"你问。"做了个请的手势。

还挺坦荡,主编真是脑子进水了让小祖宗跟着?不可能啊。

何况以小缪妈妈对她宝贝儿子的呵护,知道是这种条件艰苦甚至可能有危险的任务,也绝对不会同意。

我半信半疑地把电话拨过去,结果怎么着,老头儿愤愤说他拦不住,让我把人劝回去,不然没法跟"娘娘"交代。

挂了电话,我叹口气:"主编说他没同意,让你回去。"

"出尔反尔啊。"他嘴角一勾,从兜里掏出一张纸,"他可给我开证明了。"

"什么证明?"

我伸手想去拿被他躲过。小祖宗隔着过道把纸展开,我眯着眼看,内容大致是证明缪哲在报社实习,参与采访。他没有记者证,这张证明或许能派上点用场,顺便把责任推给主编,小算盘打得够响的。

"那也是因为拗不过你。"主编对付我们有一套,对小缪却总是因为关系拉不下脸,"等会儿下车你就直接买回程的票。"

他抱着胸不再理我,偏头假装看窗外风景。

很快动车到站,我俩默不作声挤在人群中往外走。出了站,我就往售票大厅方向去,被小缪喊住。

"你走错了,中巴不在那边坐。"看样子路线也摸得门清。

"我去给你买票,送你上车。"我回头,表情严肃。

"哦,那你去吧。"小缪脸也一冷,转头往另一边的公交站走。

他就这么走了我买票给谁?老娘还拿他没办法了。原地气恼了几秒钟,我还是追过去,眼看小缪上了一辆中巴。

说是公交站,其实乱糟糟停了好多车,也没发现什么指引标志。

小缪上的是一辆普通的乡镇巴士,车头贴了大大的站名和线路。太阳好毒,我站在下面掏出手机,想查查是不是这辆车,就看见小缪探出头来,一副欠扁表情:"我问过了,就是这辆,上车吧。"

车里很闷,坐得很满,让人烦躁情绪放大。

"你到底非要跟着来干吗?你知道现在什么情况吗?这可不是跑跑学校游泳馆。"

"我知道我都清楚。"他清了清嗓子,瞥了我一眼,"你可真啰唆,就这么担心我吗?"

我俩就不在一个频率上,真是没法沟通。

沉默了一会儿,我感觉自己要败下阵来:"什么都没带,你想在这儿待多久?"

"不是说小半个月吗?我没来得及回家取,需要什么现买呗。"

看这一副少爷做派,生活真是对他太仁慈。

"山沟里我看你能买到什么。"

小缪不以为然。

在这破车里咣当了一个多小时我简直快吐了,到了镇上整个人已经精神萎靡,正想掏出手机查查去哪儿转车,他拎过我的包背在身上,扯着我袖子:"走这边。"

在小缪的带领下,我们坐上了一辆更糟糕的车,感觉跑了十几年随时都要散架。车上气味难以形容,估计载过家禽。这时候我已经反胃得厉害，小缪坐在后面，看起来也不太舒服，弓着腰，手肘支撑在腿上不吭声。

就在这难受的当口，接到了顾轶的电话，不知道有什么事。但兴许是心理作用，我突然觉得症状稍稍缓解。

"到了吗？"他问。

原来是一通没有主题，略表关心的电话。

"还没有……"

"不舒服？"他立马听出我语气的异样。

"没事，有点晕车。"

电话那头的人微微叹口气，教授对晕车也是无能为力。我以为他要说喝喝水吹吹风的废话，结果并没有。

"泄漏的化学品我查了查，发你邮箱了。"他顿了顿，"注意防护，口罩一定要戴，当地的水也先别喝，用矿泉水对付几天。"

"好……谢谢。"学数学的人果然很理性。

"挂了吧，打电话你会更加不舒服。"

"啊？"但也太理性了吧！

电话里传来一声轻笑："不想挂？"

"咳，不是。"我感觉自己被绕进去，没过脑子就问了一句，"你在干吗呢？"

说完就后悔了，在我看来这是一句能彰显亲密的话，合适对顾轶说吗？但距离很奇怪，会让人没有分寸。

你们有这种体会吗，面对面往往是客气拘谨，隔着电话或网络反而有种虚幻的亲近感。

果然他停了停，然后说："刚才给你查资料，现在给你打电话，等会儿要……吃饭。"

"啊……"怎么突然有种查岗的感觉，太诡异了，我急忙道，"都这么迟了，去吃饭吧。"

闲扯几句挂了电话，就听见小缪喊我："陈燃，到了。"

下车的地方什么都没有，视线所及看不到一栋建筑。

烈日当头，空气中氤氲着水汽。中巴车哐叽哐叽开走，扬起一阵尘土。

"你确定没下错站吗？"我严重怀疑。

小缪抿着嘴唇，掏出手机来查地图："不确定……"

我强忍不耐，走到旁边一棵歪脖子树下，想借小小的阴凉，半晌小缪也走过来。

"确定了。"他看着我，一脸真诚，"不是下错站，是坐错车了。"

小祖宗是上天派来磨炼我的。

看着他那一脸无辜的表情，我就想给他一记栗暴，但是够不着，忍下了。

我从牙缝挤出一句话："所以呢？"

小缪清清嗓子："拦个车？"

"你看这儿像有车的样子吗？"

只有无尽的乡间公路和空旷，车影人影全无。

"我叫车。"他低头开始摆弄手机，试了半天才又说话，"好像不在服务范围……"

唉……我……

我真的想打他。

两个人都站累了，借着一小片树荫，蹲在地上开始研究路线，这才发现目前的方位是南辕北辙。

眼下有两个方案，要么原地等车回到镇上，再转上正确的线路，至于何时能等到只能听天由命。

或者走五公里到村上，那边倒是有直达的车，只是要绕道邻村，速度慢得不行。

不喜欢把决定交给概率，我们选择了后者，顶着大太阳，沿着一眼望不到头的路，往村里走去。

树影稀疏，微风送来的只有热浪。

"过来，我背你。"小缪喊我。

"不用，你好好背着包吧。"我走在前面，又晕又累，感觉腿已经在无意识地腾挪。

他几步赶上来,把手伸出来遮在我头顶,试图挡住一点阳光。

不是,这小孩儿是从哪儿学的这么些套路?

"行了,别费劲了,好像我在奴役你。"

小缪拿死鱼眼斜我,手一放,不再吭声。

过了几分钟,他突然往我耳朵里塞什么,我还没反应过来,耳边音乐响起。

说不上来是什么曲风,不是我常听的类型,但意外觉得还不错。

"什么歌?"

"好听吗?"他有点得意。

"嗯,挺好。"我反应过来,"你唱的?"

小缪挑挑眉。

我突然有点理解他搞乐队的劲头,人是应该在自己合适的位置上发光。

"其实啊,你不是非得当记者,也没人逼你放弃音乐。"

"我知道。"

"拿到毕业证只是让你以后的路更好走。"

"又来了……"他呵呵一笑,"所以我准备下学期回学校。"

我有点惊讶,小祖宗居然想通了,真让本记者欣慰。

"我还准备延长实习期。"他接着说。

嗯?

两个月总算快熬到头了,你告诉我要延长?

这感觉就像高中跑3000米,眼看到达终点才发现少算了一圈。

"为什么啊?"

"就觉得……"小缪皱皱眉,好像在想怎么表达,"挺有意思的。"

"那是因为你一直在打酱油啊。选题你没做,采访你没接,稿子还找人代笔。"

"我后面是自己写的好不好。"

"你写的根本没法用。"我毫不犹豫地泼盆冷水。

小缪气得倒吸了口凉气:"那你当时不说?"

"我的意思是,拿到实习证明很不容易了,再延长时间干吗呢?后面可没人给你放水了。"

"别放水,我谢谢你。"

对话到这里算是进行不下去了。联想现在的处境和即将延长的磨炼,我很上火。

想走快几步,却还连着他的耳机。

不知道为什么,聊完之后生了会儿闷气,倒感觉时间变快了。路边开始有些低矮的建筑,有三三两两的人。

总算到村里。

顺利坐上了车,晃晃荡荡开在土路上,时走时停。可能是太累了,这次我还没来得及晕车,就先靠着车窗睡着了。

迷迷糊糊间,我还做了一个梦。

梦见在多功能厅里,我被主持人翻牌,向台上的顾教授提问。

就是第一次见到他那个场景。

在梦里我也问道:"您结婚了吗?"

他也一样回答:"没有,这位女士如果想给我增加些个人生活,我欢迎。"

然后,我没有坐下笑了笑,瞪他一眼,而是接着发问了:"为什么?"

顾轶在台上扶了扶眼镜,一字一顿说:"因为我对你一见钟情。"

……

然后,我就笑醒了。

这是什么让人无地自容的美梦啊!

醒来,发现天已经暗了,闷热散去。

我头一移开,就有什么东西从车窗的位置掉了,捡起来看是一打纸巾,厚厚地叠在一起固定住。小缪给我垫的?以这车的颠簸程度,直接靠窗可能会被搞成脑震荡。

难得这么细心。

他坐在我旁边仰头闭着眼,侧脸棱角很分明,睡着的样子像个大人。

"师傅,"我尽量压低声音,"现在到哪儿啦?"

司机从后视镜里看我:"你们俩还没到,快了。"

"好嘞。"

小缪没被我吵醒,睡得很沉。

大概二十分钟后,我们终于下车,此时已是晚上六点多。

这地方不大,招待所就在车站附近,一栋四层小楼,外立面破旧,像是 80 年代的建筑。

一进门,霉味和潮湿味扑面而来。

小小的前台,一位大姐边看电视剧边嗑着瓜子。

"你好,开两个房间。"

她这才转头瞥了我一眼:"记者啊?"说着把手里的瓜子往桌上一放,拿出一沓单据开始勾勾写写,"这一整个招待所都是记者。"

新闻难抢啊。

"那您知道日报的记者住在几楼?最好挨得近一点。"

"四楼,但四楼没空房了。你俩住二楼吧。"她利索地给了我们钥匙,又专心看起电视剧来。

房间很小很旧,潮湿,但还算干净。

放下行李,我带小缪上楼跟几位记者打声招呼,其中有两位是以前的同事。

他们见了小缪并不意外,还很客气,争着要带我们出去吃饭。看来一下午的工夫,"娘娘"又帮宝贝儿子打点好关系了。

村里晚上乌漆麻黑的,路灯没几盏,就近找了家小苍蝇馆。

我因为急着想看他们的资料,胡乱吃完又匆匆回到招待所,收拾收拾,前脚刚打开电脑,后脚就听到敲门。

不用想,又是小祖宗。

果然是小缪,提着一袋东西站在门口。

"刚刚跟他们去买了点东西。"他递给我,眉头微皱,"没超市,就一个小店,凑合吧。"

打开粗略一看，口罩、吃的、水。

"他们说过要戴口罩，还有你烧水就用矿泉水。"小缪解释，"他们"大概指的是另外几位记者。

"谢谢了。"

正要关门，小祖宗一挡："借我充电器。"

我转头去拿的工夫，就听到他絮絮叨叨开始说："我没电脑，资料也看不了，只能玩手机……"

于是我顺手就把iPad也一起给他了："用这个看，资料我马上发给你。"

既然来了，也不能让他闲着当大爷。

其实目前手上的材料不多，主要还是相关背景和网上的信息披露。每到这种时候，地方都会视媒体为大敌，各种藏着掖着，想抠点信息出来简直难于上青天。

晚上十一点，我把资料都看过一遍，准备休息。

全天奔波在路上，明明已经很累了，但就是无法入睡。精力一分散，越发觉得室内的空气实在不好，霉味过重。床也不舒服，一翻身就咯吱作响。

我辗转反侧，最终还是起身，披了件衣服出门。

说是出门，就真的只是出了门而已。借着房间里的光，我扶着走廊栏杆往下看，隐约看见杂草一片。

拿出手机习惯性打开小说应用，准备看看那位读者回复我了没有。页面还在刷新，就听见"咔"一声。

另一束光从背后照过来，逐渐扩大。我回头，是隔壁小缪正开门出来。

他看到我愣住，下一秒手明显拿着什么东西往身后一藏。

是包烟。

倒真不知道这小孩儿还抽烟。

"你晚上不睡觉？"小缪抿了抿嘴唇，把烟往裤子口袋里揣。

"不用藏，我又不是你妈。"我转过头去接着看手机，还在刷新页面，村里的网络真差劲。

"没藏。"他悻悻地走到栏杆旁,"你在这儿干吗?"

"透透气。"专注于我的手机。

小缪听完一笑,说:"你猜这空气里有多少化学物质?"

哎,有道理。

我抬头看看他,怎么晚上突然聪明起来了。

"回去了。"想想还是回房闻霉味更踏实。

正转身,我低头扫了一眼页面刷新完了,之前留言的那位读者回复了我的私信。

读者8654961:您跟缪哲在一起吗?

我怎么也没料到会收到这样一条回复,下意识地就回过头去看小缪,一脸困惑。

"干吗?"他大概被我看得发毛。

我张了半天嘴,都没想到怎么组织语言。我的读者怎么会跟小缪扯上关系,太让人费解,感觉自己脑细胞在垂死挣扎,这时来了第二条私信。

读者8654961:有空能让缪哲给我打个电话吗?林嘉月。

我彻底蒙了。

"你给林嘉月打个电话……"我一边试探着复述,一边在手机上回复消息。

"什么?"他站直身子,"你说谁?"

"林嘉月,"我一字一顿,"你不认识吗?"

"她怎么找上你了?"看样子他确实认识。

"不知道,这是你朋友?"我不停地刷新回复,总算有了新私信。

读者8654961:您的小说不难找。

读者8654961:我联系不上缪哲,很着急,他是不是跟您去采访了?

读者8654961:我是他女朋友。

绕了这么大一个圈子,结果是小情侣捉迷藏呢?

这个死小孩儿。

不过,这位读者并非同事,倒让我舒了一口气。

"你可真行,赶紧跟你女朋友联系一下,人家找人都找到我这里来了。"

"谁是我女朋友?林嘉月?"小缪蒙了,然后一副恼火的样子,眉头紧锁掏出手机。

无心参与他们之间的别扭,正准备进门,被小祖宗叫住。

"我得说清楚,这不是我女朋友啊。"

我突然想起别的事来:"对了。出来采访应该跟你妈说过了吧,别到时候她也来找我。"

"陈燃!"他话音刚落,我关上门,不一会儿隔着门听见外头传来打电话的声音。

小缪气呼呼地说:"林嘉月,你怎么回事?"

第二天早上,约好跟楼上几个同事碰头商量采访的事,刚开门就看见小缪在走廊来回踱步。

"你起得还挺早,一起过去吧。"

"哎,陈燃。"他边走边说,"昨晚不是林嘉月找你了吗?这其实是我哥们,她就爱开玩笑。"

"哦……这就是帮你写稿的女同学吧?"

"啊,对。"

"那看来人家比你学习好多了。"我瞥他一眼,"努把力吧。"

"……"

在四楼开了个短会,结论是我和小缪负责外围,主要跟进相关部门,顺便在当地做随机采访,了解民意。另外几个记者在事故中心,紧啃工厂这块硬骨头。

按照这样的分工,当天我们就发布了一篇消息,三天后围绕事故原因深度报道,后来又发了一篇相关科普文。

总之,忙忙碌碌一周过去。

我和小缪越发灰头土脸。他本来就没带行李,衣服没得换,只好穿村里能买得到的老头衫,跟着我跑前跑后,好像瘦了。

我也一样,吃不好睡不好,一脸菜色。

前几天小缪还经常叨咕林嘉月的事,后面忙起来也不提了。我其实大致搞明白了,这小姑娘是个学霸,小缪的高中兼大学同学,认识好多年了,两人关系不错。

至于是哥们还是女朋友,或者友情以上爱情以下,本记者没兴趣。

哦,还有一件事。顾教授的专栏首期见报了,我看了电子版,内容是数学逻辑与数学思维。

讲得倒不复杂,大约就是一种把普遍问题抽象化的能力。感觉跟哲学里透过现象看本质的意思差不多。当然了,数学和哲学本就同源。

我反正是从顾教授身上看出他这种能力了,解决问题快准狠,相当抽象。

在村里的第8天,我们基本就差一篇事故善后的深度报道,还缺那几块拼图,谁叫有的部门总是不配合。

当天晚上,我矿泉水喝完了,一个人下楼去买。明明才七点多,外面已经漆黑一片。

这个村里的人晚上都不爱出门,真是让人诧异和害怕。

我往商店的方向走,几次犹豫要不要回去叫上小缪一起,但总感觉已经不远了,坚持坚持就是胜利。

经过一片没路灯的区域,我一边加快脚步,一边想打开手机照明,突然感觉斜前方好像有个人影。

听到鞋底摩擦地面的声音,几乎同时,我拿手机晃过去。

"谁啊?"配合一声大喝。

对方被我晃得睁不开眼,下意识地用手遮挡。他叹了口气,然后是熟悉的、低低的声音:

"陈燃,你把手机放下。"

第八章 相亲
HeNiBuJinShiXiHuan

听这声音……顾轶？

我赶紧将手机手电筒移向下方，地面瞬间被照亮，像舞台上的光束。

借着光看到确实是他，第一眼注意到的是：白衬衫和深色领带。我其实没怎么见过他系领带，好像要赴什么重要约会似的，此刻出现在这样的犄角旮旯、乡下夜晚，突兀又不真实。

再仔细看，衬衫袖子挽起，衣服略有褶皱，一脸疲态，头发微乱，明显经过一番舟车劳顿。

这场景，让我有一瞬间怀疑自己在做梦。

电视剧里的主人公不是常常通过掐自己，来分辨现实和梦境吗？我一直想问，这方法真的管用？

但当时也忍不住这么做了，我悄悄把指尖紧攥在手里，疼。

"蒙了？"顾轶淡淡开口。

"你怎么在这儿？"还穿成这样？后半句我咽进肚子里了。

他声音疲惫，但语气干脆："来找你的。"说着抹了把脸，往一边歪了歪头，"我刚到，路不太好走，比预想的远。"

顺着示意方向看到了他的车，车身几乎和夜色融为一体。

"来找我的？"我听到自己的心跳声了，"是……有什么急事？"

"嗯。"他点了点头，"但能先带我去吃饭吗，饿了。"

还是之前那家小苍蝇馆，反正在村里也找不出更好的饭店了。

店面大概不到二十平方米，只有四张油光锃亮的桌子。油迹长年累月浸入表面，乍一看会反光那种。

我们进去的时候，墙角挂着的小电视正播放地方新闻，老板娘边算账边瞄上几眼。她女儿坐在旁边乱涂乱画，脚一直晃，有节奏地发出嘎吱嘎吱的声响。

没有其他客人。

顾轶显得有些格格不入，一副微服私访的派头引得老板娘不住地打量。他倒挺坦然，点了一碗面，不缓不急地开始吃，我就坐在对面看着。

发现几日不见，却好像隔了很久。

发现见到他有点开心。

不，很开心。

半晌，他放下筷子，把碗轻拿到一边，顺手还擦了擦桌子，才终于说到正题。

"陈燃，"他身体前倾，很认真地看着我，"我是来找你帮个忙。"

"找我帮忙？"有意思，这回怎么不往后一靠了，看来心里没底啊，我倒好奇是什么忙让顾教授拿不准了。

这当口，老板娘把电视声音调大，吸引了我一秒的注意。

"什么忙？"

他身体又靠前一点："很简单，相个亲吧。"

我不是在讲一段重复的剧情，而是他又说了同样的话。

这人不按常理出牌啊，老娘脑门上写了"专职掩护"四个字？

"又有人催你相亲了？催得这么急？"

"没有。"

"那你什么意思？"心跳声有点吵，嘘。

"字面意思。"

然后是突然的沉默，我俩看着对方，好像在进行一场谈判。

老板娘又把电视声音调低了,让沉默更彻底,让我轰隆隆的心跳声更震耳。不是,干吗音量调来调去的配合我们?我怀疑她在看戏。

这时,顾轶拿起旁边的杯子喝了口水,然后上手松了松领带。

"我90年出生,回国之后在数学系任教一年,此前基本在读书和做研究。"

我们教授一本正经地开始自我介绍。

"家住本地,可支配时间多,工作还算灵活,经济情况尚可。"

这些情况我都了解。

"喜欢射箭,喜欢数字,喜欢有条理。"

这些喜好,我也都观察到了。

"无不良嗜好。"

这个我相信。

"还想知道什么吗?"他笑意一层一层铺开。

不知道,老娘什么都不知道了,眼冒金星,满脑糨糊。

我半天才艰难地张了张嘴:"所以现在你是在跟我相亲,认真的。"

"嗯,对我还满意吗?"他笑了。

我相亲过数次,尤其是刚进报社的时候,不忍拒绝大姐们的热情介绍,正经见过几个相亲对象。

但在村里的小破饭店,一个打着领带,一个趿着拖鞋,就着音量时大时小的地方新闻,看对方吃饭十五分钟后毫无预备的相亲经历,没有过。

你说我满不满意?说说看啊顾轶。

这是后来我会拿来怼他的话。

说回当时,从小饭店出来,回头看一眼,老板娘一脸老母亲的笑容目送,跟我挥了挥手,看戏的人很满意。

"我还要回去,明早有点事,"他低头看我,"要不要跟我一起回去?"

"采访还没做完。"我倒是想回去。

顾轶点点头,坚持先送我回招待所。也就200米的路,走得再慢也还是到头了。

"所以你大老远过来一趟就是为了这个?"我忍不住问。

他没说话,突然胳膊一伸揽过我肩膀,用力地抱了一下,声音低低传来:"对啊。"又揉了几下头发,松开我,"上去吧,我走了。"

"路上小心。"我木木地道别,还没从刚才的动作里缓过神来。

其实一直也没搞明白,他为什么非要在那天赶过来,肯定有什么缘由,这人就是嘴硬不说,至今未解。

谁能想到下楼买个矿泉水,会发生这么多事。我心里乱糟糟的,进了招待所。前台大姐又在看电视剧,瞧见我眼睛一翻,说:"你们同事找你。"

"哪个同事?"我停住。

"就住你隔壁那个。"

小缪?我掏出手机,果然有几个未接电话,准备打回去的工夫,他电话又来了。

"怎么了?"

"我说你在哪儿呢?丢了?也不接电话。"他急吼吼的。

"对不起啊,出去了一趟。"我边说边往楼上走。

电话那头的人大喘气:"现在回去了吗?"

"在上楼,找我有事?"

"他们说明天去堵负责人,要商量一下。"

"好啊,现在吗?"

"等下,"小缪没好气地说,"我还在外面,找你找得半死。"

"好……"

我索性也不回房间了,站在走廊边吹风边等小缪。

你们说,是不是真吸多了空气里的化学物质,脑袋空空的、昏昏的,怎么也压不住嘴角。

小破饭店里,刚才。

我半天才艰难地张了张嘴:"所以现在你是在跟我相亲,认真的。"

"嗯，对我还满意吗？"他笑了。

"满意啊。"不能尿。

我刚进报社的时候，遇上过一个工厂违规排污的暗访。在选题会上，主编犹豫派哪位记者去。他有很多选择，手下记者有调查充分见长的，有报道风格突出的，当然，也有我这种摩拳擦掌的二愣子选手。

当时在下面坐着，心里就在想，我倒要看看做调查记者，是调查水平更重要，还是笔杆子更重要。

结果，主编只问了一个问题：

"你们谁跑得快？"

在后来的经历中，我越发明白，对一个记者来说跑得快太重要了，几乎和脸皮厚一样重要。

话题扯回来。

所以现在，几个人商量明天怎么围堵负责人。大家很有默契地把我安排在工厂后门照应，体力上处在弱势没什么好逞强的。

"小缪也不能进去。人家才是实习生，万一受伤怎么办？"我更担心这个。

最后，我和小缪都留在后门，以备不时之需。

所谓的不时之需，主要是怕有人受伤，怕被砸设备，怕遭威胁，另外要开车。

堵人也是不得已而为之。这负责人东躲西藏的，见记者就跑，前几天还把人家电视台的摄像机给砸了。我们的报道就差他这一方声音了，哪怕他不接受采访，驱赶骂人也算是种表态。

第二天上午，难得阴天。

我和小缪守在后门已经有半个多小时，都站得累了，并排靠在墙上。

"你昨晚到底去哪儿了？"他问。

"买水啊。"

"你下回叫我。"他语气带点不悦。

"行行，但没下回，今天采完应该就能回去了。"

正说着，接到另外一位记者的电话。

他说没堵到人，给跑了，可能往后门来了。

我瞬间清醒，站直身子，想提醒小缪打起精神。结果电话还没来得及挂断，就看见一小帮人从后门出来了。

大约四五个人，中间一位将近50岁的男士，一身乡镇企业家造型，这时候满头汗疾步走出来。

就是他，让我和小缪这两个候补队员撞个正着。

来不及思考，我立马追上去："您好！我是日报社的，想问您几个问题！"同时嘱咐小缪开录像。

中年男人扫了我一眼，然后低头一声不吭加快脚步。

"怎么哪儿都有你们，滚滚滚！"旁边一凶神恶煞的光头上来拦我。

"这次事故之前你们已经被要求整改4次，请问整改了吗？"我各种躲，尽量保持紧跟。

小缪在旁边看这架势，一手虚护着我，一手拿手机拍摄。

"你属老鼠的？别躲！"光头很恼火，上手要来拽我。

我肩膀一耸试图甩开他。几乎同时，小缪上来抓住光头的手腕，狠狠说了句："你干什么！"

这小孩儿也是容易冲动的类型，眼看就要缠斗上。

场面一度混乱，我匆匆拉住小缪，嘴里一直喊"别别别"，对方人这么多动手毫无优势。

他们也忌惮，怕把事情闹大，没过多纠缠就要走。但就这么让人跑了实在不甘心，好几天才蹲到这么一个机会。

所以我俩依旧不远不近地跟着，抓准对方要上车的时机，我两步上前加大音量，开始不停地喊着提问。

你知道，人被问急了的时候，往往管不住嘴。这时候说出来的话很有可能变成新闻标题。

推推搡搡，持续发问中，他终于回答了一句。

"请问没有整改的情况下，检查是怎么通过的？"我吼。

"这你不应该问我！"急了急了。

开口了，甩锅了，有猫腻。我抓住话头趁热打铁：“您认为该问谁？”答案我心里有数，就是要他说啊，说出来才有采访由头。

偏偏这关键时候，光头上来就拎住我后衣领往后一拽，结果连带拽到了头发，我吃痛，下意识就是"嗷"一声。

他大概也只是想拉开我，没料到扯住头发，猛地一松手。我脚下一虚，仰头就往后方倒去。

然后也不知道怎的，小缪伸手去捞我，没成功，反而一起摔到地上。

头晕了好一会儿，我迷迷糊糊坐起来，看到对方上车走了，我们的同事来了，真是赶得好时候。

我转头想把小缪扶起来，才发现他额头冒汗，眉头紧皱，整张脸都白了。

我的心一下子提起来，听到他咬牙说：“我胳膊好像动不了了。”

我慌慌张张地把小缪送到医院，一路上又自责又着急。因为不知道情况有多严重，毕竟还是个要弹吉他的人……越想越害怕，在车上眼泪几次要出来，又被我逼回去。

"你干什么，我死了啊？"他挤出一个难看的笑容，试图宽慰。

我脑袋嗡嗡作响，刚才就晕，一着急更乱。当下就仓促地做了两个决定：第一，再跑这种新闻我就不是人；第二，也不会让小缪再参与。

万幸，到医院发现他只是肩关节脱臼，没有骨折。复位时把小祖宗痛得龇牙咧嘴，上了绷带固定又是一条好汉了。

医生说他大约要固定三周，倒是我，也检查出轻微脑震荡。

出来的时候已是傍晚。我打电话跟主编交代了这件事情，老头儿要吓死了，一直叫嚣说借出去两个人好好的，回来都受伤了，明天就去社会版要说法，吵吵着以后再也不借人出去了。

像个老小孩儿。

想想也后怕，要是小缪真出什么事，可怎么办？证明是主编签的，人是我带的，怕是要内疚一辈子。我俩在电话里长吁短叹，老头儿终于下了一回血本，派社里的车来接我们，明天就打道回府。

晚上在招待所，给顾轶打了个电话。本来事情已经过去，只是报个平安，没想到我刚"喂"了一声，就带上了哭腔。

才发现自己是真害怕了。想起以前在医院躺了好久，生怕小缪也一样。

我磕磕巴巴讲了事情经过，顾轶听完才长舒一口气。

"明天回来吗？我去接你。"

"不用，社里有车来接。"

"那我去报社接你。"他顿了顿，"你的实习生……还能继续实习吗？"

"小缪啊，他之前是说要延长实习，现在看来情况应该不允许了。"

哎，他怎么知道小缪要继续实习？我记得自己跟顾轶说过小缪的实习期快到了的。但这点疑惑转瞬即逝，没追问脑子就过了。

电话那头的人沉默了几秒，又继续聊了些有的没的。记不清什么时候挂断的，入睡时手机还握在耳边。

第二天一早，有人砰砰敲门，把我给吵醒。

社里的车不应该来这么早啊。

我睡眼惺忪地爬起来开门，看见小缪丧着张脸，还带点恼怒。他头发半湿，衣服领子也湿着，一只手用绷带固定着，另一只手全是泡沫。

他说："我洗不了头啊！"

我昨晚还自责不已，现在看到他内疚感突然烟消云散了。

"怎么着，我是你保姆？"有个东西叫起床气知道吗？

他一怔，死鱼眼盯着我："我这头发怎么办？"

"找楼上的人。"我说着就要关门，被他挡住。

"他们出去了，"小缪皱眉，刚才的理直气壮也不见了，"我找过了。"

我看着他顺着发梢往下滴水的头发和一点一点消掉的泡沫，大概有十秒钟。

"过来我给你冲掉。"

洗手间非常小,我让小缪进去就着洗手台,自己站在门口远远举着花洒。

"弯腰啊,自己洗,不是还有一只手吗?"

小缪侧过脸,斜了我一眼,然后弯下腰慢慢吞吞开始单手抓头发。

我实在是很困,可能稍微恍了一下神,就听他不满道:"陈燃,你拿好啊,都冲我脖子里了!"

把我吓一跳,真是难伺候。

开大水流,全方位一阵乱冲,我粗略观察几眼:"可以了可以了,都干净了。"

就看小缪抓在洗手台边的手明显用力,骨节突出。他好像深吸了口气,然后猛一抬头,水都甩我身上了。

还没等我冒火,他倒先一脸不爽,恶声恶气来了句:"我怎么就……"然后带着这说了半截的话,头也不回地出了房间。

不知道他这是什么无名火。

回去的车上没说几句话,气压很低。我反思自己好像并没做什么对不起小祖宗的事,要说看护不周吧,感觉也不是因为这个。

想不出来,索性就在车上补觉,几乎睡了一路。

大概下午四点,终于到了报社。

平时也是一周才来一次,却没有这种久别的亲切感。出了电梯很安静,空空的,今天人不多。

"一起去跟主编打个招呼?"我把东西放下,准备去主编室。

"不去。"

"那你稍微等我一下,等会儿可能要开实习证明。"

"实习证明?"他拖着步子走到我座位边,坐下,"我不是说了延长实习?"

"你现在这个情况还怎么实习?"

小缪欲言又止,还没来得及说话,走廊先传来主编的声音。

"你们回来了?"

老头儿站在主编室门口远远招呼我:"陈燃你过来一下。"随后又交代,"小缪啊,等一下再走,你妈妈在这儿。"

我心下一惊,完了,这么急着召见怕不是来算账的?

我忐忑地进了主编室,看见"娘娘"坐在沙发上,脸色也说不上差,但是浑身散发着压迫感。

"陈燃,你坐。"她淡淡开口。

我不安地向主编眼神求助,想搞明白这是什么情况。结果老头儿看起来也一头雾水,只点点头示意先坐下。

"缪哲说他要延长实习,你知道吧?"她声音依旧温柔,但没温度。

"是,我知道。"

"两个月前是我硬逼着他来实习的。"

"嗯……"这难道不是在变相夸我,最后绕回夸她儿子,"小缪确实是对采访越来越上心了。"

"娘娘"停顿了几秒钟,缓缓说:"是对采访上心,还是对你上心?"

我一下没听明白,等反应过来整个人都不好了。

我一脸错愕地看看她,不像是在开玩笑。

又看看主编,他也是一脸蒙。

"你知道你们差了几岁吗?"她接着发问了。

"啊?"

老娘知道啊!所以您在演什么烂俗剧情啊,把我吓得话都说不利索了。

"咳!"主编清了清嗓子,苦笑得一脸褶子,"这个,这里头是不是有误会啊?"

我顺势点头,此时震惊还牢牢占据情绪上风:"对,您这话都把我说糊涂了。"

"那你告诉我他为什么非要延长实习?"她似笑非笑,"我自己的孩子我了解。"

"我不知道,兴许想当记者了,这不是你们希望的吗?"什么毛病啊,合着怎么都不对,小缪的难伺候原来是家族遗传。

"那我再问你,上回缪哲半夜喝多了回家,是报社聚餐吗?带实习生需要有这种非工作时间的接触吗?"她目光扫过主编,"这个您不知道吧?"

老头儿肉眼可见地慌了,急急地看我:"怎么回事?"

我没料到她会扯出来这件事,不爽逐渐上头,还真审讯上了?

"他乐队演出喝多了,酒吧联系到我去接人,就这么简单。"要是不讲实话,这事解释不清。

"哦,为什么联系你呢?"

"我怎么知道,要不您反思一下?"

"陈燃!"老头儿匆匆打断,大概觉得我快要管不住嘴了,赶紧打圆场,"看来这里头确实是有误会啊。"

"娘娘"敷衍一笑,假装大度的样子:"总之缪哲的实习到今天结束,以后你们也不需要有什么接触。"

"好极了。"

话音才落,老头儿用眼神示意我闭嘴。

干吗老不让我说话啊,没见我憋着一股气吗?

"我们也确实是准备今天给他开实习证明的。"他瞥我一眼,"陈燃你先出去吧,去打一份证明。"

我气呼呼地出了主编室,短短的走廊一步一停,看到坐在位置上的小缪,突然感觉一阵别扭,难免在想,不会是真的吧?

两个月,他所有的找碴儿也好耍酷也好,积极也好关心也好,在我看来都是一个大二男生的正常表现。

要是这里面真的有什么特殊情感,那只能说,也许被我的年纪自动屏蔽了。

"你起来一下,"我装作没事人一样走到桌前,"我写个实习证明。"

小缪抬眼看了我许久,像有预感似的:"我妈说什么了?"

"就是聊了一下你现在的情况,确实不适合继续实习。"我敲了敲桌子催促,"快。"

他表情复杂地站起身,定住片刻,突然就大步往主编室走去。我叫不住,眼看人进了办公室。

要糟糕。

我光速找出实习证明模板打印出来,随手抓起笔赶紧填评语,潦潦草草写到一半,听到主编室传来的争吵声。

我也只能学鸵鸟了,权当没听见。

我急忙找行政去盖章,好说歹说后面再补用印流程,终于把实习证明搞定。

拿着这张纸返回座位不到五秒,小缪从主编室摔门而出,他妈妈紧随其后追着。

过一会儿,主编才带上门,一脸无奈地跟了出来。

小缪冷着一张脸直奔电梯间,走得很快。我想把证明递过去,但他没有接,也没停留,只是看了我一眼,又失望又恼怒,眼神居然让我忍不住打了个寒战。

小缪妈妈只顾着追儿子,最后主编走到我旁边,我只好把证明给了他。

老头儿叹了口气,说:"当初确实不应该让你带小缪。"

我俩互看一眼,都不吱声了,也没敢上前。

远远看着电梯来了,小缪刚要进去,身形却明显一顿。

接着,顾轶从电梯里出来了。

该死的巧合。

这两人的擦肩大概有一个世纪那么久。

顾轶先行出了电梯,小缪却迟迟未抬脚,眼看着电梯门要合上。

"不走吗?"顾轶反手按了一下电梯键,淡淡地问。

门又缓缓打开。

我不知道是心理作用还是什么,感觉隔着这个距离都听到小缪重重的呼吸声。

但只有呼吸声,好像定格般。

电梯门就要再度关上,这时候"娘娘"伸手想拉他,却被他耸肩甩开。

"别跟着我。"他声音里窝着火。

随后转头拐进了旁边的楼梯间，防火门嘎吱嘎吱地关上，隔绝了脚步声。

小缪就这么走了。

我和主编同时舒了口气，节奏很一致。

当下我俩就交换了个眼神，他带点埋怨。我眼神里，大概有愧疚。

顾轶微皱着眉走进来，还不知道发生了什么，当然，也没人会多这个嘴。

但他眼睛太尖，目光很快停在老头儿手里的实习证明上。他打完招呼，自然就聊了下去："这是实习结束了？"

主编尴尬地点点头："又让你见笑。"

我在旁边听得云里雾里，这个"又"怎么说，看来自己不在报社的时候，两人还有什么往来。

话题一语带过，老头儿好心交代我在家休息两天，慢吞吞地回了办公室，留下有气无力的背影。

我第一次发觉他真的老了。

"送你回家？"

"啊——"我回过神，顺口答了一句"麻烦你了"，转身想去拿桌子上的行李。

还没够到，顾轶伸长胳膊把包拎了起来，另一只手撑着桌子挡板，几乎把我圈在中间，声音低低地说："你太客气了。"

突然凑近的距离，我稍微抬头能看清他的睫毛，能感觉他呼出的气就在头顶。

实在是很不习惯，我开始有种束手束脚的扭捏感。挺讨厌自己这样，老娘在相亲战场上从来都是所向披靡，恶名远扬。

现在倒像个二傻子。

回去的路上，我坐在副驾驶浑身不自在。想找点话题来聊，大脑一片空白，只能冷场。

终于，顾轶开口了，谢天谢地。

"陈燃，我有话要说。"有点认真。

"你说……"

但他没接下去，而是放慢车速，不一会儿靠边停下。

"上回太匆忙，可能没有说清楚。"他转过身看着我。

我立马意会他指的是小破饭店的相亲，也大概猜到接下来的话，不自觉地抿了抿嘴。

"你说。"

"在一起吧。"利落又肯定。

这几个字从他嘴里说出来，终于不再像一道数学题。

"好。"我以为自己已经答应过了。

他看了我足有半分钟，然后不知道怎么回事，两个人都开始憋不住笑，让这个氛围变得非常奇怪。

能看到他压不住的嘴角和眼角的微微褶皱。

我大概也是一样。

我还兀自笑着，顾轶突然探过身轻轻拢过我的后脑勺，猝不及防地吻在我额头。

我直接僵住。

听到"咔"一声，他一手解开安全带，同时第二个吻干脆地落在我嘴唇上。

再然后响起未系安全带的警报声，顾轶反手把车熄火了。

回到家的时候，我感觉自己还缺着氧。

很早就躺下，却一直睡不着，于是拿出手机刷搞笑视频，笑得很开心。

其实根本没在看，纯粹是想笑，跟视频没半毛钱关系。

过了一会儿，我口干舌燥，起床去找水喝。光脚站在厨房等水烧开，我又拿起手机，发现小缪发了一整个页面的语音。

就看着的工夫，还不断有新消息。

有的很短，有的很长。我一条条点开来听，却没有一句完整的话，来来回回重复"我"，不然就是完全听不清的呓语，混着嘈杂的噪音。

我就知道，小祖宗肯定又喝多了。

总共发了大概20来条，拼凑不出一个准确表达。直到点开最后一条，才终于清晰。

因为不是小缪，是一个女孩子的声音。

平平静静、清清楚楚的声音："他说，我怎么就喜欢你了。"

我突然觉得，光脚踩在瓷砖上好凉，一只脚覆在另一只脚上，还是凉。

愧疚感一下子涌上来，浑身都凉。想起早上小缪洗头发的时候狠狠说的那半截话，原来完整的是这样。

但这事情我已经力所不及，也不合适再出现，只能靠他自己消化。

最后发语音的女孩子，可能是林嘉月，不知出于什么原因代为转达了。总之，有人在他身边，我就放心一点，想了想回复了一个"娘娘"的电话号码。

结果又蹦出开启朋友验证的消息，小缪，或者是林嘉月把我删了。

这次没有人在第二天打电话来，闷声说把我微信通过一下。

后来很久都没联系，再见到小缪大概是两个月后了。

事故报道之后的很长一段时间里，我都没什么活儿，常常跟顾轶出去溜达，出稿量直线下滑，主编也不管，可能是种变相的照顾。

去了射箭馆好几次。

还记得那位老板吗？原来他姓孙，叫孙一舟，是顾轶的高中同学。但看起来比他年长些，一副文艺大叔样。

这位大叔让我叫他孙哥，顾轶说，不用，就叫孙老板。

上回我们又去射箭，中途休息的时候聊天，孙老板说自己空窗期一年了，问我们谁能介绍个女朋友给他，还说就喜欢那种又酷又性感的类型。

嗯哼，我突然就想起一个人。

不晓得你们能不能猜到。

那天临走的时候，我给他留了一个电话，说："你叫个外卖吧，离得有点远不在派送范围，但如果用美男计，兴许老板会破一次例。"

也不知道他联系了没有，我做媒不太专业，还是应该跟进一下的。

爽了这么一段时间，直到学校都开学了，我才重新开始跑采访，去檀大最勤。

今天刚好又过去，小新闻，一个沙盘大赛。我早上去看了几眼，没跟全程，直接和蔡姐联系要了通稿，然后悄悄地去了数学系听课，从后门溜进教室，坐在了最后一排边上。

顾轶在讲台上看见我了，眼观六路嘛。

其实也是为了找一个写稿的地方，顺便还能等他下课。何况我又不出声，不影响教学，这个办法简直棒极了好吗，双赢。

但是，顾教授很显然不这么想。

我刚打开笔记本电脑码了没几个字，就听见他说话了。

"最后一排那个穿衬衫的同学，你起来回答一下。"

我低头看了一眼自己的衬衫，再看一眼旁边的同学，全穿着T恤。你这是干什么？

整个教室的人回过头看我。

顾轶抱胸站在讲台上，抿着嘴以为老娘看不出你在笑？

我局促地站起来，旁边还有好心人把教材推给我。给我也不会啊全是符号。

"那个……"我吞吞吐吐，还真把自己当学生了，很是下不来台，"我……"

然后下课铃响了，救我一命。

课间我火急火燎去找顾轶算账，在教师休息间把他堵住。

我说："你干吗耍我？"

他慢条斯理："我一向看不惯有人在下面开小差，会特别关照，"笑了笑，"要不你以为年会那次，主持人为什么喊你提问。"

这就有意思了。

一句话把我拉回初次见面的会场。

可算解开了许久的疑惑,就想主持人再不专业也不至于这么眼瞎,明明没举手,硬是喊我提问。

原来始作俑者在这儿。

一直以为顾教授给我下套是从假装相亲开始,没想到从这里就开始了。这个人真的是,老谋深算、诡计多端,还给自己贴金说什么喜欢有条理……

但转念一想,下乡途中做的梦,或许也不是白日梦,顿时又有点暗戳戳的得意。

我忍不住背着手,鞋跟一下下敲着地面,故作沉思状在他面前站定。

"我问你啊,"我弯了弯腰,大言不惭,"你是不是一开始就对我有想法,不然当时怎么会说欢迎我增加个人生活这种话?"

顾轶坐在我面前的沙发上,手肘随意支撑在膝盖上,说:"那是因为你呛声,我顺势接了话。"

嘿,嘴硬?

"那你为什么要让主持人喊我提问?"

他低头想了想,笑说:"你上学的时候有没有因为开小差被老师丢过粉笔?大概是一样的意思。"

胡扯!

我板了板脸,不甘心,背着手晃了一小圈,又回到他面前继续弯腰问。

"最后问你,我约上专访这件事你插手了没有?"

他终于点点头,慢悠悠道:"这个有。"

"所以都市报是你推的,不是蔡姐。"

"对。"

还说不是对我有想法?

我又难掩得意了,弯了弯腰靠近:"为什么?"

他目光稍微下移,声音哑哑的:"你领口太低了,你这样我没法回答问题。"

"……"

我"噌"一下直起身整了整衣服,有点下不来台,无意识地扶了扶额头,语气生硬:"现在回答。"

"看你不太专业的样子,觉得可能会比较好说话。"他说,眼睛亮亮地看着我。

我愣在原地,眉毛一点一点拧起。怎么会有这种答案,完全出乎所料,不知道该作何反应。

我憋了半天憋出四个字:"冠冕堂皇。"

顾轶坐在那儿低低笑出声,让我越发恼羞成怒。感觉上课时间也差不多了,转身就想回教室。

他迅速起身跨前一步,正好把我围在门与墙的夹角里。

"顾教授,顾老师,你在干什么?"我抬头瞥了他一眼。

他不说话,只是看我。

"我说,那篇专访你难道不满意吗?"我还纠结着这件事,虽然常常浑水摸鱼,但对自己的专业性还是相当在意。

他眼神飘了一下,点点头:"满意。"

"那我不专业吗?"

顾轶笑了,低头看我:"专业。"

"那你扯什么破理由……"

话音刚落,他低头凑过来,脸已经近在眼前,突然感觉门被人推了一下,直接撞到背后的我俩。

随后一个头发不太茂盛的脑袋探进来,说:"门后有人?"

是杜博士。

看到这场景他脸都绿了,我也一阵脸热,只有顾轶面色平静,每每在尴尬中镇定自若。

我说,数学系就这么几个老师吗?总是能撞见他,还总是这么尴尬,邪门了!

"哈,好久不见,我来采访,先走了,你们聊。"我轻轻推开顾轶,一侧身溜了。

刚出门,听见我们顾教授淡淡地说:

"不好意思啊,忘了关门。"

我天,这脸皮真是厚极了,休息间是公共的啊大哥。

后半节课,我完全看不了顾轶在讲台上一本正经的样子,脑海里总是浮现他各种笑。

略微观察了一下,整间教室倒真没几个开小差的,都是求知若渴的样子,也不知道是数学的魅力还是数学老师的魅力。

搞得我都不好意思敲击键盘,只好扯了一张纸改成手写。

终于熬到下课,中午跟顾轶去了射箭馆。身为一个媒人,我准备跟跟进度。

这会儿店里几乎没人,孙老板自己在工作台吃饭,我一眼看出外卖包装袋,正是那家私房菜。

哦嚯,有戏。

"你叫了外卖了,怎么样?"

"味道还行。"

"然后呢?"

孙老板边吃边抬眼问我:"什么然后?"

顾轶自己去旁边射箭,我拉了个板凳坐下:"人家是怎么给你送的外卖?不在派送范围啊。"

"我加了20块外送费啊。"

"啊?"我表情有点凝固,"你直接跟老板联系的吗,我不是说要用美男计?"

他白了我一眼,嘴里还有饭,含糊地说:"是,一个女的,没等我施展,上来就要20块。"

"那是谁送过来的?人你见到了吗?"

"外卖员啊。"他看着我,好像在看一个傻子。

嗯……

我抿了抿嘴,不忍心再聊下去:"吃吧,吃吧。"

看来想当个称职的媒人,还有很长的路要走。

哪天得去找找女老板。

大概也就在射箭馆待了一个小时吧，顾轶因为下午有课要回学校，我也就老老实实回家写稿了。

除了做媒，最近还有件事比较头疼。可能是主编对我的要求确实放松了，导致社里有人开始看我不爽。

说的就是林文昊。

我去村里的时候，他到外地参加了个什么摄影培训，估计就是假借开会的名义去玩了。

回来就发现我几乎不来报社，也没稿件登报，业绩惨淡。最最重要的是，今年的优秀记者，据说主编有意向报我，苦心经营职场的林文昊怎么受得了？

不知道跟我谈恋爱有没有关系，反正诸多因素吧，导致他最近这两次选题会上频频找我的碴儿。

比如今天，明明是他的报道，一个音乐节的摄影新闻，非要推给我。

我是说过学了一点摄影皮毛，但水平实在有限。

因为这个事，我们两人在会上争论了半小时。

最后主编发话了："陈燃你就去拍吧，拍不好算他的。"

第九章 / 告白
HeNiBuJinShiXiHuan

这两天看见小缪了。

他有点变化,以至于一眼没认出来。

我其实听主编提过几句小祖宗的近况,说是前段时间一直在家养伤,后来回学校了。

听起来感觉回到正轨了。

所以这次见到他还挺意外的。

事情是这样的,我从开头讲起吧,要回到选题会上。

音乐节摄影新闻的活儿最终还是落到我身上,林文昊别提多得意了,刚散会就叫住我,一脸嘚瑟。

"你看你,当初也不多跟我学一下摄影,用时方恨少。"

"反正挂你的名。"我随手捞起一张昨天的报纸,用指尖点了点一张新闻图的标注,念出来,"日报记者林文昊摄。"

他丝毫不以为意,接话道:"陈燃,你这个怼人的毛病真的不好,明知道主编随口一说,还非要在嘴上较劲。"

是,报社这方面管得很严,挂别人名字是绝对不允许的,我纯粹看不惯他那得意样。

鼻腔里呵了一声,我收收材料准备离开会议室,听见林文昊在身后叫:"明天音乐节彩排,我好心劝你去踩个点。"

"不去!"

其实,我去了。

在这方面可能非常像那种考试前说没复习,其实偷偷在家念到半死的虚伪同学,挺招人烦的。

不要讨厌我,有人追在后面等着看笑话,这口气怎么能忍。老娘必须把一张超棒的照片拍到他脸上,顺带说句"随手一拍"。

音乐节在露天体育场举办。彩排是下午,正式开场在第二天晚上,到时候估计人满为患,整个一大型蹦迪现场,混乱中再找拍摄点位对我来说有难度。

所以听劝先去了彩排现场。顾轶刚好在附近办事,开车把我顺到了体育场门口。

里面场地挺大的,中心搭了个舞台,有乐队正在排练,感觉音响还没调试好,声音时大时小。周围工作人员、架设备的施工师傅穿梭往返,一片混乱忙碌。

刚进去就觉得自己被林文昊坑了,人家都用上无人机了,我还提着长枪短炮的,完全输在起跑线上。

我拎着设备绕了几圈终于找到合适的位置,正调镜头呢,突然恍神,听到一个熟悉的声音从舞台方向传来。

是在小缪耳机里听过的歌。

我离得很远,看过去其实是一片模糊。主唱高高的身影有点像小缪,但又不敢确认,总觉得哪里不一样。

当下就把相机对准舞台,在镜头里拉近,再拉近……确实是他。小祖宗把头发剪了,板寸,抱着把电吉他,正在那儿吼着呢。

我从没见过他唱歌的状态,再加上这个发型感觉很陌生。不好去形容这个变化,但怎么说呢,今天亲眼看到的他,跟主编口中传达的他,是完全不一样的。

这哪像老老实实养伤返校的样子?

和你不期是喜欢

我非常怕是自己给他带来了什么不好的影响,却也无计可施,当下收拾器材准备撤。忙到一半,旁边走过来一人不由分说开始帮忙。

"事情这么快办完了?"我抬头看到他。

顾轶边装相机边说:"时间刚好来接你。"

多个帮手,很快收拾完。他把东西拎上,略微扫了眼周边,问:"明晚要不要陪你过来?"

"你不是有选修课?"

"嗯。"他自顾自点点头,"到时候人会很多,很乱。"

"没事,我有媒体工作证,不用跟他们挤。"我翻包扯出一个挂牌,"再说踩好点了,到时候拍完就撤。"

顾轶没再说话。

正式开场的晚上,我还是低估了人山人海的混乱程度。主办方也是脑袋有问题,媒体和观众两条通道从一个大门进,工作证还没派上用场,就被一起挤在外围了。

好不容易进去的时候,已经开场了。

人群很兴奋,现场很热闹,灯光时明时暗,音响震耳欲聋。我混在当中艰难地挪步,大概花了将近一小时,才拍了几张比较满意的照片。

就这样吧,林文昊也未必能拍出什么花来。

我脑子已经嗡嗡作响,回头看一眼乌泱泱的人海,开始硬着头皮往外挤。

这时候小缪的乐队上场了,我又听到那首歌。

我停下来听完了整首。

台上灯光很晃眼,完全看不清,但观察周围人的反应,一直跟着节奏呼喊,料想他们还是挺受欢迎的。

随着最后一个音落下,安静了。我趁大家停止摆动的空当,赶紧转头接着往外挪步,突然听到麦克风里喊:

"陈燃!"

刚才有多安静,这声音就有多突兀。我吓得动作一缓,反应过来是小缪在舞台上说话,他知道我在这儿?

明知场下成千上万的人,小祖宗不可能看到我,但我还是下意识往人身后躲了躲。同时观察着,人群开始躁动,大家都不知道主唱在干吗,身边好几个人交头接耳问陈燃是谁。

"听着,给你唱首歌。"好一会儿,他接着说,声音低下来。

起哄声中,小缪缓缓开口,没有乐队伴奏,没有多余的背景音,像是临时起意的决定。

我愣神了,回想起实习期的一些事情。

缓了一会儿,我开始继续往外走,这歌简直像紧箍咒一样,会不断引出我的愧疚感。

怎么就唱不完,我闷着头越走越快,摩肩接踵间也顾不得撞到什么人,就快挤到外围,突然挡在前面的人轻轻拽过我胳膊。

"看路。"

刚抬头想要道歉,发现是顾轶,正低头说:"有人给你唱歌,魂都丢了。"

我明明什么都没干,嘴却先瓢了。

"你不是,你不是有课吗?"

顾轶没说话,只是接过设备,然后腾出一只手抓我的手腕,穿过人群往外走。

"怎么来了呢?"

他往舞台方向瞥一眼,板了板脸说:"我不来行吗?"

小缪的歌还在唱着。

"不行,不行,"我识相地摇摇头,"来得好。"

顾轶面色稍缓和,马上咳了一下,又板起脸来。

"你好厉害,这么多人都能找到我。"我边走边拍马屁。

他冷哼一声,语气倒是软了下来:"我来一小时了。"

"这么久了?"我顺嘴就问了一句,"怎么不打电话给我?"

"你不接。"

啊呸,我这张嘴啊,往枪口上撞。其实从入场到现在就没拿出过手机,

现场太吵压根儿听不见铃声,是多没脑子才问了这么一句。

我老老实实不再出声,任由顾轶拉着。

舞台上的声音逐渐模糊,视野变得宽阔起来,终于走出拥挤人群。我听到身后一阵呼喊,大概是小缪的演唱结束了。他好像还说了什么话,但已经听不清。

稍一转头,只是接近声源的下意识动作,却被顾轶逮个正着。他微蹙着眉松开我的手,转而伸向脑后,手掌轻轻覆上我一侧耳朵。

然后他没事人一样,边走边吐出三个字:"不许听。"

这突然的动作让我愣住几秒,反应过来忍不住好笑,看他严肃的样子又不敢笑,憋得快内伤了。

明明知道这距离压根儿什么都听不清,还多此一举来掩我耳朵,还"不许听"。

顾教授知道自己的数学脑袋已经在下达无意义的指令了吗?

突然就想逗他。

我快走两步,侧身去观察他的脸。

这一动,顾轶的手自然滑了下来,一时无措,眼看着他想往兜里揣,又发现自己衣服没有兜。

几番尝试,最后手垂在身侧。

"看我干什么?"有人要恼羞成怒了。

"生气了?"

"我生什么气?"他故作淡定。

"不知道,"我笑着摇摇头,"兴许吃醋了吧。"

"呵!"他停下来看看我,然而半晌也没憋出一句话,又闷头往前走。

路灯下一前一后两个影子缩短又拉长,我饶有兴趣地观察,有点希望这条路很长很长。

不过啊,这人真不经逗,也不好哄,后悔。

他几乎一路都敛着眉,有心事一样不搭理人,实在不像他平时的风格。

都已经到了我家楼下,顾轶还是这种状态。

"我回去了。"我嘴上说要走,却迟迟没有解开安全带。

"嗯。"他没有看出来,淡淡地说,"上去吧。"

我叹口气,慢吞吞地下了车,又绕到车窗前:"我上去了。"

"好好休息。"他回答得有点机械,好像心思根本不在这儿。

我撇撇嘴,转身进了单元门,心想老娘明天再哄你吧。

门厅里碰见对夫妇牵着只小狗,是住楼下的。我们打了个招呼,一起进了电梯。

门缓缓关上,突然听见外面急急的脚步声。我就站在控制面板旁边,眼疾手快地重新把门打开。

"不好意思啊。"顾轶喘着粗气,把我从电梯里拉出来。

夫妇俩面面相觑,狗见状也开始叫。

他反手帮忙按了关门键。

"怎么了?"这么火急火燎的。

顾轶环顾一圈,领我进了旁边的楼梯间。门"砰"一关,灯随之亮了。

"怎么了?"我背靠着墙,又问了一遍。

"第一,你说得对;第二,态度不好我道歉;第三……"

哟,数学脑子回来了,一二三都出来了。

我挺欣慰,笑问:"第三怎么着?"

"第三是一个动作。"

他俯身吻下来,一手扶住我后颈,动作有点重,让我觉得刚才的道歉是在这里找补……

灯灭了。

我睁开眼但看不清他,感觉一切慢下来,黑暗来得恰到好处。

第三是一个漫长的吻。

好一会儿,我跺跺脚,楼梯间又亮起来。

"道歉还能捡着便宜,你可真是数学老师。"

顾轶被逗笑,轻轻揉了揉我的脑袋:"你明天什么安排?"

"我有采访。"

"我明天也有课,还要补今晚的课,一整天。"

"那快回去吧。"我看了眼表,十点多了。

他挪挪脚,抬头看了一眼:"这灯怎么不灭了?"

"声控的,不说话就会暗。"

顾轶点点头:"别说话。"

"干吗啊?"

"歉还没道完。"他压低声音。

第二天早上十一点才醒。我匆匆把昨天的照片导出来,直接发给编辑,完成这件事已经中午。

叫外卖,突然想起做媒的事,留了个备注,很简单几个字:射箭馆老板帅得很。

也就半小时,餐送过来了,外卖单上写得更简单:最好是。

我猜她肯定忍不住要去看看,搞不好有戏。那时候不知道的是,老板娘早就决定去看看这个冤大头了,因为那外卖这么些天就没断过,餐餐多花20块。

孙老板也是个狠人。

话说回来,我采访约的是下午,做教改的报道,对方是中学校长。吃完饭,我就开始收拾,正穿着衣服,接到个电话。

是王记者,我都快把这人忘了。

"陈燃啊,昨天你是不是去音乐节现场了?我问林文昊,他说是你去的。"电话那头的人问。

"是我去的,怎么了吗?"

"哎,我找你了解个情况啊,"他有点犹犹豫豫的,"昨晚舞台上告白的事,你知道吗?"

"啊?"我心想这个王记者怎么这么八卦,"不知道啊,我提前走了。"

"我就说嘛不能是你,也叫陈燃,你说巧不巧。"

"什么……什么意思?"大事不妙。

"是这么回事,我们今天接到好多热线和爆料,都是音乐节的现场观众,说要帮着寻人。"他越说越激动,"我们新媒体同事一听,说这可以带个话题啊,全城寻人这样的,走线上。"然后絮絮叨叨地开始讲这个话题是在做一件多么感人的善事,会引发怎么样的热度……

我后面基本没在听,满脑门开始冒汗。

"不是,"能不能好好做媒体,别走这种邪门歪道,"这不好吧?乱点鸳鸯谱,可能侵犯隐私了,而且这话题也没什么新闻价值啊。"

"咳,网友就爱看这个,咱们啊脑子得活一点。我是看跟你重名,才来问问你。"他解释,"再说,我们也有为市民服务的定位不是?"

"我这个市民不同意。"

这通电话打了很久。

我和王记者用各种新闻伦理和实际案例驳斥对方,隔空辩论。

我:你们这是拿舆论裹挟人家(就是老娘我)。

他:她可以选择不出现,又不是一定要找到。

我:你们也没有委托人(我不信小缪知道这件事)。

他:给我们打电话的每个热心观众都是委托人。

我:观众又不是当事人,算哪门子委托。当事人没授权,寻人就没依据。

他:你这还是做传统媒体的思路。实际上网上已经在自发寻人了,等热度上去了,还能质问网友当初没有征得当事人授权吗?

……

类似论调不一而足,一个小时过去了,谁也没被谁说服。

不过话说回来,这个寻人活动,我不同意有什么用?这是人家都市报的事情。

所以后来我也改变了策略,希望他能转达我的顾虑:当事人跟我重名,可能对我生活产生影响。

当然没跟他说自己就是那个陈燃。

王记者讲得口干舌燥。他可能在单位,中间喝了好几次水,最后在电话里总结发言:"陈燃啊,我也不跟你辩了。你是没看到那个现场视频,要是看到了,你就不会这么说了。"

然后一个年近40岁的油腻大叔,不无动情地说:"很感人。"

一直在绞尽脑汁辩驳他的每句话,直到最后这句……

我失语了,说不出话来。

当时在出租车上,已经快到采访地点。挂了电话,我刻意拿出采访提纲开始熟悉问题,嘴里念念有词,心里却一直在骂自己。

我也不知道事情是哪里出错了,但就觉得自己很浑蛋。

无关的人在受感动,有关的人没心没肺。

所谓的告白我压根儿不知道。

他让我"听着",我没听;他以为我在场下,我走了。

哪怕今天,我的第一反应都不是小缪说了什么,而是怕自己卷入一场八卦。

太过分了是不是?情绪开始控制不住地低落。

采访也不知道是怎么结束的。录音笔忘了开,记录乱七八糟,对面的校长畅谈教改经验,只过了耳,顺风就飘走了。

从学校出来,我沿着人行道走,犹豫再三还是打开了王记者发来的现场视频。

是那个热闹的晚上,拍摄人位置靠前,画面很清晰。

舞台上,小缪刚结束演唱,喘着粗气。但没有过多犹豫,好像要一鼓作气似的,他呼吸还没平缓,就喊了一声:"陈燃!"

人群开始骚动,我很清楚地听到拍摄视频的妹子跟旁边的人说了一句:"什么情况?"

他目光搜索场下,徒劳地看了好几圈,才声音低低地说:"听着,给你唱首歌。"

视频里甚至能看清他的表情,唱得很认真,目光始终在搜寻。

这时候我应该已经开始往外走了。之后,是我不知道的事。

唱完最后一句,小缪低头停了好一会儿。

"耽误大家一点时间。"他再抬起头,眉毛微皱,好像带上那么点难为情,自嘲地笑了。

"嗯……"他捋了捋短短的头发，从额头一直到颈后，然后手就停在那里，"我有点后悔最初没给你一个好印象，把很多时间浪费在跟你唱反调上，我反应太慢了。"

小缪胳膊垂下，像是不知道该放在哪里，于是换了一只手拿麦克风，接着说："这首歌我在中巴上就写了，写在一张纸巾上，后来叠起来给你垫在窗玻璃上了，"顿了顿，"就猜到你不会打开来看。反正机会一个都没抓住。本来以为延长实习就有时间补救，也搞砸了。"

半晌，他好像要结束这段话。

"我就是想说，"他深吸一口气，又捋了捋头发，"为了避免新的后悔，我得告诉你。

"陈燃，我……"

我把视频关了，下意识地就学了小缪的动作，往后捋头发，然后吸了吸鼻子。

因为有点冷。

最后的话，我知道他要说什么，但没准备好听。

那打纸巾我也有印象，在去村里的中巴车上，当时还觉得自己差点被颠成脑震荡。

怎么可能想到去打开它？不记得是随手塞包里，还是丢到了哪里，早就不见了。

唉！

我收起手机，缓了缓神，发现自己已经走出好远。我拦了辆车回家，拿上小缪的吉他，又匆匆折返回报社。

这吉他在家里放好长时间了。不知道你们还记得吗，小祖宗喝醉时忘在顾轶车上的。本来觉得没必要还了，但现在实在不能看到它，看到它我会联想到小缪说的话。

想来想去，觉得放到报社好些，比如放主编办公室里，这样或许小缪妈妈以后还能取回。

下了车，我提着吉他刚进报社大门，手机响了，又是王记者。

"咳,我就是跟你说声,寻人活动不搞了,你的顾虑可以打消了。"电话那头,他叹口气。

都市报居然破天荒地自动放弃话题了,奇了怪了。

"怎么了?"我不太敢相信。

"还真被你说中了,当事人不同意。网友我们管不了,但是媒体活动不搞了。"

"什么意思?"

"就那个乐队的男孩子,我们联系上了,他直接过来说不同意搞这个寻人活动。"王记者语气失望,稍作停顿,"这会儿人刚走。"

"嗯。"

就在说话的工夫,我看到小缪从西侧的电梯里出来。

他也看见我了。

小缪戴了顶黑色帽子,脸遮了大半,出了电梯脚步明显一滞。

几秒钟后,我挂断了王记者的电话,看着他慢慢走过来。

要说这几年带过不少实习生,每一个最后都沦为路人。两个月的交集,对各自的人生来说只是一晃而过的片段,我反正一直就是抱着这种心态带实习生的。

遇上小缪这个特例谁能想得到?他出现在这个位置,却不按照正常剧情走下去:实习、盖章、各回各家。

突然就跑偏了,我也缺乏心理建设啊。

转眼,人到了面前。

之前在台上感觉陌生,现在熟悉感又回来了些。

"怎么在这儿呢?"不知道怎么开场比较自然,我只好明知故问。

小缪目光在我脸上流转,又停留在吉他上,这才抿了抿嘴唇:"去都市报了。"

"这个,在我那儿放好久了。"我顺势把吉他递过去,"本来想说拿到报社,正好现在直接给你。"

我手伸了好一会儿,他才接过,又解释道:"我去都市报是为了音乐节的事情。"

"我知道。"

他顿了顿:"昨晚你在场吗?我没找到你。"

"那么多人怎么可能找得到。"

小缪抬了抬帽檐,眼睛亮亮的,但开口的声音突然有点哑,好像所有情绪都揉进里面了:"都听到了?"

"听到了。"

他想说什么,又咽回去。可能这话也是不好接,一时陷入短暂的沉默。

其间我留意到保安大哥频频看过来,才发觉两人傻站在门口有一会儿了,实在很突兀。

"别在这儿站着了,上去坐一会儿吧,正好也有话跟你说。"

只要不是周五,社里都很冷清,今天也一样。我往主编室瞄了一眼,居然门也关着。

以往每次跟小缪一起进来,他都抢在前面一屁股坐到我位置上,椅子都被冲得往后滑。

现在也老实了,往那儿一站好像不知道该干吗。

"坐啊,干吗一副不熟的样子?"

"没有。"他把吉他放下,稍加犹豫还是坐到了张记者桌前。

我看着他坐下,突然感慨有些事情真的无法找补。人可以修正自己的行为,但很难修正在别人心中的样子。

小缪说最初没有给我留下一个好印象,这真的是句大实话。如果你们还记得,坏印象就是从占我位置开始的。

曾经多少次我让他坐到张记者那儿去,小祖宗为什么就是不听呢?

"没想到音乐节的事情变成这样,"他有点抱歉,"我已经让都市报不要搞什么活动了,但是我看网上……"

"没事,时间过了热度自然就下来了。"

我也坐下,直截了当地开口:"小缪,你说的话我都听到了,需要我回应吗?"

可能没想到话题急转,他看着我,舔了舔嘴唇,好像很难决定。

"我现在就可以告诉你……"

"不需要。"他突然急急打断，声音高了几分贝。

没再继续说下去，这时候听到窸窣脚步，好像谁被这声拔高的"不需要"吸引过来。

我们俩都察觉了，同时探头，看见茶水间晃出来一个人，双手端着碗泡面，一脸蒙，说："不需要什么，你俩在这儿干吗呢？"

我看着他就翻了个白眼。

不是，林文昊在这儿装什么劳模呢？

"今天又不是周五，你在社里干吗？"平时也不见他加班，这还吃上泡面了，装模作样。

"我加班啊。"他随口一答，仔细端着泡面挪步过来。

"这不是小缪吗？哎，实习期不早都结束了吗？"他边走边说。

"人家来取东西。"我用眼神示意一边的吉他。

林文昊显然不信我的话，转而一脸八卦地看小缪，把泡面往桌上一放，笑问："你俩聊什么呢？"

本来突然出现的电灯泡，让小缪有点难为情，看清楚是林文昊之后，不知怎么迅速化为一股怒气了。

他脸红还没全褪，眼神先不善，声音一冷说："关你什么事？"

小祖宗抢了我的台词。

但这话我说还没什么，从小缪嘴里说出来就尴尬了。他们之前见过几次都挺客气的，尤其是林文昊本来就常常有意示好，突然翻脸搞得他措手不及，当场愣在原地。

"没聊什么，加你的班去吧。"我不得不打圆场。

"不是，怎么回事啊？"林文昊下不来台，冲我说，"陈燃，你实习生吃枪药了？"

"是，还不躲着点。"我起身把泡面端起来放回他手上，"去吃吧，去吃吧，凉了。"

小缪死鱼眼还在盯着林文昊，一副想干架的样子，让林文昊下意识地退了半步，一边嘟囔"莫名其妙"，一边走远了。

我是又好气又好笑,关键还摸不着头脑。

"火气怎么突然冲他去了?"我看小缪还盯着人家背影。

他摘了帽子,用手捋了一下头发,又重新戴上,好像在强行消火。结束这个动作,他才说:"我最烦他。"

我更加云里雾里,就听他接着说:"如果我是林文昊,不可能跟你分手。"

沉默片刻,不知道该说什么,就是觉得这句话很重,比音乐节上的话更重,也把我拉回了刚才的话题。

"谢谢。"我身体前倾,字字真诚,"我想说的话……就当你明白了,别再做无用功了。"

他看着我不回答。

"主编说你回学校了,应该还没有吧?"

"没有。"他好像被抓住什么错误一样皱了皱眉,"会回去的,答应过你。"

"好。"我站起来,把吉他拿到他面前,"就这样吧,一起下去吗?"

小缪猛然抬头,对突然的结束没有准备,迟迟未起身。

"那我先走了。"我想了想补充了一句,"时间差不多了,我要去听课。"

"陈燃。"他叫住我,没有下文。

人坐在那儿,也不说话,除了看我没有别的动作。

有点忍不下心。

"放弃什么都不容易,但是没办法。"我也不知道是说给他听,还是说给自己听。当下就把手机通讯录打开,在小缪面前删了他的电话。

其实也没想做到这一步。我所有带过的实习生以及身边出现的许多人,加起来都没有小缪来得重要和真切。但这个重要在另一个维度,他跟顾轶的区间不一样,也没法一样。

"别联系了,我先走了。"

我俯身,伸出手拍了拍他的背。

一刻不停地离开了报社，甚至连电梯都不想等，走楼梯下去的。不喜欢让情绪发酵，不喜欢纠缠无解的事情，也深信这已经是我对小缪能够做出的最好回应。

在门口没多等，拦到一辆出租车。

师傅回头问："去哪儿？"

"去檀大。"

想去上一节选修课，数学最合适了。

到檀大的时候稍稍迟了，看了下时间，应该已经上课了。

我大致知道选修课在哪层楼，可在走廊里找了一圈，挨个窗户看进去，都不是顾轶的数学课。

绕回到最初经过的阶梯教室，里面正在放电影。整个房间暗暗的，只有投影仪亮着，人不少但很安静。

透过门玻璃看了一会儿，是《美丽心灵》，一位天才数学家的传记片。电影刚开始没多久，我曾经在家看过开头。

找不到顾轶，但也不敢给他打电话，怕正在上课。反正没地方可去，心想要不就溜进去看个电影，把后面的剧情补上。

我小心扶上后门把手，推开一道缝隙，悄声进去。

刚关好门，回身一抬眼就看到讲台坐着一个人，单手支着下巴，正对着电脑看电影。

屏幕的光淡淡映在他脸上，戴着眼镜，有点疲惫，这个距离我都分不清他是不是已经睡着了。

刚才视线被门框遮挡，并未发现讲台上有人。现在才恍然大悟，原来这就是顾轶的课。

有一种……在找的人刚刚好被送到你身边的感觉。

惊喜之余又觉得好笑，原来顾教授也有糊弄教学的时候，选修课看个数学家的电影就想蒙混过关。不过瞧他那一脸倦意，估计是全天上课吃不消了，才出此下策。

教室很暗，他没看见我，一直低着头看电影。

我摸到后排坐下,也学顾轶的样子,单手支着下巴。一开始在看他,后来被片子吸引了注意力,慢慢在黑暗里静下心来,之前的些许焦虑和低落也熨平。

感觉至少过去了半小时,突然旁边男生的手机响了,声音不大但还是很突兀,好多人回过身来。他边小声接电话,边弓着腰往外走,我目光不自觉一路跟着,直到他溜出后门。

再回过头,顾轶坐在讲台上,仍然支着下巴,但没在看电影了。

他看着我,模糊中嘴角有笑意。

电影演了一半,这个人终于发现我混进来了。

我看顾轶在讲台上又坐了一会儿,然后缓缓起身,视察似的装模作样往后排走。

他走得很慢,目光扫来扫去,好像在监考。所到之处有人把手机放下,有人脸离开桌面,有人停止窃窃私语,有人偷偷看他。

真是老师的恶趣味,看个电影吓唬学生干吗啊?

我就这么看着他一本正经地走近,堂而皇之地坐在了旁边刚腾出来的空位上。前面有学生回头张望,估计纳闷老师巡着巡着怎么就不见了。周围人却是眼看他坐这儿了,开始搞些交头接耳、悄悄观察的小动作。

"好好看电影。"顾轶压低声音,气势仍旧不小,一下子止住叽叽喳喳。

假公济私,虚伪。

他就坐在旁边,肩膀离我不过一拳远,却很能撑得住,装得不认识一样,好像只是找一个观影的好位置。

真有意思,我忍不住探身看他侧脸,还在绷着。最后直接单手支着脑袋,专注观察他表情。

顾轶终于撑不住了,瞥我一眼,几乎用气声说:"好看吗?"

我竖起大拇指。

他笑了一下,然后把我手抓住,自然地揣进衣服兜里,又没事人一样看起电影来。

感觉自己手心在冒汗,刚刚看的半段剧情怎么也接不上了,正努力想看进去,察觉身后有喘息声。

猛一回过头,看见刚才接电话的男生蹑手蹑脚地回来了,就在我俩身后。他拍了拍顾轶肩膀,小声说:"我坐这儿的。"

怎么走路没点声音,突然站后面吓得老娘魂都飞了,像高中生谈恋爱被抓包了似的,本能地就想抽出手。

顾轶循声才缓缓回头。

男生弯腰看清楚,磕磕巴巴说:"顾……顾老师……"

"坐那边去。"顾轶眼神示意。

"哎。"男生茫然地转身,又回头看了看我,大概觉得眼生。

可能是记者的职业病,我余光看到男生没等坐稳就开始跟旁边的人嘀嘀咕咕,知道八卦网又在编织了。

"哎,"我压低声音,"你回讲台去吧。"

顾轶没搭话,握着我的手变成五指交叉。半晌,借着影片里音量升高,他说:"我发现你看电影从来不专心。"然后又没头没尾地来了一句,"还好你不是我学生。"

我撇撇嘴,回应一声闷哼。一共就跟他看过两回电影,上回睡着了那是我太累,今天也是情况特殊。

不过说实话,我电影看得不多,和顾轶的喜好也不尽相同。比如他爱看战争片,我爱看恐怖片,要是以后结婚了会不会有抢遥控器的烦恼?

脑子里这个想法出现后,我吓一跳。

我为自己想这么远感到羞愧,做贼心虚去看顾轶的脸,好像怕此刻的心声被他听见。

人家就泰然自若地看电影,任由我目光灼灼。

片刻,他松开了我的手,慢慢起身。

我看了眼屏幕,正纳闷电影还没结束,就听见下课铃响了。夹杂着铃声,顾轶俯身在我耳边说:"等会儿让你看个够。"说完慢悠悠往讲台去,边走边交代同学开灯。

教室亮了,有一瞬间的晃眼。

"下课了,想看的可以回宿舍接着看,"他把电影暂停,接着说,"2000字关于纳什均衡的小论文,下周交。"

下面立马怨声载道。

我也是惊呆了,一堂数学课看电影也就算了,看完还要写论文,同样的话要送给他:"还好你不是我老师。"

环顾了一圈,至少一大半是女生。你们看脸选课,这下付出代价了吧?

学生们慢慢离开教室,最后只剩我俩。

我看投影仪还开着,不像要走的样子,迟疑地起身往前迎去。

"关灯,"他指了指墙壁开关,"他们终于走了,来,把电影看完。"

关了灯,只剩屏幕投出的光,在空荡教室里深深浅浅地变化。

我和顾轶并肩坐在中间的位置,视野绝佳。门外不时还有学生经过,甚至探进头来瞧上一眼,除此之外,整间教室像是与世隔绝,好过任何一家电影院。

他看着电影,同时有一搭没一搭地跟我说着话,倒不像刚才那么专注了。

"今天怎么会过来?"

这问题让我卡了壳,想了几秒钟才回答:"不知道,想见到你就来了。"

顾轶伸出手,轻轻把我脑袋靠到他肩上,过了一会儿,好似无意地来了句:"如果有什么困扰可以跟我说。"

我越琢磨这话越觉得不对劲,语气也怪怪的,不由得仰头看他表情。

心思明显没在看电影上,脸上恨不能写着四个字:意有所指。

"什么困扰,你指小缪的事情?"我直起身。

他看了我一眼,又伸手把我脑袋按到肩膀上,说:"对。"

"你看见音乐节视频了是吗?"我再次挣扎起来,这样靠着讲话没办法看到他的表情,我就得不到最直接的反馈。

顾轶停顿了大概有五秒钟,点点头:"嗯,学生在看,我碰巧听

到的。"

传播得这么快。看来王记者说得不无道理,都市报的活动只是顺势,不是造势,搞不搞对事件热度没太大影响。

"没什么困扰。"我抿了抿嘴唇,"网友的注意力周期很短,你知道吧,我就是学这个的。"

"我不是说视频……"

"顾教授,"我笑着打断他,"你说话拐弯抹角的,都不像你了。"

顾轶也有被人噎到的时候,想反驳好像无从下口。他眼睛快速眨了几下,随后把眼镜摘了,叹口气看着我说:"实习生你准备怎么办?"

您可终于问出来了。

"是不是担心一天了?"我凑近。

他冷了冷脸,吐出几个字:"一阵子。"

"一阵子?"这是个什么表述,说长不长,说短不短的,我顿时来了兴趣,"一阵子是多久?"

顾轶脸上阴晴不定,好像随时会忍不了我的得寸进尺:"先回答我的问题。"

看他这严肃加受气的样儿,我也不知道怎么回事,控制不住自己双手突然伸过去捧住他的脸。

"你干吗?"他猝不及防,下一秒拉开我的手,"不要试图蒙混过关。"

"咳,小缪的事情算不上困扰,没有'困',一直就没觉得难以选择。'扰'更说不上了。"

我坐回位置看看他,接着说:"下午我在报社遇见他了,把话说开,这不就来找你了?"

顾轶垂眼想了一会儿,第三次把我脑袋按在他肩膀上。

"一阵子是从酒吧接人开始,也可能更早。"他说。

第十章 / 生活
HeNiBuJinShiXiHuan

周五去报社,发现小缪的吉他没有带走,不知道出于什么原因,我只好拿到了主编办公室。

老头儿也没多问,就将它摆在了角落,放在一堆旧报纸上。

他最近没空管我的闲事。据说我们要改版了,各个版面都要压缩,同时成立一个新媒体中心,试图往线上发展。

纸媒的生存空间太小了,走媒体融合的路不可避免。

新媒体中心的记者,更像我们平时说的"小编",基本是新闻的搬运工,改改抓眼球的标题,重新包装排版上线。

大家都不想去。选题会上老头儿透了点口风,改版后我们人手将有富余,搞不好会有同事被调走,一时间人心惶惶。

当然了,报社也未必喜欢我们去搞新媒体,就像王记者说的"脑子不够活",所以估计要大规模招聘,我们社年轻人才缺口很大。

后来果然,年底的时候忙了一段时间校招。因为我本身是跑学校的,熟门熟路,跟着人事部参与了好几场。

校招的事情暂且按下不表,那是两个月之后的事了。

但这两个月里都发生了什么呢,我居然记不清了,幸福的面目就是很模糊。

拣几件紧要的说吧,首先是孙老板成功脱单。

有一回我和顾轶去射箭馆,一进门就发现孙老板换造型了。

他本来是走文艺大叔路线,胡子拉碴的,如今都打理干净了,一下子年轻了五岁,居然还有点清秀。

我俩非常诧异,我是喜形于色的诧异,顾教授是不动声色的诧异。

"怎么回事,受什么刺激了?"我问。

孙老板不大好意思地摸了摸下巴,说:"小咪不喜欢我留胡子。"

"养猫了?"

孙老板白了我一眼:"你这个媒人真的不合格。"

然后,才知道原来那位女老板叫张咪。

她是挺像猫的。

反正他们俩就在一起了,但我不常见到女老板。两个小老板看来在事业上还未能达成一致,各顾各的店,谁也放不下,都是大忙人。

再就是顾轶,他现在常来我家做饭。

厨艺烂得可以,我都是硬吃下去的,但又不好意思打击他的热情。

主要是不想让他失去来我家的理由。

他做菜跟做数学题一样,恨不能每种调料用量精确到小数点后两位,明明严格按照菜谱来,不知道为什么就是难吃。

我本来是又懒嘴又叼,不然也不会因为点外卖结识张咪,现在被顾轶培养得也不挑食了……

反正,脑袋聪明的人也不是什么都擅长。

11月初的一个周末,下雨天。

吃完饭我和顾轶歪歪斜斜靠在沙发上看电视,他不知怎么起意,突然问我一句:"年会记者提问那次,你一直在玩电脑,不是在写稿吧?"

我回忆了一下,说:"你怎么知道我不是在写稿?"

"你写稿的时候没那么多小表情。"

观察够仔细的,于是我告诉他,其实是在写小说。

他听完眉毛一挑:"在我的讲座上写小说?"

嗯哼。

"给我看一下。"

"不行。"都是写小孩子爱来爱去的,有什么好看,太难为情。

顾轶各种威逼利诱,我都没妥协。最后他居然说,是不是我在小说里骂他,所以不敢拿出来。

真的是越来越怀疑他的数学教授身份了。

我从来都是在小说里骂领导的,怎么会骂他,并不舍得把他写进去让大家看。

但是这件事过去之后,我突然多了一个读者,天天评论,也不回复,每次就一两个字。有时候是"好",有时候就简单的"来了"。

有时候忘了评论,第二天就是"来晚了"。

我一度以为是顾轶,很久后才知道不是。

其实从下半年开始,已经陆续有用人单位瞄准新一届的毕业生,我们报社算行动比较慢的,将近12月才终于把校招行程定下来。

本地的学校里,也就师大的新闻专业比较突出,跟我们算校企合作,近几年接收的实习生基本都是师大的,社里也有很多校友。

但我平时很少跑这个学校。这条线基本被一个关系户女同事垄断了,她最近开始休产假,也因此校招的事情才找上我。

宣讲会定在周六下午,师大礼堂,招聘应届毕业生以及大三实习生。当天早上我们就到了,跟就业办的领导碰了个头,然后布置会场,贴海报放易拉宝,忙了一上午。

人事部的几个同事都挺忐忑,毕竟我们副社长要亲自宣讲,万一人来得少,撑不起面子。早年报社招聘乌泱泱的人,挤破头都难进,现如今沦落到担心冷场了。

好在后来证明担心是多余的。

不到两点,礼堂已经几乎坐满,后来的学生只能站在过道,并且还在不断地拥入,人声鼎沸。

副社长到场一看这阵仗简直容光焕发,平时在报社里见到他从来没什么好脸色,今天居然挺和蔼的。

他就近招呼我："去联系一下学校就业办的，学生这么多，根本装不下，也不安全。"

我一眼没看见校方的人，也不敢耽误，立马去找。好不容易挤出去，发现居然门外也围了好多学生。

非常吵，打电话都听不清。我正头大，瞄到边上有扇防火门，没多想就推开进去了。

几乎是同时闻到一股烟味，楼梯间灯没亮，黑暗中一个红点正燃着，几秒钟掉落在地上，被麻利地踩灭。

有人躲在里面抽烟。

我手机还拨着号，外面听不清，里面烟味大，进退两难间先跺了跺脚。

灯忽明忽暗，看样子接触不良，闪几下之后终于亮了。

然后我就看见小缪一脸恍神的表情，站在楼梯扶手边上，脚还在碾着烟头。

还没来得及反应，那边手机接通了，是之前联系的就业办领导。我只好别过身去靠在门边，先把电话讲完。

对方显然也没有预估到现在这种情况，表示临时给我们换场地，这就派老师和学生来帮忙转移。

"好好，那我跟现场的同学说明，半小时后在大礼堂开始，麻烦您帮我们把那边的设备连一下。"

挂了电话回过头，我还没想好说什么，小缪先开口了。

"好久不见啊。"他很坦然，好像之前的事情都没发生过，反而显得我拘谨了。

得亏这句开场白，把尴尬扫走大半，我笑着问他："回学校了，来听宣讲会？"

他又不是毕业生，难不成还想来实习？

"不是，我陪别人来的。"他往前走了两步，"要换场地是吗？"

"对，大礼堂。"

想到这里，我还得赶紧去通知，转身要去推门，被小缪从身后先推开了。

他紧随我出来，在闹哄哄的门口扫了两眼，目光才停在不远处。

"林嘉月！"小缪喊，同时伸出手招呼，"换场地了。"

这名字好耳熟，想起来就是帮小缪代笔的女同学，也是我的假读者，我不自觉地就顺着他招手的方向看过去。

一个长发女孩子回过头，小巧的脸，眼睛很亮，但表情淡淡的，看得出是个有主意的人。

就这么匆匆一瞥，我又接着回到礼堂。

今天的会场算是白布置了，一大帮人浩浩荡荡往新场地走，还挺壮观。

我和几个同事到的时候，发现小缪和林嘉月已经坐在了前排，一抬眼就能看见的位置。

随后大批学生开始拥入，我们马不停蹄地接电脑试话筒，一时间手忙脚乱。

等大家都坐定，会场也准备就绪，宣讲开始。副社长慷慨激昂地讲了大概有一小时，停都停不下来。

我估计他有点 high 了，报社老龄化严重，大概是很久没见到这么多学生用崇敬渴望的眼神看他。

讲着讲着，他不满足于单口相声，开始挨个介绍。

"看看你们的学长学姐，在日报不过几年，现在都成长为优秀记者了。"说着大手一挥指过来。

"比如这位——"副社长压根儿不记得我名字，果然卡壳了，用眼神示意。

"陈燃。"我立刻领会，在台上稍微欠了欠身算是自我介绍。

"陈燃记者，"副社长接着说，"今年是优秀记者吧，报道了泄漏事故，大家都知道吗？"

我露出一个官方假笑，抬眼扫到小缪低着头，旁边的林嘉月倒目光灼灼。

又互动了一阵，副社长总算结束他的演出。随后人事聊了半小时待

遇，开始收简历。

按计划，我们今晚要完成简历初筛，明天全天安排面试。

毕业生和实习生分开两张桌子，学生一窝蜂拥上来，很快简历堆起来老高。

没再看见小缪，林嘉月很后面才走上来。她把简历放在实习生的桌子上，大方地跟我打招呼："原来您就是陈记者。"

我一边整理简历，一边笑着点点头："准备来实习吗？我看过你的稿子，写得很不错。"

"您说帮缪哲写的吗？那个新闻一般。"她说得不急不缓，带着股自信。

我手上一停，抬了抬眼。随口夸一句，没承想得到这么句回复。

"不用谦虚。"

林嘉月笑了，露出一对酒窝。

"明天面试见，缪哲在外面等我，先走了。"

总共收上来三百多份简历，初筛加通知面试，忙了几个小时。

从楼里出来已经十点多，晚上的风凉飕飕的，有股冬天凛冽的味道。

我紧紧衣服，正下着楼梯，余光瞟到平台停了一辆车。

车灯没开，像是在学校过夜的，并不显眼。但跟顾轶的车型一样，想着还是多看了下车牌号。

结果还真是他的车！

我赶紧快走几步下了楼梯，绕到驾驶位，发现车窗开着一小半，他人靠在座椅上睡着了。

不知道是冻的，还是被月光映着，他的脸很白，眉头微皱。

"嘿！"我猛敲了几下窗户，"想把自己冻死啊？"

冬天熄火的车，跟冰窖没什么两样。

顾轶猛地睁了睁眼睛，呼出一团雾气，看向我反应了好几秒，才双手僵硬地抹了把脸。

"你可真行。"我拉开车门，探进身去把车启动，暖气打开，顺手试了试他脸颊温度，很冰。

"来多久了，怎么不进去？这么冷也睡得着？"

"刚来……"他声音有点哑，挪了挪身，"我刚下课，顺路过来接你。"

这人九点就下课了，还瞎扯什么刚来，肯定到了有一会儿，车内还暖着的时候，因为太累睡过去了。

"下车，我来开。"我上手去解他的安全带。

"不用。"顾轶好像终于清醒一点，来按我手腕，"你上车。"

但还是慢了一步，"咔"的一声，安全带弹开了。

他没再坚持，整个人看起来恹恹的，坐到副驾驶还不忘交代先开到我家。

"哎，你来接我干吗呢，我这时间都不确定。"我边开车边不时瞄一眼，不会冻坏了吧？

"我顺路。"

"哪里顺路了？"

顾轶没接话，他太蔫了，不正常。

我腾出一只手试了试他额头温度，刚才脸还冰着，现在已经发烫。

糟糕。

"可能发烧了，去医院吧。"我将方向盘一转，在前面路口掉了头。

"不用，睡一觉就好，"他声音低低的，"你就先开回家吧，听话。"

"我拜托您听话吧。"

在急诊量了体温，开了退烧药，离开的时候将近半夜。顾轶精神没大好转，回去路上又断断续续睡了好几觉。

我也折腾得困了，强打着精神开夜车，半个多小时终于到达小区楼下。

"到了，顾轶，"我轻轻拍他肩膀，"下车。"

他醒了醒神，缓缓坐直了身体往外看，反应片刻："嗯，我开回去。"说着去开车门。

"你这样能开回去啊？"

我边说边熄了火，把钥匙揣到兜里："走吧，收留你一晚。"

顾轶腿已经迈出去,听到这话动作一停,回头看我,倦倦的脸上露出个值得玩味的表情。

"可以,看来病还不严重。"我揶揄。

他无力地笑了一下,甩上车门走到我旁边,伸出手:"钥匙给我。"

"干吗?"我手放进兜里没掏出来。

"我开回去。"

什么操作?老娘还能吃了你?

我愣住了,一时间莫名和羞愧交织,嘴硬道:"怎么着,怕我啊?"

顾轶低头,嘴角弧度若有似无,半天才叹口气,慢悠悠地说:"怕传染你。"

我撇撇嘴,手还在口袋里摩挲着车钥匙,搞不懂情况怎么变成好像自己强迫他似的。

下不来台,也实在担心他的状态,我忍不住翻了个白眼,内心戏就嘀嘀咕咕出声:"老娘都没怕你怕什么……"

"你说什么?"他凑近,也许因为发烧,眼睛像蒙了一层雾。

"我说我给你叫车。"正掏出手机,被顾轶轻轻抢过去。

"天天在心里'老娘老娘'的是不是?"他一脸疲惫笑意,可能站得有点累了,抓着我的胳膊微微用力。

我不得不一只手扶着他,另一只手去够手机:"行了,你要回去就赶紧回去。"

"是怕传染你的。"他看着我,声音减弱,"现在想想要传染可能在车上就传染了。"

顾轶的脸越来越近,嘴唇很烫蹭过我侧脸,最后搭在肩膀上,好像已经体力不支。突然的重量让我没站稳,直接往后靠上车门。

隔着衣服都能感觉他的热度,他呼出的气在颈间散不掉,大冬天里一阵燥热。

连拖带拽把人弄进门。顾轶还有一丝清醒,挣扎着往沙发去,但是全然没力气,硬是被我扶到床上,盖好被子没多久就陷入昏睡。

烧仍然没退，我只好用湿毛巾敷在他额头上物理降温，就这么忙了半宿，换了几次感觉体温降下去，我才连滚带爬，在沙发上倒头就睡。

第二天一早闹钟作响。实在太困，可能也就睡了四个小时吧，我明明听见了却舍不得睁开眼，缓缓伸手去摸手机，还没摸到，铃声就停了。

这才不得不醒来，映入眼帘的是顾轶的脸，很近很近。

"还烧吗？"我探手试了一下温度。

"好了。"

"我怎么睡这儿了？"就在他旁边。

"早上抱你过来的。"

想了想，我没再追问，刚要坐起身，又被顾轶拽倒。

他揽过我肩膀，边揉着我头发边低声说："再躺一会儿。"

"迟到了，今儿一整天的面试。"

"我送你去，来得及。"

"别逗能了顾教授，昨天路都走不动了还想开车回家。"我从他怀里溜出去，翻身下了床，"再好好休息一会儿吧，我上班了。"

这一天，不间断地面试，加上睡眠不足，真让我脑子快炸了。中午直接趴在面试间的桌子上眯了一小时才稍稍缓解。

结果下午第一个进来的就是林嘉月。其实昨天我们几个人都看过她简历了，没话说，应该是实习生里最优秀的。

所以还挺放松，只当走个过场。

这位同学看起来也完全没有担心。她不是来面试的，更像是来提要求的。

"我希望能去社会版实习，尤其想做调查新闻。"林嘉月说，眼睛亮亮的。

"哦，为什么呢？"同事顺着她的话头惯性追问。

小姑娘解释了些新闻理想，跟我当初的想法非常相似。只是最后她还不忘补充一句："像跑学校的消息个人觉得新闻价值有限。不好意思啊陈记者，只是出于实习效果考虑。"

其余几人都看向我，面露尴尬。

"没关系，尊重你的想法。"

我看她踌躇满志的样子，倒没感觉被冒犯，只觉得真像几年前刚进报社，愤青又理想化的自己。

不对，是 plus 版的自己，我没她这么骄傲。

林嘉月出去的时候，我透过门缝看到小缪靠在外面走廊墙上，眼神无意对上，他点了点头，随后一起离开了。

"陈燃，"旁边同事叫我，"你觉得怎么样？小姑娘有点狂哦。"

"我觉得挺好，她面对我们不怵，以后面对采访对象才能硬气。至于有点狂吗……"我沉吟，笔尖在她简历上打了个钩，"在报社磨一磨就好了。"

"你认识吗，这个女孩子？"另一位同事也有点犹疑。

我知道人事对这种有刺头潜质的学生是比较为难的。一方面承认他们有过人之处，一方面担心不够听话，容易惹麻烦。

"不认识。"我干脆回答，笑着把简历放到一边，没再搭话。

后来林嘉月通过面试了，我也不算是帮忙，纯粹觉得她专业过硬，失去实习机会比较可惜。

她本人呢，对面试应该是志在必得的，肯定想不到背后过程并不那么顺利，这也是"磨一磨"的第一步吧。

晚上回家，一开门就闻到饭菜味。

放下包直接走进厨房，果然看见顾轶穿着件高领毛衣，一副居家的样子专心在炒菜。我以为他已经走了，没料到还在我家。

"你今天没课？"我靠在门口问。

可能是油烟机声音太大，他闻声回头，这才发觉我已经回来。

"有课，下午的课。"

还挺自觉地回这儿来了？

我下意识地笑了，往前走几步探身看："做什么呢？"

蛋炒饭，再瞄一眼旁边亮着的手机屏幕，菜谱。

我之前就说过吧，顾轶厨艺烂得不行，就这还要严格按菜谱来，肯定是一锅精确又难吃的蛋炒饭。

我不忍心打击他，只好把话题岔开："今天还难受吗？"说着伸手去够他额头。

顾轶配合地弯了弯腰："已经好了。"

试了下温度，确实不热了。

好像没什么理由继续待在厨房里，我衣服还没换，桌子没收拾，但就是不想动，垂手站在旁边傻看着。

"累吗？"他腾出一只手揽过我，扶在我后脑勺上揉了揉头发，突然侧过脸来低头找嘴唇。

一个意外的、很深很长的吻，顾轶抬起头看着我，一本正经地问："我能不能住这儿？"

炒着饭呢，炒出这么个问题？

再说昨天装腔作势的是谁，今天又来闹这出，脸皮可真够厚的。

"看我心情吧。"谁还不会端着了。

他笑笑不说话，回身关了燃气灶。

"做好了？"我弯腰想去拿盘子，被他一把拉起来。

"出去吃。"顾轶边说边双手撑在我腰间，突然把我抱起来。

我没有准备，被吓出一声惊呼，赶紧搂紧他脖子挂他身上。

"出去吃？你都做饭了啊？"

"这么难吃，忍好久了吧？"他反问了一句，同时抱着我往客厅走。

"啊？"居然有自知之明，我以为他口味就是如此……

"我也忍好久了，主要是怕没理由过来。"

看着他发愣，半天才绕过弯来，居然跟我想到一块儿去了。这个人……这个人真是，精明狡诈、心机深重……

"下来啊，穿鞋。"他掩不住的笑意，拍拍我后背。

我机械地滑下来，站在门口，边穿鞋边觉得被耍了，忍不住一阵恼怒，抬头就想在口舌上扳回一局："知道自己做饭多难吃吗？"

"知道啊。"他随口回答。

"知道还装出一副好吃的样子?"

他把门一关,边按电梯边笑道:"那好像是你。"

话说到这里,我已经意识到自己进入逻辑上的死胡同。承认就是昭告一样的心思,忍着难吃为了让他来;不承认明显自相矛盾。

瞪了他一眼,不说话,我恨数学老师。

又爱又恨。

话说,在学校的人,是不是觉得时间过得特别快?我很羡慕。

总觉得那个闷热的暑期刚过去,寒假就紧跟着要来了。顾轶又开始忙起来,科研和教学都到了繁重的阶段,偶尔会来我这儿,大多数时间连轴转,就待在学校。

自从接过师大这条线,我的工作量也有上升。师大活动多,对宣传也更上心,跟檀大的风格明显不同。临近放假的小半个月,我已经跑了三个报道。

每次都会见到林嘉月,在她周边500米必定发现小缪,连体婴儿一样。

师大有个记者站,在新闻系设了间办公室,记者、编辑、摄影都齐全,出校刊还运营公众号,像模像样的。

除了校园新闻,也帮着宣传处做一些工作。这么说吧,蔡姐如果是在师大,基本可以当甩手掌柜,通稿也好,采访也罢,都有专门的学生去对接。

林嘉月是这个记者站的站长,交集就是这么来的。

这天周四,师大承办青少年艺术大赛,我跟林文昊一起去采。最近都是跑小消息,感觉很久没跟他搭档出新闻。

不对,不止没一起出新闻,最近的选题会也没怎么见过他。

我俩在宣传处碰头,一起往记者站走,路上疑惑解开了,他最近确实一直在忙别的事情。

"陈燃,"他看向我,"我下个月结婚,你要不要来啊?"

"哈?"我目瞪口呆。

林文昊叹口气,贱兮兮地说:"你大概是社里最后一个知道的了,看来真是毫不关注我。"

"你什么时候谈的恋爱，这就要结婚了？"

"别人介绍的，也到岁数了不是？"他居然边走边掏出一张请柬，"来不来？"

消息太突然，我还在震惊里，半晌才去接："你连请柬都写好了，我能不来吗……"低头拿着红色信封，挺喜庆，翻来翻去看了好几遍。

"马上过年你就28岁了……"这个人又开始嘴欠了。

"谢谢你提醒啊。"

"不是我说你，陈燃。你就是面上吊儿郎当，心里又傲得不行。就你这个脾气，最容易嫁不出去，还不赶紧把顾教授抓住了……"

没想到有生之年被前男友催婚，他一路絮絮叨叨，我边听边翻白眼，直到进了记者站的门。

整间办公室只有小缪一个人，正瘫在椅子上玩手机，看见我俩进来抬起头。

我已经习惯了小缪在林嘉月身边出没，但林文昊很是惊讶，怕是忘了上回的不愉快，也可能因为聊到兴头上心情好，此刻他乡遇故知一般，惊喜道："巧了，你怎么在这儿？"

就两个月前，也是我们仨，在报社还是另一番尴尬景象。

转眼换了场景，这两个人仿佛失忆了一样，竟然一点不觉得别扭。

小缪坐直身回答："我回学校了。"

他之前那句"我最烦他"还在我脑子里回荡，形成鲜明对比。本人非常高兴他这么快走出来，但是这反差太诡异了，很让人蒙。

"就你一个人，林嘉月呢？"我赶紧问正事，拿了材料好走人。

结果话音刚落，林文昊抢了一步，乐呵呵地走过去说："我下个月结婚。"边走边把手伸进包里。

我心想这不会是要拿出个请柬吧，下一秒就看见他手上多了一个红色信封。

林文昊刚要把请柬递过去，被我一把拦住。

"请柬不是这么个发法。"我把信封又塞回他包里。小缪跟他关系

这么远，请人家干吗啊？礼金包还是不包，婚礼去还是不去，尴不尴尬？

以及，这个人果然连名字都没写，随机发放，毫无诚意。不用看了，我那张打开抬头肯定也是空白。

小缪本来已经伸出手来接，这下愣在原地。他脸上阴晴不定，好像想恭喜却笑不出，张口数次，半晌才沙哑地问了句：

"你们结婚了？"

林文昊听完哈哈哈半天，才缓过来。

"是我结婚了，陈燃暂时没嫁出去。"林文昊得意地瞟了我一眼，又把请柬拿出来，"有空就来，大年初六，免礼。"然后扭头对我说，"你不免。"

小缪接了过去，还真一本正经地收好，说了句"恭喜"。

啊，我受不了这种虚情假意的氛围了，重新拾起刚刚的话头："林嘉月呢？我们来拿比赛的背景资料。"

"她出去了。"

"什么时候回来？"

小缪抬眼，淡淡吐出三个字："不知道。"

不是连体婴儿吗？我无奈，开始翻手机找她电话，就听见林文昊又在那儿八卦了。

"林嘉月是谁？"

沉默了片刻，小缪声音不大不小，刚刚好传进耳朵："我女朋友。"

"谈恋爱了？"到林文昊这儿分贝就上去了，边说还边看了我一眼，余光里特别明显。

他也不是傻子，估计之前在报社就觉得不对，这会儿暗戳戳地说给我听。

快结婚的人了，仍旧这么八卦又无聊。

懒得理他们。

电话拨过去很快接通，把情况一说，才发现林嘉月根本不知道小缪在这儿，记者站的学生都在活动现场，她以为办公室没人。

最后，小姑娘用一种例行公事的僵硬口吻说："就在里面桌子的电脑上，能麻烦您自己找一下吗？"

这对小情侣也是奇奇怪怪的。

我三下五除二找到了文件，直接发到自己邮箱，搞定之后叫上林文昊准备撤，顺口交代小缪："林嘉月说你走的时候记得锁门。"

他"嗯"了一声，又低头玩起手机来。

一出办公室，林文昊就管不住自己的嘴了，神经兮兮地说："这孩子怎么变成这样了？"

"怎么样了？"

其实我也觉得再见到小缪怪怪的，但又说不上来，正好听听他有什么高见，于是换了语气又问了一遍："你觉得怎么样了？"

林文昊皱皱眉："不知道，肯定跟以前不一样了。"

咳，看来跟我是半斤八两，说不出个所以然。

在校门口分开的时候，我叫住林文昊，还是认真地跟他说了恭喜。

"虽然这请柬毫无诚意，但是我会去的。"

他笑道："陈燃你真没良心，你的请柬是我亲笔写的。"

我有点受宠若惊，只好也跟着笑了。

"虽然吧，咱俩不合适，但当初别人介绍的时候，我是因为真喜欢你才同意的。"他又往回走了两步，停在我面前，"可惜你不是，要不我还能坚持一下。"

林文昊少有这种正经的时候，着实让我愣住了，一时不知道该怎么跟他说话。

"抓紧把自己嫁出去吧，啊，28岁不小了，"他又恢复那碎嘴了，"哥给你打个样。"

我乐了："不用你操心，我肯定能嫁出去。"最后郑重地加了句，"新婚快乐！"

怎么把自己嫁出去呢？

我回去的路上开始思考这个问题。

对大龄女青年来说，结婚这件事就像一场考试，周围同学交卷了，自己才会紧张。

顾轶已经连续几天在学校，今天大概还是一样，想着就让师傅半路掉头去了檀大。

进数学系大门的时候，恰好一个女人拿着两杯咖啡走过身边，绾着头发，挺年轻，但看起来像老师。我跟在她身后，看她拐进一间小会议室。

只是惯性，兴许也是直觉，我顺势往里看了一眼，发现顾轶坐在会议桌前，正在看什么材料。

女人笑盈盈地把一杯咖啡递给顾轶，顾轶抬眼道了声谢，又重新低下头，拿笔在记什么。

好吧，她背对着我，没看见笑盈盈的表情，老娘脑补，一定是这样。

然后女人坐到对面，手无意识地翻着资料，却没低头，就一直看着顾轶。

会议室就他们俩，我定在门口，不知道该往哪儿走。

此时蔡姐说过的话，像魔咒一样在我耳边循环播放："陈燃，你知道托我介绍小顾的女老师有多少吗，排队能排到校门口。"

知道啊！一时忘了吗不是！

在门口犹豫了大概十分钟，心里期望顾轶能抬起头瞄到我，然而并没有，他很专注。

只能靠自己了。我把刚才重演一遍，经过门口偶然看见他在里面，顺势打招呼，这样比较自然吧，嗯。

想着就悄声往外走，数了 20 步准备折返，刚转身发现杜博士拿着保温杯，站在走廊中间正一脸疑惑地看着我。

"陈燃？"他好像刚从茶水间出来，拧了拧杯盖，"怎么不进去？找顾教授吧？"

"啊……是，"我故作淡定地走过去，"你们这是在开会？"

"不算开会，课题组碰个头。"

他引我进去，才到门口就喊了声："顾教授，陈燃来了。"

两人都闻声看过来。

顾轶先愣了一下，眨眨眼嘴角自然地弯出一个弧度。他放下笔，随手整了一下材料，起身朝门口走过来。

余光里，女人也回过身，好像认出在门口见过我，微微点点头。

"陈燃记者，顾教授的女朋友。"杜博士充当了介绍人，"这是经济系的叶昕仪老师，跟我们一起做课题。"说着他把保温杯放桌上，看着人家捋了捋头发。

嗯？这是又不好意思了。清醒点，人家都没给你买咖啡啊，注定又是一场悲剧。

我跟叶老师打了个招呼，这边还客气着，顾轶已经走到面前。

"怎么来了，吃饭了吗？"他一边低声问，一边抚过我后脑勺。

"啊？"我把目光收回来，"没有。"

"你们先看，我去吃饭。"顾轶回头利落地交代。

然后我就被他半带着，忙不迭说再见，出了会议室。

临走时，我又看到那杯咖啡，原封不动地留在顾轶的位置上。

一路回了办公室。

"不是去吃饭吗？"我进了门，这话还没等我问完，尾音变成一声闷哼。

顾轶转头捧着我的脸吻下来，慢慢手扶上我的后颈和腰间，紧箍着好像要将我揉进怀里。

直到我觉得胸腔快没气了，才被松开。我还喘着，就听他低声说："我好几天没看见你了。"

前一刻的危机感被轻松熨平。

"是，那你怎么不回家？"

顾轶看着我，弓身把脑袋搭在我肩膀上，调整了一下姿势把脸埋在我颈窝，闷声说："走不开，累。"

换我轻拍他后背，但好一会儿这人都不起来，肩膀快酸了。我一动，他就保持这个姿势跟着挪步，好像赖在身上了。

"你起来。"

"嗯。"只是口头答应。

我拿他没办法,只好转移话题:"人家给你的咖啡怎么不喝?"

果然,半晌他把头抬起来,皱眉想了一会儿,笑着反问:"你什么时候来的?"

数学老师总能把问题发散吗?跳过中间环节直接想到点子上?

"什么什么时候来的。"我含糊带过,随口接了句,"都浪费了,咖啡。"

他往外走几步去开门:"哦,那我去拿上。"

"得了得了,都凉了怎么喝?"我扯住他袖子。

顾轶笑着揽过我,顺势出了门,说:"一杯咖啡吃哪门子醋?"

吃完饭回来,正赶上学生下课。

在熙攘的人流中往教学楼逆行,顾轶问起过年有什么安排。

"我要回家啊。"我老家在附近城市,"但是初六要回来参加婚礼,林文昊结婚了,真够快的。"

"林文昊?"他好像在回忆这个人是谁。

我这才想起来,顾轶并不知道林文昊是我前男友。

"就是给你拍过专访照片的记者,有印象吗?"

他缓缓点头,既没有追问林文昊,也没继续结婚的话题。

这是件我们从来没聊过的事,不知道他的想法,我也只好默不作声。

回到会议室,只有叶老师一个人,看见我们进来,打了声招呼。

"您吃饭了吗?"我也客气了一句,试图用"您"拉远距离,虽然她看起来年纪不大。

"没有。"她笑得挺甜,"我不饿。"

"杜博士呢?"假意环顾一周,其实我一进门就发现他不在。

"他去吃饭了。"

就剩两个人吃饭还不同步,至于区别对待到这么明显吗?

顾轶已经坐下,这时候叶老师递了一份材料过去,探过身支肘说:"你看看,这里可以吗?"

好像我不存在似的。

感觉自己是有点多余,该回家了,可……

不是我说,杜博士还能不能行了,吃个饭吃到哪里去了还不回来?

就在我犹豫走不走的时候,顾轶目光从材料上移开,掠过叶老师,说:"着急回去吗?不着急坐这儿。"拍了拍自己身边的位置。

坐顾轶旁边大概有半小时,我边玩手机边瞄几眼人家讨论数学问题,突然觉得自己特没劲。

我在干什么啊?老娘不是这样小心眼的人。

再说,我们杜博士就算吃满汉全席也该回来了。

"顾轶,"我轻轻拍了拍他,作势起身,"我先回去了。"

"这么急?"

"稿子还没写,是比较急。"我就是想强调自己也是有正事的人,不知道出于什么心理。

他顿了顿,只好跟着起身要送,被我按回位置上。

"不用,你们接着讨论,我自己可以。"

还想表现自己是独立的人,出于同种莫名的心理。

刚走出数学系大门,看见杜博士火急火燎迎面过来,我暗暗舒了一口气。

"吃完饭了?"我打了声招呼。

他这才注意到我,急急停下脚步。

"哎,你要回去了。"他明显心不在焉。

我看他状态不大对,顺嘴问了句:"怎么了,这么急?"

"家里有点事,我回去拿下东西,先走了啊。"他拔腿就准备进门。

"哎哎,那你晚上不在这儿做课题啦?"我忙跟上几步。

"不做了不做了,辛苦他们俩吧。"

杜博士一溜烟消失在视野里,我原地转了个圈,又开始想走不走这个问题。

烦人。

后来我还是回家了,稿子写完,早早强迫自己睡着。

大概凌晨吧,听见外面窸窸窣窣的动静。

我迷糊醒来,心里有点怕。

我光脚下了床,把手机按到拨号界面,顺手拎起床头柜的陶瓷摆件往客厅摸去。

然后就看见,阳台透进来的淡淡光亮下,顾轶正在门口轻手轻脚地脱鞋。

远远对视了几秒,他走过来把我手里的陶瓷品拿过,放在茶几上,然后抱起我往卧室去。

"回来晚了。"他轻轻说。

第十一章 年关

年前的最后一次报道,让人难安。

不知大家是否留意,过年期间报纸会相应调整,或减少版面或休刊,只要没有突发事件,常年精神紧张的记者们终于可以放松几天。

周五,年前最后一次选题会,氛围已经开始松动。我也挺开心,回家的票都买好了,按说不会再出什么采访,学校也都准备放假了。

主编正在布置过年期间的值班,我稀里糊涂地听着,放在桌上的手机振动了,一看是王记者。

刚按掉,没过几秒钟又振动,还是他。老头儿被打断,目光扫过来,示意我出去接电话。

王记者能有什么急事?还连环 call。

在会议室门口一接通,就听他低声说:"陈燃,有个独家送你了。"

我对他这种说法表示怀疑。文教版什么时候有独家了?学校每次出点新闻恨不能广发英雄帖,媒体一个不落。

带着怀疑,我还是回了一句:"什么独家……"

"师大一个女学生跳湖了,自杀未遂,现在在医院呢。"

呃,是我一向不爱跑的新闻。

说实在的,几乎每年都会有一两起学生自杀新闻,因为感情纠葛也好,学业压力也罢,纵使天大的痛苦,最后都一样变成几行铅字。

令人惋惜，真不值得。

偏偏还发生在这个节点上，于是我回了句："不用了，我等官方通报。"

"你猜是因为什么要自杀？"他没理会，仍旧自说自话，"好像是和导师感情纠纷，学校在压着。"

我脑子宕机了几秒，才反应过来："这线索您自己怎么不跟……您这是在坑我。"

电话那头的人一阵沉默，徒劳地重复："哎，怎么是在坑你呢？"

"这新闻您发不出去吧，我不也一样？"

就是这么普通又㞞的记者啊，真希望他没打这个电话。迟疑片刻，我只想出这么一个办法："我看把线索给网络媒体吧。"

王记者叹口气，颇有些无奈地说："快过年了，有合适的我就不找你了。事情就是这么个事情，小姑娘挺可怜，但我确实报不了，你就也当不知道吧。"

然后，他就挂了电话。

我在会议室门口没法平息，被一通电话灵魂拷问，推上道德高地。

为什么要给我出这个难题啊，本来混过几天就可以回家过年了。本地媒体和学校有千丝万缕的联系，这独家谁敢要？谁能发得了？退一万步讲，真的发了以后也甭在这圈子混了。

但是现在王记者把困扰转嫁给我了，明明知道却什么都不做，我会寝食难安。

还在纠结，会议室门被推开，散会了。同事们鱼贯而出，老头儿经过我身边，来了句："电话接得够久的。"

我趁机跟上他，讪讪地说："主编，我这儿有个新闻线索。"

把事情大概讲了，老头儿坐在办公室里，皱着眉头不吱声，丝毫不在意我目光灼灼。

半晌，他才缓缓开口："陈燃啊，我都快退休了，你还在锲而不舍给我找麻烦。"

得，一句话就被噎住了。我舔了舔嘴唇，准备告退。

就见他招招手叫住我,叹口气:"反正我准备退休了,没什么可担心的。你要是想好了,就试试看。"

我动作一停,回头看着他发愣。

"也许网络版能发,只是也许啊,更可能白费工夫。但你要真报了,以后学校可跑不了了,文教版难待。"

"嗯……"

"你自己决定吧,帮我把门带上。"老头儿低头不再理我。

决定也就是那么一瞬间的事,就在老头儿说试试看那瞬间,让我心里有底。

下午就去了师大,想看看情况是否属实。

在学校奶茶店坐了半小时,听到几拨学生讨论这件事,大体跟王记者说的一样。

艺术学院的女研究生,因为导师行为不端向学校反映,但没有得到关注和解决,最终跳湖轻生,所幸被救上来,现在人在医院。

这事我自然不敢找宣传处,只好去记者站转转,看能不能问出什么。

正巧几个学生刚开完会,我就跟着闲聊了几句。

他们对这件事义愤填膺,碍于学校不敢发声,只好暗戳戳在公众号指桑骂槐。

还是林嘉月先反应过来,来了一句:"您要报道这件事?"

"没有,随便问问。"我摇摇头。

"不敢吗?"

嘿,小姑娘还激我。我忍不住瞥了她一眼,笑回:"对啊。"

闻言,林嘉月挑眉,略带不屑:"本地媒体都噤声,还不如发微博管用。"

"你要发微博?见过那个跳湖的女生了?"

"联系上了,她需要人帮忙,我晚上就去医院。"

我来了兴趣,顺口套出地址,草草结束对话准备先走一步。谁料刚出办公室的门,就看见小缪靠墙站在门边。

"你要报道这事是吗?"他单刀直入,不知道在这儿听多久了。

"谁说的?"我岔开话题,"你在这儿干吗,怎么不进去?"

"那个女生的导师是院长,你知道吗?"

"知道啊。"

之前是不是忘了说,导师是艺术学院院长,五十多岁,我在青少年艺术大赛的时候还采访过他,人模狗样的。

小缪没吭声,我正准备走,突然被他扯住袖子。

他叹口气,手又虚挎在腰间,好像那小祖宗又回来了,说:"你是不是现在要去医院?"

我有点糊涂,还没想好怎么回,听他接下去说:"我也去。你自己不行的,没人引荐,对学校的事情也不了解。"

"用不着。"实习生还想带起我来了?

我俩还没掰扯清楚,门里又晃出个身影来,林嘉月一脸不服气地说:"人是我约的,我也去。"

一拖二。

以前是带实习生,现在还带着实习生的女朋友,这叫什么事啊!

一路到医院,我特意加快脚步走在前面,尽量给他们俩留出空间。结果无意回头发现这两个人也是一前一后,我们仨居然走成一列纵队。

画面也是奇怪,我忍不住暗自纳闷。

说回正事,在病房见到了跳湖的女生。她脸色惨白,看起来很虚弱,躺在床上几乎只有眼睛轻眨,没有过多表情和交流。

她妈妈在床边照顾,也一言不发。

简单说明来意,我问她确定要曝光吗,报道一旦发出,二次伤害不可避免。

病房里一阵沉默,小缪皱着眉走到一边把门掩上,好像不忍心听下去。阿姨脸色沉沉,半晌艰难地开口:"闹大了对孩子也没好处……"

我默默点头,表示理解。

这时,躺在床上的女生表情变化,从木然到痛苦,开始激动。她控制不住双手攥紧狠狠拍床,让我联想起砧板上的鱼。

"我死都不怕还怕什么?死我也要拉上他!"她一开始压着声音,随后不断重复这句话到几近嘶吼。

林嘉月被吓得往后退一步,然后捂着嘴,眼泪吧嗒吧嗒开始掉。

阿姨手忙脚乱地安抚,强压抑着也还是低低哭出声。

病房里喊声哭声让人脑子混沌。我很怕自己出离愤怒,等了几十秒平复下来,才轻轻交代林嘉月开录音。

"那我帮你,"我看着她的眼睛,"能跟我讲讲具体情况吗?"

有数十张微信截图,有录音,有女生的口述。我需要做的是穿针引线,把这些拼合。

从医院出来,阳光正好。眯眼看过去,你会觉得有些东西就是该拿出来晒一晒,晒得透透的。

两个小孩儿很压抑。小缪眉头一直拧着,不吭声;林嘉月眼睛红红的,看起来在努力调整情绪。

"你们俩这两天帮我采一下她周边的同学,要录音,要留个人信息。"

"你呢?"小缪抬眼。

"明天去会会院长。"

"不行,我跟你去。"他嘴快,没留意林嘉月扫过来的目光,"这就是个人渣,你还要采访他?"

"人渣是没长嘴还是没权利说话了?"我反唇相讥,"就你这么冲动,能让你去吗?你还不如嘉月。"

顿时都消声了。

最后我叹口气:"得得得,你俩都赶紧回学校,别在门口站着了。"

小缪脸上一冷,看我几秒,赌气似的拉着林嘉月就下了楼梯,转眼两人消失在拐角。

唉,我觉得我总算又找到了跟小祖宗相处的方式。

回家就开始整理信息,坐在电脑前忘了时间,顾轶都已经进门了我

却没注意到。

"在干吗呢？"

这一问，我才恍然清醒，发觉自己抱着膝盖坐在椅子上，周围全是打印出来的聊天记录，屏幕上是密密麻麻的文字。

"没。写稿，恍神了……"

他随手捡起一张记录，看完敛眉又拿起一张，然后扫了一眼电脑。半晌，他把我揽到自己胸前，低声说："你压力太大了。"

"我也不知道能不能发得出去。"刚一出声，我就被自己的哭腔吓了一跳，但是控制不住开始抽噎，断断续续地说，"我又怕曝光不了，又怕，又怕发出去得罪人……"

他就一下一下拍我肩膀，丝毫不嫌弃这搬不上台面的怂包想法。

算一算，从认识顾轶到现在，我哭过两次。两次都不是因为他，但都是对着他哭。

第二天，顾轶陪我去师大采访院长，一直在我身后不远的距离站着，让人安心。

说是采访，其实不算。我在办公室把人截住，一表明来意，对方就冒火了，碍于身份没有发飙，但拒绝回答任何问题，语气不善地送客。

我试图好好讲话，他只是一味驱赶，最后忍不住把聊天记录全摔在了桌子上。

"日报是吧，你试试看能不能发得出去！"这下他脸色变了。

"拭目以待，您这话我也会写进报道里。"

后来我把稿子写了，主编帮我修改校对，给了新媒体中心，在除夕前一天发了出去。

学校找了很多关系，老头儿背负巨大压力，让我有点后悔冲动惹怒院长，但那院长那句"你试试看能不能发得出去"也同时惹怒了很多记者朋友，引发大规模的圈内转载。

除夕当天我回家时，看到报道的热度已经很高，没有被春节的喜庆粉饰，而是在对比下越发凸显。

回家五天,电话就没停过。

藏在通讯录里几年不露面的名字轮番上阵,拜年也好闲聊也罢各种开场白,最终指向一个话题:让我撤稿。

一开始还接听,还解释。从事件走到大众视野里开始,就已经不由人了,别说是公关拿下我,再往上面找也是徒劳。

但电话还是一拨接一拨地涌来,搞得我心力交瘁,又怕爸妈担心,最后只好关机。

估计他俩还是有所察觉,知道我工作上不顺心,又不敢深问,于是悄悄把灿灿叫来陪我。

从名字就能看出血缘关系,这是我表妹。我俩的名字都是外公起的,单字一个"燃",一个"灿"。

这丫头刚上大学,放假无聊可能也憋坏了,乐不得过来,从大年初三开始在这儿混吃混喝。每天在我耳边叨叨不停,从她们宿舍那点儿破事,到明星八卦新闻舆情,不间断地疯狂输出。不知道是领了任务来分散我注意力,还是上大学之后彻底解放自我了。

睡我房间,每天熬夜,凌晨刷微博突然爆笑把我惊醒……总之,自从她来,老娘只有在洗手间才能得到片刻宁静。

如果你们还记得,初六我要回去参加林文昊的婚礼。返程的前一天下午,我和灿灿七仰八叉地倒在沙发上看电视。

我在敷面膜,她边刷微博边吃零食,突然激动地说:"哎,师大发声明了。"

我心里一动,故作淡定地问:"说什么了?"

她停了一会儿,才又接着丧气地说:"咳,说会重视调查什么的,通篇废话。"

"嗯。"

"你说这什么破学校?之前就装缩头乌龟,被骂成这样了才发个不痛不痒的声明……要我说,这人渣老师就应该抓起来……"

灿灿开始骂骂咧咧,我听得更烦了,正准备打断她,敲门声传来。

"开门去。"来得真及时，正好让她停下来。

"谁啊……你叫外卖了？"这丫头慢慢吞吞地起身，过会儿门锁"咔嚓"一响。

灿灿的语调里居然带点不好意思："您找哪位？"

低低的声音传来：

"陈燃在吗？"

我脑子"嗡"一下，条件反射一样从沙发上跳起来，扯下面膜探出头看了眼。

顾轶就站在门口，还拎着一堆年货。

完全没有准备他会上门，呆蒙不足以形容我的心情。

灿灿回头疑惑地喊了声："姐？找你的？"

"等下！"我头没梳脸没洗，穿着睡衣原地打转，一瞬间在考虑是不是把面膜贴回去更好见人。

时间紧迫，最后我戴上睡衣帽子，抽紧拉绳，只露出一小块脸，出现在顾轶面前了。

"你怎么来了？"我挺想他，但此刻惊吓大过惊喜。

他一愣，原本皱着的眉微微舒展，马上又板了板脸："还真在家，为什么不接电话？"

我这才想起来手机被甩到一边好久了，心里实在抱歉："我的错我的错，不会是……为了这个赶过来了？"

这可是两个城市啊。

"不是，本来就想拜访，联系不上你，贸然来了。"他把手里的东西放进门，人仍旧站在外面，"不然，晚上请你父母吃饭好吗？"

我呆住了，这是要见家长吗？女婿上门？这难道不是结婚前的步骤吗？

当下我松了松帽子，心里埋怨自己如此不挑时机的滑稽："那个……好啊……"

顾轶点点头，往后退了一步，看样子觉得唐突进门不妥。我也犹豫着要不要开口请他坐一坐。

两个成年人顾虑颇多,但有人可毫不在意,只管凑热闹。

就听身后人突然嗷了一嗓子,灿灿边往回跑边喊:"姑姑!有个男的来找陈燃!可能是我姐夫!"

我和顾轶当下愣住,因为"姐夫"这个词,脸一下子红到耳根。

"灿灿!"

回头想叫住她已经来不及,眨眼的工夫,我妈人未到声先至:"你说谁来了?"

"我姐的男朋友!"

一唱一和话音刚落,我妈从房间里出来,打眼先看见我,边走边唠叨:"燃燃,你这什么样子,把帽子摘了。"

对亲闺女的嫌弃毫不遮掩,下一秒看到了门口的顾轶,表情变得倒快。

"这是……小顾吧?"她嘴都合不拢了。

"阿姨好。"他大方地打了个招呼,"贸然上门,来拜个年。"

顾轶在沙发落座,我们一家子围着,边喝茶边聊天。

说是聊天,我看像采访,审讯也不为过。

几句客套之后就进入问答模式,而且是灿灿问,顾轶答。我也看出来了,她所有问题都在我妈授意下展开,俨然是他俩的发言人。

"姐夫家是本地的吗?"

"有兄弟姐妹吗?"

"叔叔阿姨是做什么的?"

"跟我姐什么时候在一起的呀?"

……

顾轶都老老实实地回答,一直笑着,看起来丝毫没有介意。但老娘没那个耐心,已经如坐针毡,用眼神杀了她几十次。

"哎,你俩准备结婚吗?"

话聊到这里,我实在是忍不住了。

"灿灿！"

不等顾轶回答，我轻喝一声，这丫头拿着鸡毛当令箭，越问越离谱。

她一撇嘴，委屈巴巴地向我妈求助。

"别理你姐。"母后发话，瞥我一眼慢悠悠地来了句，"燃燃你去换件衣服，看你穿的什么样子？"

"妈——"

"快去。"我妈一边催促一边续茶。

环顾一圈，我爸只喝茶不吭声，完全是我妈背后的男人；灿灿这个新晋爪牙满脸得意，就是个叛徒；我妈不用说了，团伙核心，加上左右护法，气场二米八。

啊，怎么能把顾轶一个人丢在这龙潭虎穴？想着，我投去同情的目光，迟迟无法起身。

顾轶与我对视，片刻低头笑了。

"去吧。"他轻轻拍了拍我的手，示意可以应付。

我恨恨地回了房间，迅速换完衣服，耳朵贴在门上听外面的动静。

好像聊得还行，有说有笑的，看来低估顾教授了。

于是我又匆匆打理自己，耽误了点时间，再出去的时候，外面的氛围已然变了。

从其乐融融变成哄堂大笑，连我爸都跟着拍腿直乐。

特像春节期间可口可乐广告里团圆的大家庭。

我慢慢坐下来，看他们笑得太开心了，忍不住满脸疑惑："在聊什么这么开心？"

"姐你为什么听人家讲座在下面写小说啊？记者提问问人家有没有结婚？啊哈哈哈哈哈……我不行了，笑死我了……"灿灿弯腰捂着肚子，笑出鹅叫。

我当时脸色就不好了，敢情是在笑老娘才这么开心。

这料肯定是顾轶抖的了，我立马转头怒视："顾轶？"

他抿了抿嘴唇，眼睛刻意不看我，没事人一样笑意盈盈，悄悄来握我的手。

"那个，燃燃啊，"终于笑得差不多了，我妈起身，"小顾晚上在家里吃饭，我跟你爸去买菜。"

哦嚯，靠出卖我还换了一顿饭，好样的。

趁他们回房间穿外套的工夫，我挑眉看向灿灿："你不去吗？"

"啊？"她眼珠一转，"我……去还是不去……"

"刚刚不是说要去买零食吗？"我漫不经心地提起，"哎，你这学期挂科的事，舅舅知道吗？"

灿灿一愣，嘟嘟囔囔听不清说了句什么，然后不情不愿地起身，懒洋洋地喊了一嗓子："姑姑，等一下我也去。"

他们仨一走，家里终于安静了。

刚关好门，准备跟顾轶算算刚才的账，一回身发现他人在眼前，张开胳膊就要揽过我。

"哎哎哎，"我手撑在他胸前，"怎么回事，拿我当笑料？"

他看着我，眼神很真诚，眼角藏着笑意："有点紧张，实在不知道该说什么。"

"顾教授还会紧张啊？"我揶揄。

"嗯。"他一本正经地说，"关系人生大事。"

我突然脸一红，莫名觉得燥热，侧身溜出岔开话题："带你参观参观家里。"

所谓参观，整个家逛一圈用不上半分钟。

我房间现在是跟灿灿两个人住，刚才趁换衣服的空当简单收拾了一下，仍旧挺乱的。

顾轶倒没在意，饶有兴趣地看我书柜上从小到大的照片，听我给他讲拍摄的时间和故事。

最后，他目光停在一张照片上。那时我接手第一个采访，在准备问题时被同事抓拍。

"你知道你的小表情特别多吗？"他把照片拿下来给我看。

照片里我微皱着眉,眼睛看向右边,笔杆支在下巴上,若有所思状。
"还好吧,这就是思考的表情。"

他摇摇头:"讲座那次,我看你坐在下面,好像很专注但完全没在听,一会儿失落一会儿惊喜。你思考的时候,内心戏都写在脸上了,丰富得很。"

我咬着嘴唇,听他接着笑说:"你站起来提问,都不知道问谁。整场讲座你目光扫过我不下十次,结果都没聚焦。"

我不知道这些细节都落在顾轶眼里,顿时涌上一阵甜意,踮起脚去环他的脖子。

他顺势把我抱到书桌上,动作利落地吻上来。其间碰掉了笔筒和几本书,我听到笔掉了一地,同时听到自己心跳像烟花炸开。

不一样,此时此地,他在我书桌前,这感觉不一样。

12岁我趴在这儿写作业,16岁我坐在这儿想班上哪个男孩子比较帅,22岁我靠在这儿思考毕业后是工作还是考研,现在28岁,我和顾轶在这儿接吻。

我觉得他终于和我的人生轨迹重合了。

然后扫兴的声音出现,随着几声拍门,灿灿的嗓门嘹亮,怎么听怎么觉得是在报信:"姐,我们可回来了!正在开门!"

仔细听,灿灿的喊话伴随着钥匙开门的声音。

顾轶好像突然反应过来,猛地把我从桌上抱下来,停顿了两秒钟又急忙弯腰去捡地上的书。

我还是头一回看见他慌张的样子,当时有点呆住,也忘了去帮忙。

这边他刚起身把书放回桌上,三人团伙进来了,经过我房间门口对视上,双方表情都有点微妙。

就是那种都怕尴尬而装作若无其事的微妙。

"回来啦,我带他参观一下……房间。"不知道为什么,我双手下意识地摩擦自己的衣下摆。

"啊,你们参观你们的。"我妈把我爸拽走,剩下灿灿往门边一靠。

她满脸奸笑,还拿着一串糖葫芦边吃边说:"感谢我吗?"

"谢你什么,该干吗干吗去。"

灿灿哼了一声,正要转身眼神落在地上,突然又来劲了:"笔掉了一地啊,啧啧啧。"

我做贼心虚,被说得一愣,刚反应过来想去打她,这丫头跑了。

小小年纪整天都在想什么,难怪考试挂科。

晚饭从六点吃到现在,十点多了。

我看着顾轶脸越来越红,从拘谨客气到跟我爸称兄道弟,真是怀疑自己的眼睛。

他还有这种时候:支着胳膊迷迷糊糊,眼神一直在飘移,话都快讲不清楚,还在附和我爸的慷慨发言,陪着喝酒劝都劝不住。

都分不清楚他俩是谁把谁灌醉了。

顾轶晚上肯定是回不去了。我和我妈去收拾客房,这房间长时间闲置,而且朝北,阴冷阴冷的。费了半天劲才把床铺好,母后出去发威了:"行了别喝了,都几点了,你看你把小顾灌的!"

我爸还在兴头上,嘴里含含糊糊地想继续,还是迫于我妈的淫威被搡回房间。

我在顾轶身边坐下来,看他用手撑着头,忍不住轻声问道:"喝多了?"

他抬起眼定定看我,脸上好像打了腮红,半晌点点头:"嗯。"又过了一会儿,自己接了句,"没有。"

得,多了。

"睡觉去吧。"我去拉他,发现根本拽不动,"快点起来。"

顾轶双手抹了把脸,强行让自己清醒,低声问:"有水吗?"

"有,等着。"

泡了一杯蜂蜜水让他喝下去,好像又清醒几分,自己撑着胳膊站起来:"这桌子……这桌子要不要收拾?"

"不用你收,赶紧去睡觉。"

我扶顾轶到房间,才发现他身上酒味非常重。

刚关上门，手还没离开门把手，就被他抱住，是醉了站不住还是怎么的。我顿时屏住呼吸，但酒气好像还是从全身毛孔渗进来。

我有点撑不住他的重量，就这么深一脚浅一脚往床边挪动，眼看他就要仰倒，突然一个天旋地转，他转身把我按在床上。

反应这么灵敏，到底是醉还是没醉？

我仰面倒下还有点蒙，就看见他俯身把脸凑近，重重吻下来。不知道是酒精的作用还是缺氧，脑子越来越混沌，思考能力都丧失。当时没了时间的概念，可能就一会儿，突然觉得腰间一凉。

如之前所说，这房间阴冷阴冷的。这一凉让我立马清醒，发觉顾轶呼吸很重，一手撑在我颈间，一手正掀起我衣服。

"顾轶，"我急急地抓住他的手，"喝多了？"

"我跟你说了没喝多。"他停下来看我，声音哑得像过了层磨砂纸。

眼睛炙热又有雾气，让人不自觉沉进去，半晌，我只吐出这句话："他们还没睡呢……灿灿还没睡……"

说话间，我还能听到灿灿在客厅走动的声音。

"嗯……"顾轶沉默了几秒钟，撑起身……撑起身关了灯，回到我耳边低低说，"那小声点。"

我拿过边上的手机看了眼时间，深夜一点。

顾轶睡着了，很沉。我悄悄爬起来穿好衣服，摸回自己房间。一进门，被光晃得睁不开眼，条件反射去遮挡，透过指缝发现灿灿拿着台灯在照我。

就像审讯。

这丫头挑眉笑嘻嘻地问："干吗去了？"

"把灯关了。"

我挡着眼睛进了房间，她配合着移动，始终把光打在我身上。

终于走近探身去关了台灯，我不是很有底气地问："你怎么还不睡？"

灿灿没理会，又重复一遍，带着暧昧的笑容："你干吗去了？"

"大人的事少管知道吗？"我边说边把台灯收回桌子上。

"我也是大人，我也要谈恋爱。"她躺在床上跷着二郎腿，晃了一会儿，轻轻说，"你结婚我当伴娘好不？"

我看着她，不自觉地弯起嘴角："好。"

"你知道下午我们聊什么了吗？"灿灿翻了个身趴在床上，"你的顾教授想结婚，这是上门问姑姑姑父的意见。"

我动作缓住，侧耳听她接着说。

"姑父说，"她学我爸讲话的语气，"我们没意见，一切听燃燃的，燃燃做什么决定我们都支持。"

我呆呆地听着，内心有什么在翻涌。

"哎，姐，是不是觉得特幸福？"灿灿揶揄。

"是。"我把被子往她身上一盖，"睡觉。"

第二天早上，我醒了的时候灿灿还在打呼噜，开门出去一片安静。看样子都还没起床。

我轻手轻脚挪到客房门口，推开一条缝探身看进去，床上空着。

这一大早的，人呢？

绕到洗手间，也空着。

最后往餐厅走，才看到顾轶，正在收拾昨晚的桌子。满眼杯盘狼藉，但他动作很轻，居然没弄出什么声响。

我呆站在一边，感慨这是什么贤惠男朋友？

几秒钟后，他才抬眼发现我："醒了？"

"嗯。"我上手帮忙收拾，忍不住夸他，"你表现也太好了吧！"

顾轶笑了一下，慢悠悠地回我："是昨晚还是现在？"

我反应了几秒这话的意思，赏了他一个白眼。

吃完早饭，我和顾轶准备返程，结束短暂的假期。本来这个春节对我来说，实在有点难。回到单位还不知道要面对什么，依主编之前的交代和暗示，我很有可能要调往新媒体中心。

那意味着我跑学校混日子的大好时光被掐断,意味着被迫从传统记者转型到新媒体小编,意味着散漫即将终结,坐班和值班就在眼前招手。

哎,还好有顾轶在。

老娘是不是也算是职场失意、情场得意了?

在楼下送我们离开,我妈把我拉到一边,她说:"我们都挺满意小顾的,但最重要的还是看你,想结婚就结婚,想再谈谈恋爱也行。"

一阵暖流,我妈居然不催我了,以前各种安排相亲,现在怎么突然这么开明呢?

母女俩就差执手相看泪眼了。

她又补充一句:"不过结婚之后也能谈恋爱啊不是?我看还是先结婚,抓紧啊燃燃,抓紧。"

第十二章 仪式

和顾轶返程很顺利,下午到家收拾收拾,动身去参加婚礼。

请柬写着六点开始,实际上六点宾客才陆续到场,在大堂拍照合影。我来早了,又不想进去,就在外面闲逛。

这家酒店是专门的婚礼场地。简单绕了一圈,虽然灯光昏暗,还是依稀辨认出树丛、草地、长椅、人工湖,能想象白天的户外婚礼,阳光透过树荫落在一对新人的脸上,特美满。

然而现实是真冷,风狠命往脸上招呼,轻而易举浇灭想象。我不自觉地跺着脚走路,最后直接小跑起来,快回到正门的时候,看见小缪站在一盏路灯下。

和林文昊连点头之交都算不上,他还真来了。

两个人对视上,我慢下脚步走近。

"怎么不进去?"

"怎么不进去?"

几乎同时,两人说了一样的话。

他有点尴尬地合上嘴。

空气安静了几秒,我先搓搓手开口:"来早了,外面冷,进去吧。"

大堂很热闹,三三两两的人在寒暄,有一些我熟悉的面孔,大概是和林文昊在工作上有交集。

再稍微走两步,就看见这对新人。

林文昊西装笔挺难得一见,别说,还挺精神的。身边的新娘笑靥如花,和他很般配,婚纱很美。

他俩人形立牌似的站在花簇中间,不停地在合照,脸上一直笑着,感染得我也下意识地弯着嘴角。

约莫半分钟,这位新郎终于看见我,招手示意:"陈燃,来拍个照。哎?小缪也来了。"

我心想这叫什么话,不是你死皮赖脸给人家请柬的吗?

我忍不住想翻他白眼,还是控制住表情,笑着走过去,就听他接着说:"你俩一起拍吧,人多。"

回头一看确实好几拨人站在边上,于是眼神征求小缪意见。他倒没什么犹豫,大步走过来,站在了林文昊身边。

这才发现小缪今天也西装笔挺的。

我跟新娘简单客套,也在她身边站定。

就这么拍了一张照片。

"你俩坐男方同事那桌,主编已经在里面了。"林文昊交代,又单独跟我说了句,"学校来了挺多人,有师大的,我发请柬的时候不知道能有这事,你避着点。"

"好。"

我来之前就想到这茬儿,林文昊喜欢交际,我们都跑学校,圈子有很大重合。这也是我早早到了却不想进去的原因。

但还真没想到师大的人会来,毕竟这梁子不算我自己结的,也是日报结下的。他们现在还在风口浪尖被网友骂着呢,怎么心这么大来参加婚礼?

落座之后发现林文昊安排用心了,学校那桌离我们很远。主编本来在跟旁边同事聊天,看到我们一起坐下还挺惊讶。

他乐呵呵来了句"小缪也来了",眼神却看着我。

"林文昊请的,在门口碰上。"别看主编一本正经的样儿,也八卦得很,趁早堵住他的嘴。

老头儿闻言点点头，跟小缪客气了几句，无非是问问他父母的情况。我也懒得听，一直在看婚礼现场的布置。

七点，仪式才开始。

我扭着身子，目光一直追着他们：在光束下走到一起，牵手，接吻，交换戒指和誓言，感谢父母，激动落泪。

这两年身边越来越多人结婚了，我参加了很多场婚礼，起初没什么感觉，最近越来越容易共情。

现在看林文昊结婚，我都能眼角湿润，不是老了是什么？

"哭了啊？"旁边递过张纸巾，小缪探身低声问。

"没有。"还是接过来，象征性擦了擦手。

半天旁边没动静，侧过脸，果然发现小缪还保持着刚才的姿势在看我。他自嘲地说："我以为你是心硬，原来只对我狠啊。"

自从在学校重遇小缪，他就没再提过这件事。现在说起来，有种秋后算账的感觉，倒让我愣了。

没等回话，他靠回座位上，别过身继续观礼了。

仪式结束，宾客开始聊天吃饭，相互敬酒。我心里盘算等新人过来敬完酒再撤。结果没等他俩来，学校的人先来了。

一伙人拿着酒杯浩浩荡荡的，有几个看着已经醉了，不像是敬酒，倒像来找碴儿的。

还好主编坐镇，跟他们喝了几杯，打太极，但聊着聊着就说到师大报道，话里话外揶揄，火药味"噌噌"上去了。

我暗叫糟糕，刚准备开溜，被叫住了。

"这陈记者我得敬一杯，陈记者，陈燃记者，牛。"一男的眯着眼推过来杯酒，看样子已经醉了七分，关键这人我瞧着面生，都不记得是哪个学校的。

他说得很大声，一时间桌上其他人都愣了。

酒我没接，也没回话，正僵持着，主编及时拦过，打了个圆场："跟女同志喝酒没意思。"

"不不不，陈记者这酒我得敬。"见过酒桌上劝酒的中年男人吗，

就这无赖样。

"我跟你喝,我是她实习生。"小缪之前一直在吃饭,突然把筷子一撂,站起来了,"徒弟替师父喝酒这应该吧。"说着就自己给自己倒了一杯。

"徒弟坐下。"我把小缪手上的酒抢过来,往前一举,"敬各位学校领导,春节给大家添堵不好意思。"

一口气喝了,白酒。我没犹豫抓过酒瓶又连倒两杯,全都一口气干了。对方眯着的眼睛都睁大了点。

喝到最后一杯的时候,小缪起来拉我袖子,主编也伸出手让我缓缓。

缓什么缓,不把他们唬住,能善罢甘休吗?要么就一杯不喝,要么就一下子镇住场子,我一向不喜欢在酒桌上玩拉锯战,吃亏。

酒下肚,从食道一直烧到胃里,辣得我忍不住"嗞"一声。我平时也很少这么喝,心里知道这么猛灌,不出半小时就要晕,得赶紧撤。

"我……就这个量了,你们接着喝。"我掏出红包给主编,"帮我给林文昊,恭喜他结婚。"说完跟大家道个别,拎上包就往外走。

小缪追在后面喊我:"陈燃,我送你回去。"

"不用你,不用你。"还清醒的时候我要回家。

"你这么喝很快会晕。"他赶上我,着急地抓住我胳膊又自觉松开。

"我自己叫车,你回去接着吃。"走出门,风一吹感觉还挺清醒。

"呵,非得要这样。"他叹口气,"那我看你上车再回去。"

我打开手机软件,也是奇了,觉得自己脑子还清醒,但手指却有点不听使唤,点了半天没法输入地址。

小缪在旁边看着,露出一副"我说什么来着"的表情。

"帮我叫个车,外面太冷手有点僵。"我一本正经地把手机递过去。

他接过手机,操作了一会儿跟我说:"没人接单。"

"没人接单?加钱啊,你点加钱。"我指指点点。

他把手机举到我眼前:"加了,你自己看,没人接,这地方太偏。"

我这时候觉得自己眼也有点花了,眯眼看了半天,没看出屏幕上怎么回事。

拿过手机又凑近看,确实是没人接单,而且看见这儿离家居然十几公里,来的时候怎么没觉得这么远。

"我送你,走吧,再不走你要晕这儿。"

"不不不……不用你。"嘴也瓢了,我打开拨号页面,一个数字一个数字输入电话号码。

几秒钟,接通了。

"喂,顾轶!来接一下我,快!喝,喝多了。哎,多喝了几杯!"我有点控制不住自己的嗓门,"地址?啊,来,你跟他说一下地址。"说着把手机递给了小缪。

我酒醒了之后还记得这个场景,就是我把手机给小缪,让他报地址的场景。

但是当时怎么就脑抽了,让这两个人通话呢,倒是百思不得其解。我觉得大概是因为小缪刚帮我叫车,知道现在的位置,又正好在旁边,就这么一顺手给他了。

那会儿酒劲上来,丝毫没觉得这事有什么问题,也没刻意去听两个人说了什么,自己转头就往大堂里面走,找了个沙发坐下了。

大概过了有几分钟,小缪也走过来,把手机往我怀里一扔,坐到了旁边。

"他怎么说……"我记得我迷迷糊糊问了一句。

"过来了。"他语气平平。

"好。"

这是我记忆中,昨晚自己说的最后一句话。后来有模糊印象,小缪好像还给我搞了杯水喝,反正我就一直瘫在沙发上。

然后我就睡着了。应该是,睡着了。

第二天早上在家里醒来的时候,顾轶刚买完早餐进门,脸特别黑。

我回忆自己哪儿得罪他了,就想起让小缪接电话这事,赶紧起床帮着把早餐端上桌,准备碗筷。终于面对面坐下,我一边喝豆浆,一边讪讪地问:"昨晚你接我回来的?"

"嗯。"他掀起眼皮,"断片了?"

"咳,没有,睡着了不是。"

"睡着了?"他又气又笑的样子,问我,"到底喝了多少?"

"三杯白的。那个情况我没办法,不喝他们不解气。"我解释,"但我知道自己会喝多,这不就赶紧给你打电话了嘛。"

顾轶瞥了我一眼,不置可否,慢条斯理地吃了几口:"你说说看,是什么时候睡着的?"

"在那个酒店大堂,沙发上吧……"我一脸笃定,又把语气词去掉了,"沙发上。"

"你断片了。"他干脆地下了结论。

下面是顾轶的说法,我十分怀疑其中含有夸大的成分。

据他说,我当时瘫在大堂沙发上,不时伸伸胳膊动动腿,小缪就坐在旁边,我一伸胳膊,他就帮我扳回来。

顾轶远远看见这场景,边走边喊我名字。快到跟前的时候,我可能才听清楚,一个激灵就直起身来,眯着眼看了他好一会儿,突然喊着"顾教授"就扑过去了。

"扑过去?"听到这里,我提出质疑。

"对。"顾轶瞥了我一眼,接着说,"你力气太大把我扑得后退了好几步,差点一起摔了。"

"不可能,而且我也不可能喊你顾教授啊。"

他哼笑一声,好像已经不屑跟我争辩:"不信问你主编。"

"主编?怎么扯到他了?"

"当时正散场,好多人在大堂,我看见他也在。"顾轶幽幽地说,"你声音那么大,他肯定听见了。"

"……"我感觉额头沁出冷汗。

这时候顾轶吃完饭起身,我跟在他身后追问:"你的意思是我当众喊着顾教授扑你,差点把你扑倒?"

他思考了两秒:"对。"

老娘不可能!

怒吼憋在心里，我皱眉接下去："那你接着说，然后呢？"

"然后？我就把你扶到车上，开回家了。"

他突然停住，让我一个急刹差点撞上。

"回家之后要听吗？"他回头露出一个若有似无的笑，不像好人。

"不听。"

"你吧——"他根本没有管我的回答，就接下去说了，"很热情。"

我翻了个白眼，没吱声。

"把床头柜的陶瓷瓶都打碎了。"

"啊？"我急急跑到卧室一看，那位置空了。

顾轶在门口扫了一眼，接口道："我收拾了。"

我不可置信地耷拉着脑袋，刚走出去，听顾轶又说："没发现餐桌上的花瓶也没了吗？"

目光所及，还真没了。

餐桌上？真的？

联想起刚坐那儿吃完早饭，我羞愧至极，不敢再作声，愤愤地抱着笔记本窝到沙发上，开始看花瓶。

顾轶趿着拖鞋过来，坐到我旁边，憋不住笑观察我："干吗呢？"

"买花瓶。"

"你吧……"

"别说了呀！"我涨红一张脸，急吼吼地打断他。

"昨晚我背你上来的，进门之后你就一直在我身上死活不下来。从客厅到卧室，手还乱挥，餐桌上的花瓶挥掉了，床头柜摆件也打掉了。"他优哉游哉地跷起二郎腿，把电脑挪动一些，跟着一起看，"就这么回事。"

顾轶还说，他在大堂接我的时候，看见小缪坐在旁边帮忙，火气已经蹿到脑门了。结果我这么热情地扑上来，他一下子还不知道怎么生气好了。

嗯。

所以在酒店喊着顾教授扑倒他，八成是真的，主编看到了，小缪也看到了，许许多多宾客都看到了。

还好老娘要调走了。

假后上班第一天,虽然不是选题会也要到岗,布置工作。

接近中午,我看到网上的消息,师大发声明解聘了这位院长,后续配合移交司法机关。同时给学生道歉并提供补课和心理辅导。

也就前后脚,收到了女生的微信,说她申请休学一年,会回家好好休养,很谢谢我。

正义必将战胜邪恶,容我享受一下。总之充实感爆棚,刚回自己位置得意了不到十分钟,被主编喊去办公室。

"你看到师大的声明了?"老头儿呷了一口茶,吐掉茶叶。

"看到了。"无法抑制语气中的自得。

"嗯——"拖长尾音,我觉得他也挺满意的,但话锋急转,"下周你去新媒体中心。"

"这么快?"简直当头一棒。

"早去早适应,是好事。新媒体中心的李部长,你可以叫李姐。她当时用你的稿子,就已经说好接收你过去了,今天一上班就催我放人了。"

原来还有这么一说,我恍然大悟状。

老头儿眉飞色舞起来:"要是不把这些安排好,我能让你发稿吗?你以为我一拍脑门做的决定?"

当时感觉整个房间的光都打在他身上,闪闪的。能遇见主编何其幸运,老头儿绝对是我的贵人。

他交代了一些要注意的事,刚去新媒体那边要坐班,让我不要再吊儿郎当,稿子嘛写完就发,不要再耍小聪明拖拖拉拉。

我一一点头,全盘接受。

讲了半个多小时,最后要出门的时候,他又想起来什么,犹犹豫豫地说:"陈燃啊,以后稳重点。"

我一时没反应过来这话从何谈起,听他接着说:"也该结婚了。"

转眼到周五,我在文教版的最后一天,最后一个选题会,也成了欢送会。

发表了一些感言,诸多不舍,主要是不舍文教版这种养老风格。大家也虚情假意祝福一番,好像我高升了。

会议结束,被主编叫住。

临别殷勤重寄词。我难得脑子里冒出这么句诗,觉得老头儿果真重情重义,看来要临别赠言,结果他说:

"下午去檀大跑趟新闻,有个会要出篇报道。"

"嗯?"我愣了愣,"我今天最后一天……"

"那就不用工作了?"他边说边整好材料,面无表情地出了会议室,留下一句话,"下午三点多功能厅,别迟到。"

得,最后一个下午的清闲也给我剥夺了。

提前十分钟签到入场,找到自己的桌牌坐下。有句话怎么说来着,狗改不了……嗯,江山易改本性难移。

我又拿出笔记本电脑来,准备写小说,刚码了两行字,感觉身后一阵风,有人过来。

我本能地先扫了一眼隔壁桌牌,定睛一看,都市报。这才转头,刚好王记者坐下来,笑眯眯地跟我打了个招呼:"哟,还没开场就写稿子了。"

我赶紧移动鼠标把文档关了,笑而不答。

"我还以为你不跑学校了。"他坐下跟我聊起来。

"拜您所赐,今天最后一天,下周起去新媒体中心了。"

"咳,现在新媒体最有前途了,你正好去大展身手。"他宽慰两句,并没起到什么效果。能做记者谁愿意去当小编,能跑新闻,谁愿意去坐班?

我苦笑两声,不再搭话。假装无意把笔记本电脑斜了斜,重新打开文档准备顶风作案,就听王记者说:"顾教授发言,你都不想听啊?"

我抬头一看,果然顾轶走上台,正低头整理资料,像是在准备发言。

"不是他们发布一个科研成果吗,敢情你不知道是什么会就来了?"他看我一脸蒙的样子,笑道,"干大事的人不拘小节,陈记者适合跑大新闻。"

我听出里头的讽刺意味,撇撇嘴拿出手机,给顾轶发了条微信:

"你今天主讲?我在场下。"

眼看着台上的他拿出手机,目光环顾,又低头捣鼓半天。我这边等着回复,也一直显示对方正在输入,最后居然只出来一个"嗯"。

你们有没有这种聊天经历,我好想知道他删掉的话是什么。

回到正题,所以这是个科研成果发布会,很快开始了。我认真地听了将近半小时,实在一头雾水,侧头发现王记者在玩手机,于是又把我罪恶的双手伸向键盘。

码上字,就觉得时间过得很快。这次我有了教训,不时留意场上的动态,所以快结束时听到"记者提问"几个字,心里"咯噔"一下,怎么又记者提问?

这么一想,隐隐察觉更多巧合。

来不及深思。场上一安静下来,我就止不住紧张,暗忖顾轶难保不会再坑我,万一冷场叫我这个熟人凑数怎么办?

于是边在心里构思问题,边探头探脑地观察有没有人主动提问。

说时迟那时快,就在我张望的空当,旁边这位大哥举了举手——就是王记者,他站了起来。

"您好,我是都市报的记者,"他一本正经地发问,"请问这位顾教授……您结婚了吗?"

话音刚落,场下一阵骚动。

我本来仰着头看他提问,听完差点没被自己的口水呛到。

然后隐隐觉得的不对都涌上来了,为什么巧合这么多,根本就像策划好,那种电视剧上的求婚桥段。再扫一眼会场起码百来人吧,都是群众演员?

这时顾轶在台上回答:"嗯……那要问您旁边这位女士。"

我的脸"噌"一下红了。周围人都看向我,八卦得真实极了。旁边王记者也坐下,挤眉弄眼的,让人哭笑不得。

啊,怎么说呢,这求婚还真是……鸿篇巨制啊。如果是个电视剧,这时候应该蒙太奇了。

我其实在心里想象过很多求婚场景。

在家里,在海边,在天台……在任何一个浪漫又简单的场合。我就是没想到,顾轶能硬生生搞一个发布会出来,串通主编和王记者,找了百来号群演,这绝对不是他的风格。

这重现我们第一次相遇,还是难为他了。

上面这些想法在脑子里一晃而过,所有人都在等着,我站起来,豁出去了也得配合不是?

"大家好,我是日报社记者。"我说,"这位顾教授即将结婚,和我,谢谢。"

有没有地洞给我钻一下?

都散场了。

顾轶还在台上磨磨蹭蹭地整理材料。

我心情很复杂,缓了一会儿觉得这事也挺有意思,踱步往台前走去。

走近才发现,他整个脸都红了,正在叠一沓材料,反反复复弄不整齐,笨拙得可爱。一瞬间让我觉得,自己一直就没完全认识他。

"来,我帮你。"我拿过他手里的材料。

顾轶看了我一眼,张了张口:"不是我的主意,本来想发微信让你走来着。"

"哦?"我忍不住笑意,难怪刚才微信输入半天,"谁的主意?"

他微皱了下眉,说:"一位临退休的……"

我"扑哧"一下笑出声:"主编啊!"确实像他的手笔,快退休才有这闲工夫。

但我也纳闷:"那你就听他的了?"

顾轶抿了抿嘴唇,好像想解释来龙去脉,半晌还是放弃了,只吐出一句:"他言之凿凿的。"

我点头附和:"嗯嗯,老头儿资深记者,死的能给你说成活的。"

顾轶看我不严肃的样子,有点气不过,强行挽回:"我本来是想把这句话藏在公式里……"

"顾轶，"我打断他，公式我哪能看得懂，还不如老头儿的大俗招，"那句话，你直接问就行了，很简单的。"

他怔怔地看我。

"你问下试试看。"

场下一排排的座位空着，台上灯光照着，背景还停在课题的最后一页，看不懂的各种符号。

顾轶绕到我身前，慢慢地单膝跪下，手里多了一个盒子。

他打开，戒指亮亮的，眼睛也亮亮的，声音低低的，有那么点小波动。

"嫁给我好吗？"

"好啊。"

这回我先亲了他。

跟顾轶刚出教学楼没多久，手机响了，主编来电。

他难掩激动，还故弄玄虚："下午的会怎么样？"

"您想问哪方面啊？"我笑答。

"小顾成功了没有？"

帮个忙这就小顾了，以前明明都叫顾教授。

"咳，您不搞出这些花来，他也能成功。"

电话那边的人发出不满的哼声："这都是回忆，你以后就知道感谢我了。"

"我现在就很谢谢您啊，真的，一直都感激您。"说着，我居然有点鼻酸。

"行吧。"他满意地叹口气，"对了，稿子别忘了，赶紧发给编辑。"

"什么稿子？"

"你下午干吗去了，跑新闻不得出稿吗？"他顿了顿，"以为我闲得给你搞出一个发布会来啊？"

难道不是吗？

"所以那些参会人员……不是您安排的，群演啊。"

"陈燃啊，"他笑出声来，"演员就一个王记者，而且人家也是真去跑新闻的,捎带脚讲了句台词。"

"王记者居然肯配合……"

"他觉得欠你人情。算了,你也没心思写,他的稿我也要来了,你改改发给编辑吧,就这样。"

最后,挂电话之前,主编说,你到时候婚礼是不是缺一个证婚人。

我说:"您赏脸来呗?"

他乐呵呵地答应了。

这就是顾轶求婚的事。

几点体会:第一,顾教授也有拿不准的事,有不在他计划内的,会紧张的,会笨拙的,有很多面我还不知道的。第二,我很感谢主编,遇到这样的领导,对任何一个人来说都是幸运。第三,家里如有退休老人,请给他们找点事情做。不然,他们就会揽别人的事情做。

第十三章 / 分别
HeNiBuJinShiXiHuan

　　去新媒体中心上班的第一天,见到了主编口中的李姐。四十多岁,说话利落,走路带风,难怪敢发我的稿子,以前倒不知道报社里还有这种女中豪杰。

　　她简要地跟我介绍工作,安排工位,认识同事,一套流程下来半小时内搞定。我还带着文教版那种懒散,准备第一天摸摸鱼,结果寒暄的时间都没有,已经开始对着电脑审稿了。

　　"陈编辑。"隔壁桌换成了个小妹妹,我再也偷不成张记者的茶叶了。

　　"陈编辑。"她又喊了一声。

　　"陈燃姐!"她换了个称呼,同时探过身来轻拍我桌子,我这才反应过来,原来自己已经从陈记者变成了陈编辑。

　　"怎么?"

　　"十分钟后到会议室开会,有新人要来。"

　　然后,我就见到了林嘉月。

　　这事也赶巧,之前校招那批实习生,全都发配到这儿来了。我记得她当时踌躇满志地要去社会版,这下好了,变成核稿、修图、做视频的免费劳动力了。

　　实习的学生99%都是来混个实习报告,也有1%的人真想学点东西。

林嘉月就是这1%，可惜运气有点背。

这一批十来人进来，我一眼就看见她了，有点无精打采，表情淡淡的，跟其他人的拘谨兴奋不一样。

李姐简单介绍期间，她抬起头目光环顾，这才碰上我的眼神。

她很惊讶。

我点点头。

一切尽在不言中，因为各自的衰，我俩同为天涯沦落人了。

新媒体中心整个工作风格跟文教版差异甚大，但是带实习生的规则同承一脉：一人带俩，左右护法，咱报社优良传统。

大概因为刚来，李姐没有给我安排实习生，我心里窃喜。眼看要散会了，大家已经在整理材料，突然一个声音响起。

"不好意思，想问一下我可以申请由陈燃记者带吗？"林嘉月音量不大，却毫不怯场。

包括我在内的所有人都愣了。大部分学生整个实习期，都没在会议上发过一次言。她倒好，想什么就说什么。

我们也算交往数次，知道小姑娘专业好，心气高，说话有点直我都没放在心上。但这个情商……唉……她真的需要磨一磨。公开问这种话，是打领导的脸，还是打同事的脸？

"不可以。"李姐干脆利落地回绝，"散会。"

我隐隐感觉一个小刺头碰上了一个老刺头，火光飞溅。

下班时间一到，火速收拾好包准备撤，出去的时候碰到了林嘉月。

她没有要走的意思，手上一沓刚打印好的材料。

"加班啊？"我顺口一问。

"嗯。"她欲言又止，"我之前提出让你带，纯粹因为只有你是记者，我想当记者，可不是当小编。"

我笑着点点头，没有答话，想交代她什么，又觉得关系没有这么近，不必多管闲事。最后只打了个招呼离开了。

结果到了一楼大厅，远远就看见小缪在跟保安大哥聊天，走近的时

候,正赶上他给人家递了支烟,要掏出打火机。

"哎嘿!"我顺手就把小缪的打火机推了回去,冲保安说,"大哥,这里可不能抽烟。"

保安认识我,笑出满脸褶子:"咳,不是要现在抽。你们聊,你们聊。"说着背个手逛荡到别处去了。

"你干吗呢?"人一走远,我皱眉问,"给人家烟干吗啊?"

"我等人。"他语气带那么点别扭,眼睛不看我,好像被抓个现行有点下不来台。

"林嘉月啊,她加班。"

"嗯。"

"坐那边沙发上等去。"我准备走,想了想还是说了句,"她不一定要加班到什么时候,你跟她联系一下吧。"

没说的话是,她可能得罪人了,估计要天天加班直到实习结束。这事很好理解,换领导换导师都是一样,只有林嘉月这种愣头青才想不明白。

从报社出来直奔檀大,等顾轶下课,正好跟他一起回家。

我扒在后门玻璃上,踮脚往里面张望。明明打过下课铃了,这人怎么拖堂?

突然感觉身后有人轻拍肩膀,我回过头一看,是之前见过的叶老师,他们课题组的那位。

她好像刚刚下课,抱着两本教案笑眯眯地跟我打招呼:"在等顾教授下课?"

"啊……是,您好。"我下意识地整了整仪容。

"他……之前有点事,这节课晚了一小时,要顺延的。"她看了眼手表,"要不去我办公室坐会儿?就在隔壁楼。"

什么叫有点事?话说得不清不楚。

而且顾轶的课晚了一小时这种屁事都知道,你一个外系的消息倒够灵通啊!

"不麻烦了吧,您下课了不回家吗?"

她做愁眉苦脸状:"没法回去,课题任务重。"犹豫了几秒,接着道,"本来是三个人的课题,感觉顾教授最近好像没心思在科研上,缺席好几次课题会了。"

"哦。"真是不好意思,最近他花在老娘身上的心思比较多,"辛苦您了。"

她只笑笑,没说话,半晌重新捡起刚才的话题:"走吧,去我办公室坐坐。"

"行啊。"

在叶老师办公室坐了半个多小时,我觉得自己参与了一个访谈节目。

话题就没逃过顾轶。也难怪,我和她之间就这么一个交集,难不成聊杜博士吗?

但我几次把话题引出去,她就几次把话题拉回到顾轶身上,实在不大高明。到后面都说得烦了,我眼看时间差不多,起身客套:"到时候我们婚礼,您一定要来参加。"

叶老师挤出一个难看的笑容。

慢悠悠地回到教学楼,课刚好结束。顾轶从教室出来看到我有点惊讶,好像忘了早就约好晚上一起回家。

"忘了告诉你延迟下课了。"在回去的车上,他抱歉地说。

"没关系。"我瞥了他一眼,心里惦记叶老师的话,"是有什么事吗?你平时上课很准点。"

顾轶沉吟,抿了抿嘴唇,慢慢把车靠边,最后停下。

我心里警觉,什么事开车不能说?想必不是开会晚了、教学调整这种平常原因。

"我跟你说件事,"他转过身,手还握在方向盘上,顿了顿,补充一句,"但你别生气。"

不好的预感说来就来。

"你说,生不生气我看着办。"

顾轶看着我,握着方向盘的手微微用力,骨节分明。

大概有几秒钟,他在组织语言。

但这瞬间车好像在驶进黑洞,时间被拉长,变得很慢很慢。只要他不说话,我脑子里就循环上映十点档狗血剧情,实在忍不住了:

"到底……"

"我要公派出国。"他说,直截了当。

我愣住了,倒吸口凉气,又长叹口气,自己都不知道是悲是喜,各种情绪揉碎了又黏到一块。

不狗血,不是十点档言情剧,是八点档创业剧。

"好事。"理智略占上风,我问,"多长时间?去哪儿?什么时候走?"

"一年,去新加坡。签证出来就走,快的话,下周。"顾轶回答得很利落,想必刚才就在脑子里过了一遍。

我不由得回想刚认识他的时候,这个人在台上回答生活都是工作,采访时担心的问题是科研和教学不能平衡。顾轶从来都看重他的研究。

但现在,连课题会都缺席,他大概自己也意识到了。

曾经一直觉得他很厉害,在工作和生活中可以得心应手。但厉害的人一天也只有24小时,厉害的人面对选择的时候也要有舍有得。

一年不长不短,已经比我预料的好一些;新加坡,没想象的那么远;下周出发,急是急了点……好像也还可以接受。

其实除了接受我也没别的选择,他说告诉我件事,可没说问我件事。

"所以你今天上课晚了,是去办签证了。"自然聊下去,尽量让自己不要有情绪。

"不是。"他抬起眼定定地看我,从口袋里掏出一个暗红色的本子,"回家拿户口本去了。"

"你这什么意思?"我绷不住,有点哭笑不得。

"要不,"顾轶沉吟,把户口本放我手里,"要不明天去趟民政局?"

"这么仓促……"我低头,只顾手指摩擦封面,颗粒感很明显。

"那后天。"

"顾轶，不是明天后天的问题。"我把本子还给他，"这就不是件仓促的事，我不着急，可以等你回来。"

他怔怔的不说话，往后靠在椅背上想什么，喃喃道："我着急。"

顾轶在那个当下选择出国，我心里有气。他又老是占理，让人无从反驳，更加来气。

但这会儿终于看到他也挺为难的，不得不说，我涌上来点安慰。

我伸手摸了摸他的头发，随口自言自语："但这事跟叶老师有什么关系啊？"

她话说得不清不楚，这个节点跟我促膝长谈，实在可疑。我本来料定顾轶要说的事与她有关。

"嗯……"顾轶明显紧绷，偷偷观察我表情，才试探地吐出几个字，"她也去。"

这话好像在我耳边炸了个雷。

当时我就要发作了，手抽回来整个人往座椅重重一靠，谁再理智谁就是大傻瓜。

"顾轶，"我的情绪如过山车一样飙上去，"你知道我刚才一直憋着吗，你要走了你求什么婚啊？啊？"

他一下子手足无措了。

"刚求完婚就跟别人溜了！一走走一年，你有没有心啊？你耍我呢？"眼泪也飙出来了，我越说越激动。

模糊地看过去，顾轶已经从手足无措变成了惊慌失措。

不存在没来由的爆发。本来就窝着一口气，师大的报道明明是我赢了，结果规则是赢的人离开这圈子。

破新媒体中心天天审稿改稿编文案，毫无用武之地，只好把心思转移到顾轶身上来，悄悄计划着婚礼蜜月，人家倒好，拍拍屁股走人了！

"我的错我的错，我不去了。"他手忙脚乱来安抚，被我推开。

我解开安全带就下了车，把门一甩，在路边拦车边号啕大哭。

是真的号啕大哭，风一直往肚子里灌。

顾轶从后面赶上来，把我护到路内侧，然后就拧着眉头不知道怎么

安慰了,反反复复就是"我不去了好不好"。

我抽噎得上气不接下气,根本没空回他的话,只顾哭自己的。没多久,来了辆出租车,我把顾轶一推就坐上去了。

他没再拦,车开走了。

我抽抽搭搭去了报社。

刚刚一下班就去找顾轶,两个小时又回来了,饭还没吃。想回办公室,结果不自觉就去了文教版。

电梯门一开,是主编。我红着眼睛问:"您怎么在这儿?"

"我在这儿上班啊我怎么在这儿。"他被我说得一愣,还特地回头确认了眼楼层。

"哦。"这才发现自己走错了,突然憋不住又要哭,我变成了一个哭包,天啊!

老头儿吓了一跳,一时不知道是拉我出来还是自己进电梯,原地着急:"这怎么了?"

我摆手,又要去按电梯。

"被李汾欺负了?她脾气应该跟你对路啊,我找她去。"

李汾就是李姐全名。你们看,主编都想不到顾轶能把我惹哭。在大家眼里,顾教授面面俱到。

"不是。"我憋了口气,强抚平情绪,"不是,跟李姐没关系。我上楼了。"

赶紧按关门,老头儿没我反应快,着急的脸变成窄窄一道缝。

让主编看到哭鼻子不算什么,再开电梯门让林嘉月看到,才是我今天最丢脸的时刻。

"你还没走?"我吸吸鼻子,佯装没事从电梯里出来。

"事情没做完……你怎么了?"她正拿着水杯,像是要去茶水间。

"都让你做什么事了?"我答非所问,扫了一眼,已经只剩她一个人在加班。

"汇总每天发布的信息,把评论整理成表格……"

"这个活儿没有做完的时候,编辑在整你看不出来?回家吧。"

说完我走回自己的座位,谁知她也一路跟着。

"你怎么了?"她又问了一遍,好像关心我似的。

小姑娘加班加出孤独感来了?

"没怎么。"我抬头想起件事,"对了,小缪不会还在等你下班吧?"

林嘉月皱皱眉,不解:"他没来等我啊。"

"我下班的时候就看到他在一楼了。"我解释一句,又觉得没心思多管闲事了,"算了,你说没等就没等吧。"

她沉默了一会儿,突然挪动脚步:"我回去了。"

"嗯。"

她收拾好东西要离开之前,我叫住她:"我明天去找李姐说,我带你实习吧。"

林嘉月回头,眉毛一挑,说:"不用。我知道编辑整我,看谁整得过谁!"

空无一人,我坐在电脑前校稿。

其实也没在校对,就是看新闻,想把脑子填满。

过眼不入心,于是开始读出声来,视觉听觉双重刺激,还攻占不了大脑吗?

这么待了大概半小时,手机开始响,顾轶来电话了,估计是回家发现我不在。

调成静音,眼看着屏幕上来电一个个蹦出来,又一个个变成未接。不知道跟他说什么,来来回回就那句"我不去了好不好",这问法已经表明态度了不是吗?他想去。

拿一件心里已经做了决定的事来征求我的意见,聊下去会有什么结果?我是回答好还是不好?只能是伤感情的无效沟通。

不接电话也不回家。对,老娘今晚就是打算住在单位,通宵加班我还要半夜打个卡呢。

来电频率慢慢下降,差不多九点的时候,不再打过来了。

等了十来分钟手机都没动静,我忍不住纳闷,才九点就放弃找我了?

我刚把手机拿起来想看看,听见身后一声。

"没发现你还喜欢离家出走。"配合着重重的喘息,顾轶一手撑在门口桌子上,看起来赶得很急。

我哑然,差点忘了自己在生气,问道:"你怎么找过来的?"

"问了你主编。"他边调整呼吸,边一步步走过来。

哎,刚刚上楼遇到老头儿的时候就应该想到,我忍不住懊恼。

"这么不想让我找到?"他半蹲在了我座椅旁边,做乖巧状。

我没吱声,转身自顾自接着读新闻。

"对不起。"顾轶伸手把椅子转了一下,让我正对着他,"我每个月回来一次。"

这人倒聪明,换了说法,不再问好不好了。

"钱多烧的。"我脚下用力想转回去,被他牢牢抓住扶手,动弹不得。

"事先不知道要出国,不然我会把所有事情提前。提前追你,提前去你家,提前求婚。"

顾轶半蹲着,比我矮一截。他微微仰头接下去解释:"是去合作研究,本来只有我自己,最终名单多了叶老师,我也是才知情。"

"嗯。"我还能说什么,"去吧!"

易位而处,如果这是一次出国采访重大新闻的机会,我难保不会做出相同选择。

"回家吧。"

"我今天想加班……"气还没生完呢。

他撑着扶手站起身,瞟了一眼电脑屏幕,说:"是不是一晚上了,都在读这一页?"

屏幕停在一篇稿件的首页,确实看挺久了。

"不是,"我下意识地滑动鼠标滚轮,"正好刚打开的。"

"回家吧。"他叹口气又说了一遍,转过身后蹲下,突然抓着我胳膊绕到自己颈间,站起身就把我背了起来。

"你干吗顾轶?"我开始扑腾。

他稍稍用力把我背得更稳些,腾出一只手关了电脑,转身就想走。

我还要不要生气了……我为什么这么问自己,明明还在生气啊!

但也很怕直到他走还别扭着,等到想通的时候却见不到面了。时间宝贵不应该浪费在生气上,终于强行把自己说服,侧着脸靠在他肩上,不再扑腾,悄无声息地哭了。

顾轶背着我在电梯间等了挺久,因为太晚,只剩一部还在运转。我吸吸鼻子,平息下来说:"往右边走一下。"

"嗯?"他不明所以地挪动两步。

"右边。"我手指向墙上挂着的考勤机,"我加班了我要打卡。"

顾轶紧绷的神经好像终于放松下来,看我这时候还能惦记占单位的便宜,心里不那么沉重了吧。

能感觉他缓了口气,弯着嘴角侧过脸来。很近,近到能看出我脸上刚哭过的痕迹,又立马笑不出了。

"对不起。"他又重复一遍,亲了一下我眼角。

"识别不出我的脸了。"我伸手轻轻推开他,对着考勤机镜头往前探身。

嘀!已打卡。

回去的路上,我说我要饿死了,晚上都没有吃饭。

他也没吃,居然还有力气背我。

"去吃点什么?"顾轶问。

"要不回家你做饭。"

"不嫌难吃了?"

"难吃也快吃不到了……"我委屈巴巴地吸了吸鼻子。

签证下来得很快,果然就是下周,送顾轶出发那天又下雨了。

我坚持送到机场,在出境大厅碰见了叶老师。

自从知道他俩要一起出国之后,我再回忆那天跟她的聊天,就觉得哪哪都不对。尤其最后挤出那笑容,搞不好是嘲笑我呢。

这会儿叶老师远远跟我俩打招呼,她照旧绾着头发,穿件米色风衣,

温温婉婉的。我想吐槽，但乍一看好像挑不出什么毛病。

除了一点都不搭的鞋，撞色撞到天上去的包，贴满贴纸的矫情行李箱，再就是那张虚伪的假笑脸。

"你坐几排？"她打完招呼，顺势问道。

顾轶低头看了眼机票："35。"

叶老师遗憾地笑说："不巧，离得挺远。"

这不废话吗，老娘提前选的座，还能离你近了？

沉默了几秒，她看了看表，自己接口道："好像该进去了。"

"嗯，您先进去。"顾轶居然也称呼起"您"来了，这个"您"真是好听。

总算把这灯泡弄走。

他拉我到角落，双手捧着我脸吻下去，然后开始细细碎碎交代一些事情。家里的事情，应急药放在哪里，物业费什么时候交，小区电工怎么找，煤气费怎么续。说完他又改口："算了，你就不要做饭了。"

这房子我从毕业住到现在，却听他说得频频恍然大悟，之前那些年是白活了吗？

最后，他抱着我说："我下个月就回来，很快。"

"嗯。"我也拍拍他后背，硬把眼泪逼回去，"去吧。"

又不是生离死别，收！

后来发现，之前那些年真是白活了。

以前跑跑采访，写写稿子，宅在家能找到100种消遣方法，如果不去选题会，我可以一周不出门。

自己生活了这么多年，遇到顾轶之后经验统统清零。

再回到家，满屋子晃荡不知道该干吗。任何事情都无法长时间吸引我的注意力。不想看剧，不想看书，不想干活儿，也不想写小说。

顾轶走的两周后。

我变成了一个正常的上班族。

我办了报社附近健身房的年卡，跟隔壁桌的小妹妹一起，截至目前去了八次。

每天最开心的事是看林嘉月和她编辑斗法。

哦,还有和顾轶打电话。

几乎每隔一两天就能看见小缪在楼下等人,有时候会跟他聊几句。我有点好奇小祖宗哪儿来这么些时间往这儿跑,是不是逃学。问他他就说这会儿没课。

我挺怕回家的,也没别的,就是特没意思。

我觉得自己从太阳系中心变成了冥王星。

第十四章 / 星系
HeNiBuJinShiXiHuan

据报道，2005 年，国际天文联合会认识到冥王星仅为众多外太阳系较大冰质天体中的一员后，决定重新定义行星概念。

于是 2006 年，大家都知道了，它自行星之列中除名，正式划为矮行星。

自从顾轶走了之后，我觉得自己像这颗倒霉蛋一样迅速边缘化，不得不反思：工作之外没几个朋友，很少参加集体活动，几乎不拓展社交圈，离开工作和顾轶再找不出什么乐子，待得快发霉了。

我觉得要做点什么让自己积极起来，但长期停留在想的阶段，落到行动应该从那次团建开始。

这要从林嘉月说起。

小姑娘一直践行着自己"看谁整得过谁"的豪言壮志，用天天加班的笨方法，没多久也算在新媒体中心小小的舆论场掀起涟漪。

直到有天，林嘉月把她吭哧吭哧整理的评论做了文本分析，比舆情中心的报告还细致，一举得到李姐的认可，K.O 了她编辑。

据说因为这件事，李姐在报社领导面前扬眉吐气了一把。这天快下班，她从办公室出来，大手一挥说晚上要去团建。

办公室顿时一片欢腾。

我还挺诧异，团建有什么好高兴的？来报社这么多年了，每次都是老头儿带大家健步走。

于是问程真真,哦,就是邻桌的小妹妹。

"至于这么开心,晚上健步走啊?"

她一愣,片刻被逗笑:"您真是文教版出来的老干部,团建肯定是聚餐啊。"然后探过身用气声说,"后续活动,到时候看手机。"

"什么?"

"嘿嘿,嘘……"她神秘兮兮地坐回去,开始吆喝订饭店的事。

我来这儿快一个月了,人还没认全,加上自己抵触心理,有点难以融入。要放平时,对聚餐实在没兴趣,但现在"冥王星"想找点存在感。

新媒体中心平均年龄不到三十,现在更是被实习生拉低到二十五。一下班叽叽喳喳跟着李姐倾巢而出,像家长带一群孩子春游。

到一楼大厅的时候正好看见小缪,怎么林嘉月没告诉他要聚餐吗,要扑个空。

迎上他疑惑的眼神,我停了停:"今天部门聚餐,林嘉月马上下来。"

"嗯。"他点点头。

如之前所述,我有意多参与集体活动,但这顿饭实在乏善可陈。
李姐有点开会的架势,提了几句最近的工作,又进行一番口头表扬。
我边听边后悔,好没意思,不如回家发呆。
那会儿不知道,这顿饭结束,团建才刚刚开始。

散场后,大家在饭店门口互道再见。我拦了辆车,坐上去才想起程真真的提醒,打开手机,发现自己被拉到一个群里,上面发了KTV的地址,所谓的后续活动。

再仔细一看,这群和部门群相比,只差了一个李姐。

合理猜测,小团体存在已久,本来被排除的是李姐和本人。

真让人哭笑不得。

纠结一阵,我还是让司机师傅掉头去了KTV。

因为路上耽误了些工夫,到的时候包厢已经几乎坐满。

程真真看见我推门而进,边招呼边拔高音量:"我说什么来着,就

说燃姐会来吧?"

看着这帮起哄的小朋友,突然觉得不太适应。他们变得特别陌生,跟办公室形象判若两人。

我就像乱入了一个不熟悉的聚会,反倒拘谨了。几首歌听下来精神涣散,就见包厢门又被推开。

灯光忽明忽暗,眯眼看过去,感觉对方停在门口,目光也在搜寻。

直到几个人招呼他:"缪哲,怎么才来,你应该最快的。"

我才看清来人是小缪,同时反应过来,这批实习生大多是他同学,应该都认识。

"堵车。"他说着坐到边上。

年轻人的熟络真是奇妙,没多久就可以称兄道弟,推杯换盏。

我越发觉得自己格格不入,缩在角落摆弄手机,心里后悔,没事非要参加什么集体活动啊?

"不唱歌吗?"小缪递了瓶饮料过来。

"五音不全。你怎么不唱?"

"想唱的这儿没有。"他没地方坐,就地蹲下跟我说话。

"起来,别蹲这儿啊。"我做贼心虚般环顾,果然林嘉月正看过来。

"你不问我想唱什么?"他还蹲着,手搭在自己膝盖上。

"不就你乐队的歌吗,起来。"

小缪没接话,猝不及防转了个话题:"顾轶是不是走了?"

我愣了,不知道他从哪儿来的消息,只好反问了句:"跟你有关系?"

这时候谁用麦克风喊了声:

"同志们,先别唱了,玩真心话大冒险吧。"

包厢安静下来,小缪也起身,回座位之前笑道:"怎么没关系?"

玩游戏的提议得到响应,有人出去弄了副卡牌,回来开始点人数。

要说这个游戏,回忆真有点久远,上次玩还是刚读大学的时候。那会儿也没什么卡牌,纯粹大家出主意整人,比如在厕所门口迎宾送客这种弱智行为,我就干过。

但现在年纪大了,自觉放不开,我赶忙摆手说:"不用算我,我看你们玩。"

"别啊,那多没意思啊?"点人数的男生笑嘻嘻地说。他是做视频剪辑的,据说导演系毕业,人称"刘导"。

好多人跟着瞎起哄。

程真真低头按手机,给我发了条微信,上面写着:

"你想当李姐二号呀?"

就是被这句话击中,我犹豫再三后问道:"不想回答的问题,能不能喝酒,能就玩!"

"能!"

我玩游戏一向不行,输了很多次,全部选择真心话,但一个也没回答。每次都是一听完就拿起啤酒,在大家的嘘声中喝掉。

清楚自己的酒量,那会儿有点晕,离醉还差一截。

小缪就坐在对面,手撑着下巴看不出什么表情。他玩得好,十几轮了才终于遇到滑铁卢。

"缪哲,是男人就选大冒险。"刘导阴险地笑道。

"真心话。"小缪眼睛都没抬。

抽到任意提问,程真真眼珠一转,说:"你喜欢的人在这房间里吗?"

话音刚落,被呛声:"你别浪费问题行不行,人家女朋友在这儿,还用问吗?"

"哦。"程真真一拍脑门,看了眼林嘉月,明显嘴下留情,"要不说出她五个优点吧。"

刘导不满地打岔:"我发现你对帅哥就特别宽容,这什么问题,你恋爱帮帮团的啊?"

他修正道:"五个缺点!"

众人乐见这种桥段,带着唯恐天下不乱的暧昧笑容等着小缪开口。

他皱眉想了一会儿,掀起眼皮说:"就一个缺点——"一本正经地接下去,"不喜欢我。"

所有人都愣了，然后面面相觑。

忘了后来谁带头暖场，把这段尴尬掠过。我那会儿其实清醒着，小缪的话听见了，但可能故意忽略了，当时没去深思。

玩游戏喝了太多酒，后半场意识就不是很清晰了：

五音不全，还是唱了几首歌，据说边唱边哭。唱歌有印象，但哭我是拒绝承认的。

更有甚者，说快结束的时候，我又叫了一箱酒，并且坐在箱子上，不喝完不让人走。谁说的证据请拿出来。

捕风捉影的事不认就是不认，不过后来上班的时候，我给刘导一个素材让他剪辑。

我说，小刘，这个片子剪一下发给我。

他说，好啊燃燃。

我说，你叫我什么？

他说，你当时不是让大家都叫你燃燃，不叫就是不给你面子？

嗯。

说回KTV，结束的时候已经后半夜了。他们好像还有第三场，按摩还是打麻将，反正我已经撑不住了。

外面下了小雨，出门被冻得一激灵，当下就清醒了点，现在凭模糊记忆写下后面发生的事。

小缪和林嘉月要回学校，我回家。两个地方虽然离得不近，但在一个方向。

刘导是开车来的，他一再强调自己没喝酒，喝的都是冰红茶，硬要送我们仨回去。

路上湿滑，几个人踉踉跄跄地挪到车边。我和林嘉月坐后排，小缪坐副驾驶。

林嘉月也喝了不少，她后来一直闷头喝酒。我俩东倒西歪，安全带好像还是小缪给系的。

不知道是自己晕,还是刘导车开得就不稳。出发没一会儿,我忍不住扒在座椅后背提醒:"哎,你慢点开啊,安全……安全重要。"

"放心,路上都没有车!"

乌鸦嘴话音未落,"咣当"一声。

车猛地停下来,好在都系了安全带,有惊无险。

我酒又醒了一点,发现是和一辆车剐蹭了。刘导已经被吓到,嘟囔着"哪儿冒出来的车啊",迟迟未缓过神。

小缪回过头来确认我们没事,才低咒一声,说:"碰瓷的,你俩别下车。"

探身看旁边车的位置,确实像是逼停我们。脑子突然想起什么,也顾不得口齿不清,我急急地问:"小刘,你确实,确实没喝酒吧?"

他哭丧着脸回头:"我真喝的冰红茶啊。"

"我闻一下。"说着我往他肩膀那儿凑,没承想被小缪抢先一步,也把脑袋凑过去。

我还没接近就撞上小缪的头,皱眉刚要发作,他抬眼淡淡地说:"没酒味。"

"不是酒驾就、就好说。"我放下心来。

旁边车下来三个男人,看起来不大好惹,绕到我们车前敲了敲引擎盖。

小缪和刘导下了车,我转头跟晕乎乎的林嘉月交代"在车上待着",也跟着想下车。

结果车门刚打开就被小缪顺手关上,再推推不动,发现他从外面俯身按着,示意我摇下车窗。

"干……干吗啊?让我下车。"

"把车反锁一下。报警,肯定是碰瓷的。"说完他绕到车前。

从车里看出去,几个男人不知道说什么,对方很蛮横,一直指指点点,感觉随时要动手。

我反应几秒,还是按照小缪交代,锁车,报了警。

后来回想,小祖宗这次没掉链子也没冲动,脑子清楚得很,不然恐

怕要麻烦。

交警来了,测了酒精浓度,刘导没瞎说,他确实没喝酒。

对方本来各种威胁叫嚣要私了,好像一早认准我们是酒驾。现下看交警过来,倒没脾气了,表示赶时间要先走,车刮了认倒霉。

多一事不如少一事,刘导也愿意自己修车。两边都想走,被交警拦住,让我们在各自车里等着。

酒劲加困意,我和林嘉月在后排睡着,再睁开眼已经是凌晨两点多,在派出所的院里。

迷迷糊糊地被警察带进去询问,这才大概搞明白,对方是专门挑酒驾碰瓷的小团伙。他们租借事故车,半夜在KTV、酒吧周边寻找下手对象,尾随制造剐蹭讹钱,已经得手好几起,早被盯上了。

正常情况下,司机碍于酒驾不敢报警,只得私了。

但今天我们的刘导,喝了一晚上冰红茶,出门几步路因为路滑走得跟跟跄跄,开车技术不佳歪歪扭扭,就是这么巧被误认为酒驾一员。

也是很有戏剧性了。

事情总算结束,小缪一手搂着林嘉月,一手扯着我袖子往前走。我脑子迟钝,但还是费力在运转,总觉得有什么事情要做,突然灵光一现,跌跌撞撞就往回奔。

"哎!"小缪没拽住我,急急地把林嘉月交给刘导,跟上来,"你干什么?"

我专注地在兜里翻找,总算掏出来,我的记者证。

"警……"舌头好像打结了,在"叔叔"和"大哥"里绕不出来,好半天来了句,"这位同志。"

刚刚给我们记录的大哥坐在桌前,抬起眼:"怎么又回来了?"

"酒没醒。"小缪接话,拽着我想往回走。

"哎,别拽我。"挣脱之际,我抽出手"啪"一下把记者证拍在桌子上。不小心劲大了,感觉桌子都一震,吓两人一跳。

"对……对不起,"我指尖小心翼翼地往前碰了碰,"日……日报的……记者,想请问一下,这个事有结果之后……能给我们报道不?"

"挺有这个……这个警示……教育意义的。"我讪讪地补充。

大哥愣住片刻,翻开我的记者证看了眼,笑说:"这个要请示的,走流程。"

"明白明白我明白。"我拼命点头,眼睛四处瞟,最后目光盯在人家手里的笔上。

"那个,给您留个……电话行吗?"

大哥顺着我眼神明白过来,递了笔,撕张纸摆我面前。

握在手上的瞬间,我大脑突然一片空白,怎么也想不起自己的手机号。下意识地掏出手机点了半天,也没找到自己号码。

小缪在旁边笑出声,夺过纸笔就写了一串数字。

我眼巴巴地看他写完,抢回来装模作样检查一番,双手递给大哥。

出了派出所大门,我忍不住仰头大笑三声——一个月了,一个月都在电脑前核稿校稿复制粘贴,老娘终于有新闻了!

刘导见状迎过来问:"你怎么了?"

我没理会,笑完自顾自上了车,听见小缪在身后说:"疯了。"

这个事吧,还有后续,说起来就生气,一笔带过吧:我只给人家留了电话,却忘了要对方联系方式,又不敢贸然过去,只有等。中间一度怀疑小缪留错了号码,毕竟现在还有几个人能背得出别人手机啊?

挺久之后,才接到社会版的电话。

对方是以前同事,上来就说:"陈燃,怎么现在还抢上新闻了?这报道我们跟了,啊!"

就这么简单,出了洋相换回来的线索拱手让人了,我恨。

自从这次团建之后,我和同事的关系确实更近了。

常常看他们在群里聊天,非常可爱幽默,很多表情符号和新兴词汇,好像给我打开了一个新世界。

慢慢地,我会不自觉地学他们的表达方式、打扮风格和行为习惯。跟他们一起叫奶茶,一起在报社里嬉笑走过,甚至周末一起逛街。

总之,就是迅速向低龄化靠拢,并产生了一种虚假的归属感。

说实在的,很可能每个年近三十的女人都有过这种倾向,因为二十岁有恒久的吸引力。

当时我自己没有意识到这些变化,但身边很多人发现了。

电梯里碰到林文昊,他意味深长地说我变了:"顾教授不在,你身边是不是没有成年人了?"

一句话把我说得泛酸,他觉察到自己话说过了,又讪讪找补:"挺好挺好,年轻。"

最后我让他滚,他才高兴,笑嘻嘻地说这才是陈燃。

什么毛病?

连小缪都注意到了。

某天下班的时候遇上他,跟了我半天,欲言又止最后抱胸说:"陈燃,你是不是天天和那帮实习生一起玩?"

我目瞪口呆,这叫什么话,居然一瞬间产生他是记者我是学生的错觉。

最要紧的是,顾轶也这么觉得。他首先注意到我的表达方式,直言"感觉好像在跟自己的学生聊天"。

我回"xswl(笑死我了)"。

他说……要不我提前回去?

我说好嗨森(开心)。

一个月零五天没见到顾轶。我幻想过自己去机场接他,或是在街上偶然遇见他,此时要有重逢的背景音乐。

但真实情况是,在一个普通的睡过头的周六,我迷迷糊糊地洗漱完,弄了一杯咖啡边喝边看手机,发现顾轶在一小时前发了信息。

落地。

前一条是早上发的:"起飞。"

我"噌"一下站起身,全身心处于预备状态,给他打了电话过去,没几秒就接了。

"快到楼下了。"他说。

我抓上钥匙飞奔下楼,在单元门前扑到了顾轶怀里。

我手绕着他脖子几乎是挂在他身上。顾轶腾不出手拉行李箱,就把我放在箱子上,一边接吻一边推着走。

进电梯出电梯。

进家门进房间。

我说你怎么突然就回来了,他说好奇自己女朋友为什么突然变成十八了。

记得我说的冥王星吗?

其实还有一个挺浪漫的知识点。

冥王星有一个卫星叫卡戎。

2006年,冥王星被宣布降为矮行星,而卡戎因为体积比较大从卫星升为矮行星。后来有天文学家认为它们其实是双向星系。

卡戎绕冥王星公转的周期,恰好等于卡戎自身的自转周期和冥王星的自转周期。也就是说,它们始终保持同一面朝向对方。

永不停息相视相伴。

顾轶只在家待了两天,确切地说是一天半。

傍晚去看了新上映的电影,回来已经很迟。

有点起风了,我和顾轶往家走,抓着他的手来回晃,冷气会从袖口灌进去。

"我后悔要出来看电影了。"我说。

"怎么,不是觉得挺好看的吗?"

"看电影时间过太快了。"

他侧了侧脸,然后反握住我手,揣进自己兜里:"下次回来待久一点。"

后来我发现了,何止看电影过得快,只要跟顾轶在一起时间就好像加速在流走,怎么也不够用。

第二天哪儿都没去。洗了衣服下了厨,午饭过后倒在沙发上看电视剧。

随手调出一部偶像剧,虚弱的女主角晕倒,男生抱起她往医院狂奔。

我边啃苹果,边心血来潮说:"哎,你能这样抱起来我吗?"

顾轶原本在看手机,这时候抬起头扫了一眼:"能啊。"

"那你试试。"我把咬了一半的苹果随手放茶几上,像毛毛虫一样拱到他怀里,一手揽过他脖子屈膝打横,"试试。"

他把手机甩到一边,无奈地笑道:"你压着我哪儿站得起来?"

"没压着你,我腿腾空着呢。"

"我没着力点。"他懒得一试,反而上手来掐我的脸,"你学过物理没有?"

听上去好像是这么回事,但我仍旧嘴硬嘟囔:"那如果我现在就晕倒了怎么办?"说着眼睛一闭,"你当我现在就晕了。"

片刻,听见顾轶哼笑,把我腿挪开。感觉到他起身,手下意识地伸出去却抓了个空,赶忙睁开眼睛。

"我要是真晕了你抬脚就走……"尾音化为一声惊呼,这个人俯身把我打横抱起来,我忙不迭钩住他脖子。

"可以可以。"我笑着紧了紧胳膊。

结果稳在半空中没几秒,就感觉头重脚轻,头朝后仰过去。

"我要掉下去了!"手已经环不住他脖子,我胡乱抓住他衣领,慌忙中看见顾轶戏谑的笑意。

他继续倾斜着,角度越来越大,我真觉得自己要头朝下摔下去,口不择言地号起来:"顾轶!别闹了!摔了摔了摔了……"

毛衣领子都被我扯变形,他才打住,稍用力找回平衡。

"吓死我了!"心里来气,手还是赶紧重新钩住他脖子,总算找回安全感,"放我下来!"

顾轶当没听见,一副无赖样抱我往卧室走去。

"干吗去啊?"

"该睡午觉了。"

"睡什么午觉,多浪费时间啊?"

"在这儿看电视才是浪费时间。"他顺脚带上了卧室门。

顾轶周一上午的航班，我照常上班，没有去送。

等晚上下班回家的时候，他也已经到达，飞机真是伟大的发明。

房间空空如也，我再一次要适应这个空空如也。瞄到茶几上吃剩下一半的苹果，我恨恨地将之扔到垃圾桶里。

感觉情绪是条曲线，随着顾轶的去和回波动。

他以前说每个月回来一次是在哄人，当然了，我也不忍心他这么折腾，耗时耗力。但真的没回来的时候，失落不言而喻。

第十五章 灿灿
HeNiBuJinShiXiHuan

两个月没见顾轶，转眼已经到了暑假。

实习期结束，学生一批批离开，只有林嘉月留下了。她家在本地，又得李姐欣赏，假期仍然在报社帮忙。

相应的，你们可以猜到，我还是能经常看见小缪，在等人。

但从来没见他真的等到过，因为林嘉月几乎没有准点下班的时候。为此我还提醒过他几次，我说你们为什么不约好时间，要白白在这里等，保安都快熬成你亲戚了。

大好时间浪费在等人上不觉得可惜？

小缪说他顺路，他没课，他正好这会儿经过报社……反正总有理由，理直气壮得很。我劝不动，后来也懒得说。

除了这些照常能见到的人，家里还迎来一位小姑奶奶。暑假刚开始没多久，有天晚上我下班回家，刚出电梯发现门口一个超大行李箱，上面赫然坐着个人。

四目相对，灿灿摆出一副"已经等你很久"的表情，两手一摊还是努力兴奋地喊了声：

"Surprise！"

"你干吗来了？"我边开门边帮灿灿把行李箱提进屋，真够重的，心里"咯噔"一下,这是要长期驻扎啊。

"我爸说了,暑假让我来你这儿学习。"她边参观边漫不经心地回话,"这学期又挂了一科,被他发现了。"

"你来我这儿学习什么,我天天上班没空管你。"

这丫头逛完一圈,已经给自己安排得明明白白,往沙发一坐,说:"我睡那小房间就行,等会儿我自己收拾。"

我挑挑眉没作声,算是默许。

晚上叫了外卖,我俩盘腿坐在茶几前,就着综艺边吃边聊。不得不说,家里突然有了人气。

"你又挂了哪门课?"

"还是高数。"她无精打采地说。

"能给你补课的人可不在,你自学吧。"

灿灿反应几秒,恍然大悟状:"我就说这家里怎么感觉少了个人,我姐夫不在。"

"嗯,出国了,一时半会儿回不来。"

她嘻嘻笑了几声,不怀好意地搭上我肩膀说:"看得出你很空虚,没事啊,我来陪你了。"

"去去去。"

灿灿笑了一会儿,突然恢复了正经,说:"不过姐夫在也帮不上什么忙,我不补数学,我要转专业了。"

"转什么专业?"

"跟您一样,新闻。"她把综艺暂停,接着说,"春节我看你师大那个报道,蛮帅的。但也不是因为你啊,主要是我怕数学,不学数学什么专业都好说。"

我叹口气,不置可否,一家子没有数学天分,找顾轶算不算改善基因了。

"好不容易才劝他们同意我转专业。所以我爸让我过来,叫你带我去报社实习。"灿灿眨眨眼,终于说到点子上。

"带你去实习?"我放下筷子,"真当报社是咱家开的?"

"那你跟我爸说……"灿灿嘟嘟囔囔,声音越来越低。

最后没去打扰我亲爱的舅舅,硬着头皮跟李姐说了这件事,让灿灿在中心打打杂,待遇不提,能学点东西就成。

李姐欣然同意。

灿灿跟我去报社的第一天,该见的人就都见到了,包括小缪。第一周,她已经混得跟谁都能打声招呼,甚至是楼下的保安。

生性活泼的自来熟,除了正经工作没干几件,每天在办公室也算风生水起。

这天下班,我俩在一楼大厅又碰到小缪。灿灿蹦过去打了个招呼,嘻嘻哈哈不知道在聊什么。

我懒得听,站在不远处等。

足有十来分钟,她才过来,挽过我胳膊边走边说:"原来缪哲是你去年的实习生,早知道我去年就来了。"

"嗯。"

这个话题灿灿跟我聊了一路,问各种实习时候的事,一直感慨小缪的实习可比现在有意思多了。

我不胜其烦,只得敷衍了事。

晚上回家,我在厨房煮方便面,没想到她还惦记着,凑上来问了一句:"哎,他有女朋友没有?"

"谁?"

"缪哲啊。"

"有啊。"我打了个鸡蛋,回头问灿灿要不要。

就见她一副大失所望的表情,对我充耳不闻,自顾自地问:"你见过?"

"你也见过,就林嘉月。"还是又打了个鸡蛋。

"林嘉月?"灿灿夸张地反问,"你不是在逗我吧?他怎么会和林嘉月在一起?"

"怎么不会?"我关火,"拿碗拿碗。"

灿灿撇着嘴不情愿地拿出两个碗,委屈巴巴地说:"办公室里我最讨厌林嘉月,拽得要命,每次她让我复印材料都不按顺序放。"想想又补充,"而且她都不笑的,我都怕她。"

我把面端到餐桌上,忍不住呛声:"你净在这儿想些没用的,帮人跑腿还跑出心得来了,你就不能写写稿子干点正事,真想一暑假跑腿打杂啊?"

"怎么是没用的,我大学的时候要是不谈恋爱,毕业之后就跟你一样天天相亲。"

姑奶奶一句话把我顶得目瞪口呆,愣是反应好半天才想到另一茬儿,心里隐隐觉得不对,就听她接着说:"他女朋友要是林嘉月,那搞不好我还有机会。"

灿灿的话让我分了神,想到两件事。第一件事她还不知道小缪告白过,感觉就像埋了个雷;第二件事毕竟小缪现在和林嘉月在一起,光明正大撬行这……

当然了,前提是小姑奶奶来真的,但我现在也分不清她是开玩笑还是确实对小缪动心思了。

问不出的话就这么全写在脸上。灿灿若无其事吃了几口,终于觉得不对,怔怔看我半晌,叫道:"哎哟,我的天,你还当真了啊,我又不是现在就去抢人家男朋友了。"

"你开玩笑呢……"我松了口气。

"也不是。"灿灿擦擦嘴,想了一会儿有点不好意思地胡乱摆摆手,"咳,你看着吧,他俩绝对有问题。"说完叩了叩桌子,一脸笃定,"我以我恋爱理论学家的身份担保,缪哲和林嘉月不正常。"

这名号一下还给我听愣了,反应过来忍不住笑道:"你才认识人家几天?"

"时间不在长短,我们聊过好几次了。你想想啊姐,如果他女朋友跟我同间办公室,他怎么可能不提呢?"灿灿来了兴致,举例也用上,"假如啊,假如你去学校找我姐夫,遇到了他的同事,你会一句不提我姐夫吗?你会……"

"行了行了。"单口相声一样讲得我头晕,我赶紧制止她,"我知道你意思了,甭分析了。"

放下筷子,我起身收拾碗往厨房走,身后灿灿跟了上来,没完没了:

"还有啊,你想过没有,林嘉月每天加班到那么晚,缪哲为什么一下班就在楼下等?"

我翻了个白眼,懒得跟她聊下去。谁说女生恋爱脑就傻,这个怎么像福尔摩斯一样精?

灿灿背着手在小小的厨房踱步,自言自语:"但是他如果不是来等林嘉月的,那他来等谁呢?"

这个问题在一周后,有人回答了。

就报社一楼大厅那保安大哥,他一脸看傻子的表情,说:"等你啊。"

刚好一周后,时间我记得非常清楚,因为是个台风天。媒体不间断在播报相关消息,今年的一号台风比往年早,来势汹汹。

刚好轮到我值夜班。

灿灿不敢一个人在家,硬是跟着我来报社,晚上两人挤在值班室的小床上。

无法入睡。窗户一直咣当作响,好像连同窗框要被吹走,外面被吹倒的电动车,被砸到的私家车,警报声响个不停。

她就有一搭没一搭地跟我聊天,期间又讲到小缪。

她说:"你知道吗,缪哲还玩乐队。"

我说:"知道。"

她把一边耳机塞进我耳朵里,说:"你听,这是他唱的歌。"

小缪的声音传来,很熟悉。想了想,我还是把已经到嘴边的"听过",改口成"挺好听的"。

仿佛夸的是她一样,灿灿有点得意道:"好听吧?还有一首很感人的,据说他在音乐节唱过,我给你找。"

看她认真"安利"的样子,我的心又沉了几分。灿灿八成真喜欢上小缪了——大两岁同专业玩乐队长相不赖的男孩子,我早该想到这种可能性。

"别找了,我睡觉了。"我把耳机还给她,背过身装睡。

大概凌晨的时候,身边传来有节奏的呼吸声,灿灿睡着了。又过了一会儿雨开始下,在风雨交加中勉强眯了一会儿,直到第二天早上同事来接班。

怎么回家是个问题。我是个特别喜欢出门叫车的人,曾经算过一笔账,买车的钱够我天天打车打八年,这还没算养车花销。但是遇到特殊情况,就确实不方便了。

就像这种台风天,叫车二十分钟都没人接单,最后决定到楼下碰碰运气,兴许能拦到车。

我和灿灿走到报社门口,外面完全是雨水横飞,还没踏出去风就已经往脸上招呼。伞在这种天气已经毫无用处,正迟疑着,保安大哥过来了。

"陈记者,你男朋友来了,他说去把车开到门口,你们等一下吧。"

我来不及细想,登时激动地以为顾轶回来了,旁边灿灿抢先兴奋地开口:"我姐夫来了?"

保安大哥嘿嘿一笑,随口揶揄:"都姐夫了,那你姐夫可够年轻的。"

灿灿被说愣了,还是回嘴:"是很帅的……"

这对话透着驴唇不对马嘴的诡异,再一想保安哪里认识顾轶,我忍不住纳闷:"您说的谁啊,搞错了吧?"

"就经常在这儿等你的那个。"

我和灿灿不约而同地抓住"等"这个关键字眼,反应过来他指的是小缪。

"认错人了啊。"

保安大哥皱眉半天,懒洋洋地摆手说:"反正他去开车了。"

怎么今天小缪会在?林嘉月没来值班啊。正想着,听灿灿脱口问了这样一个问题:"他到底在这儿等谁啊?您见过没?"

保安大哥一脸看傻子的表情,最后目光停在我脸上:"等你啊,我刚刚不就说了吗,以为是你男朋友呢。"

开什么玩笑,这么几个月了,要是等我我能不知道?

"不是等我,您没搞清楚。"我连忙否认,下意识地留意灿灿的表情,"我也经常在楼下碰见他等人,打个招呼我就走了。"

"反正你一走他也走了,我没见着等别人。"

保安大哥扔下这句话，自顾自往大厅里踱步，留下我和灿灿呆立原地，还没反应是个什么情况，就听见喇叭声。

车开到门口，车窗被摇下，小缪微微探身，头发还湿着，说："上车……"话音没落，接着一声"阿嚏"。

雨刮器以最快的频率来来回回，看出去仍旧模糊一片。

我和灿灿坐在后座，她从刚才就陷入沉思状，一言不发。于是整个车里只能听到雨声和小缪偶尔打喷嚏的声音。

尴尬，没来由的一种负罪感，让自己没法面对小缪和灿灿这对组合，只好窝在车门边装死。

过了一会儿，小缪可能也觉得气氛不对，把广播打开了，正在播报路面消息，说到城区已经有好几处积水。

借着广播里的声音，灿灿身体前倾，伏在前座靠背上，递过去一张纸巾说："你今天又是来找林嘉月吗？她没值班。"

我从后视镜里瞟到小缪抬眼，半晌，浓浓鼻音"嗯"了一声，说："我记错了。"

灿灿转过头给了我一个心照不宣的眼神，犹豫一会儿，试探地说："刚才保安把你当成我姐夫了，说你经常来等我姐下班，逗不逗？"

我倒吸口凉气，不想再参与这种戏剧式的别扭对话，索性靠窗眯起眼装睡。

沉默了一会儿，小缪没有直接回答，转而淡淡地说："乐队在报社附近租了间排练室，就隔壁写字楼的地下室。每次练完正好是下班时间，就顺路去转转。"说完赶上红灯，车停下来。

余光里，他侧头笑道："你什么时候去玩吗？"

灿灿被一番话绕进去，蒙蒙地点头："好啊。"

有没有觉得小缪的智商对付她刚刚好？既指望着小缪把这件事混过去，又不禁为灿灿叹气。大鱼吃小鱼，喜欢和被喜欢从来就是条食物链，上哪儿说理去？

车驶入大道，速度提了上去。眼看快到家，灿灿突然壮士断腕似的，换了个直截了当的问法：

"哎,我还是没搞明白,你到报社究竟是等我姐,还是等林嘉月啊?"

小姑奶奶就算是条小鱼,也是超厉害的那条。

小缪半天没有说话,灿灿就伏在靠背等他回答。

我假意跷二郎腿的当口踢了下驾驶座,本意想让他好好说话,却没想到起了反作用。

他把车速放慢,拐进小区,说:"林嘉月是我哥们儿,她下班后常去排练室。灿灿你要是去玩,可以让林嘉月带你。"

原本的信息一下子全盘推翻,让灿灿呆住了,我也跟着发愣。

没等人接话,小缪自顾自地说:"我等陈燃。"

"我姐说林嘉月是你女朋友。"灿灿说,却气呼呼地斜眼看我。

"不这么说我待不住,回头又要教育我删我电话断绝联系……"小缪话说到这里,索性把车停下来,回头问我,"但我是不是一早跟你说过林嘉月是我哥们儿,你偏不信。我跟别人说她是我女朋友你就信了?"

他补充道:"你还是个记者,喜欢信别人的二手消息。"

信息点太多,怼得我一时组织不上来语言。就听到小缪和灿灿同时开口,两个人说出群口的效果,一下子搞得我大脑快宕机。

他俩各说各话,偏偏哪个也听不清楚,只能感觉都有点激动。

最后还是小缪软下声音来了句:"灿灿,这是我和你姐的事。"

灿灿委屈巴巴,当下撇起嘴就酝酿出眼泪,下一秒"砰"地开门下了车,走进雨里。

小缪也蒙了,不知道自己说错了什么话,看我要跟出去,才手忙脚乱熄火,边解安全带边问:"她怎么了?"

"你可真行。"我急急下车,也顾不得台风天跟着追过去,听见小缪在后面喊我,回头吼了声,"你回家吧!"

好在车的位置离单元门已经不远,我几步赶进去,看到电梯正在上行,最后停在了我家的楼层。

松了口气,灿灿上楼了。

出了电梯门,果然看见她落汤鸡一样站在门口,地上积出一小摊水。

也不知道是冻的还是生气，灿灿咬牙切齿地说："我没钥匙。"

小缪、灿灿，有一个算一个，都是让我头疼的祖宗。

她一进门鞋都不脱，踩着水印子就往自己房间走。我在屁股后面跟着擦到她房间门口，才发现这姑奶奶正在收拾行李。

"你干什么啊？离家出走啊？"抹布一摔，我脾气也上来了。

"那不然呢？我还跟自己情敌住一起啊？"灿灿转头呛我，呛完就哭，边哭边往箱子里丢衣服。

你们不知道，灿灿从小就会哭，是个远近闻名的哭包。做了错事巴掌还没落在身上就哭，跟小朋友吵架话不超过三句就哭，而且哭起来油盐不进，哭完又没事人一样明明白白了。

我拿她没辙，气得回道："没出息！"

"我就是没出息，从小我就没出息，全家就你有出息，连谈恋爱都有备胎！"灿灿把箱子一合，从床上胡乱拎下来，"咣当"一声重重落在地上。

我气不打一处来，又怕她真要出去，赶紧上去拦着。这节骨眼上电话响了，掏出来一看是顾轶。

我一手按着她的行李箱，一手草草接起电话，刚交代一句"等会儿打回去"，手机就被灿灿抢走了。

她连哭带喘地说："姐夫你还不回来，你再不回来我姐夫就不一定是谁了，到时候……"

我把电话抢了回去："胡说八道什么！"

小姑奶奶泪眼婆娑，好像被我凶到一样，推上箱子就走。我没抓住她，又要顾着电话那头。

"陈燃？"顾轶很傻眼，隔着电话只能茫然地喊我。

"我等会儿给你打回去啊。"我边说边找钥匙，明明刚进屋就知不知道随手放哪儿了。

"怎么回事？"他语气有点急了。

"你听她瞎说。灿灿闹脾气，我现在要去追她，挂了挂了。"我找到钥匙，原来就在门边。

"陈燃……"

我挂断电话,穿上鞋跑出去,看到电梯已经停在一层,灿灿早不见人影了。

等电梯的工夫,回家从窗户往楼下看了一眼,正好小缪的车驶离视线,心想没准灿灿在车上。

翻手机通讯录正想打电话,才意识到自己把他删了,只得通过林嘉月问到小缪的电话,得到否定的回答。

就这么一会儿工夫,人跑哪儿去了?

外面还风雨大作,白天像傍晚一样黑。她饭也没吃,拎着个大号行李箱,没有伞,还人生地不熟的……

我骤然紧张起来,冒雨奔到小区门口。保安说外头这天气,谁还盯着,人都在房间里没注意出入情况。

老旧小区到处没有监控,我只能硬着头皮找。想让物业帮帮忙,但人家只为难地笑,说要不报警吧。

我又烦又急,这时候看小缪的车又开回来了。

"怎么淋成这样了?"他一脸震惊,"上来我带你找。"

开车在小区里兜了几圈,都没看见人。小缪欲言又止,还是小心翼翼地问:"她刚才怎么了?为什么离家出走?"

"大概生我的气。"

"你怎么了?"

还不是你惹出来的事?我懒得回。

绕了几圈都没找到人,小缪又开出小区,在附近转悠。时间一分一秒过去,徒劳无功。

"先把你送回去吧,我自己找。"小缪瞥我一眼,"我感觉你快感冒了。"

小缪一说回去,我突然想到姑奶奶没准就没出单元门,她曾经干过这种事,初中的时候离家出走,其实在顶楼天台坐一天。

"回去回去,灿灿可能就在家门口。"

还真被我猜着了,这个人离家出走没点长进,还在玩初中的花样。

我和小缪顺着楼梯间往上爬,才三楼就看见她了。

行李箱倒着,她盘腿坐上面,头发都快干了,脸上的眼泪还没干。

真能哭。

灿灿一看到我,立马受了天大委屈一样,眼泪又要往外冒:"我在这儿坐一个多小时了,你也不来找我……"

看来坐这儿一个多小时,她已经自愈了,事情想明白了,不再恶语相向。

"起来,没出息。"我去拉她。

灿灿皱着眉,边起身边嘟囔"我饿死了,我腿都麻了",这才看见小缪在后面,眼泪立马给憋了回去。

两个人隔空对视,怪尴尬的。

还有更尴尬的。

我去提箱子的空当,听到灿灿说:"我搞明白了,你跟我姐没戏,林嘉月也不是你女朋友。你看看……我要是倒追你的话成功率大概有多少?"

小缪呆在原地。

"给个痛快话吗?"灿灿问。

灿灿比我小九岁。

她上幼儿园的时候,我是个初中生。

那时候还没离开家,常常帮我舅舅接孩子。我清楚地记得有一回,接她放学的时候,看见她把一个小男孩拉到滑梯边上,奶声奶气地问人家:"你以后到底娶不娶我?"

小男孩慌慌张张地哼唧:"我妈呢,我妈呢……"

没得到答案,灿灿"哇"一声哭了。

一个年轻女老师闻声过去,以为灿灿被欺负了,把她揽在怀里安慰,让男孩子道歉。明明人家惊吓加委屈,脸都快皱了。

我在旁边全看到了,硬着头皮过去把她领走。老师很不好意思,我也是。

当时在想,灿灿长大以后绝对是谈恋爱的一把好手。

谁摊上谁倒霉那种。

喏,现在倒霉的人出现了。

我边煮泡面边想灿灿小时候的事,听见开门声,走出厨房,看见灿灿回来了,沉着张脸。

刚才我先上了楼,给两个人留点空间。现在看这表情,小缪的回答大概……和小男孩一样没让灿灿满意。

"你不是饿了吗?来吃口面。"

她看我一眼,回了自己房间:"不吃。"顺带关上了门。

我把面盛出来放在了桌上,喊了声:"放餐桌上了啊,饿了就出来吃,一会儿凉了。"

没有回应。

姑奶奶,碰上她我就变成老妈子。也就不再管,自己回了房间,还记得欠顾轶一通电话,也不知道他听完灿灿的胡说八道作何感想。

"就是这么回事。"坐在床上握着手机,我把灿灿离家出走的经过大致讲了一遍,有意忽略了一些内容。

比如小缪常在报社等我,顾轶是没必要知道的。

那边沉吟许久,问:"你的实习生怎么还在?"

"这不是重点。"

"灿灿说姐夫不一定是我,意思是有可能是他?"

"那纯粹是胡说八道,口不择言。"

"陈记者别又在糊弄我,"顾轶苦笑了声,"我请了一周假。"

"什么时候?"我瞬间坐直脊背。以前没发现,顾轶这人是自行车爬坡——推一步走一步,要不让灿灿刺激一下,还不回来。

"我明早的航班,中午到。"

还没乐过三秒,我瞟了眼窗外又忧心起来:"这台风还没过去,要不要推迟啊?"

"航班没取消,应该没大碍。"

"我还是觉得不太安全,你改期吧。"

顾轶不再跟我纠结这个话题,开始讲一些他的日常,包括工作上的事,即便不太懂,他还是会讲给我听。

我躺下把电话放在耳边,有一搭没一搭地闲聊。

我说:"你怎么看灿灿说要追小缪?"

必须承认自己的八卦心态,但是八卦两个小孩儿让我有点不好意思,只能跟顾轶说说。

他没好气地说:"这里边没你事儿吗?还在看戏呢?心态倒挺好。"

我哈哈一笑:"有我什么事儿?你不了解灿灿,拭目以待吧。"

顾轶半信半疑,最后表态道:"作为姐夫,我支持她。"

电话打了将近一个小时,出房间看见桌上碗空了,我挺欣慰地收到厨房,发现锅里也见底了。

能吃,看来还不算太伤心。

晚上,快要睡着的时候感觉门被轻轻推开,不一会儿灿灿蹑手蹑脚地爬上来,挤在我旁边。

半晌,她轻轻地问:"姐,缪哲为什么喜欢你?"

我半睁着眼,说了另外一件事:"你知不知道我实习的时候,暗恋过带我的记者?"

灿灿侧过身:"谁?"

"就是一个非常普通的人,像我现在的同事一样。但他带我实习的时候,采访很专业,报道很犀利,说话铿锵有力的,又成熟……你懂吗?我那时候觉得他很酷。"

"就像我觉得你报道师大的新闻很酷一样?"

"嗯。"我点点头,接着说,"等我自己也成为记者之后,他的光环就没了。这才发现所谓的暗恋有崇拜的成分,有职业的加成……为别人说话本身是件很酷的事情。"

灿灿似懂非懂:"你是说缪哲喜欢你,其实是因为崇拜记者。"

咳……这孩子一根筋呢……

"我是说,在这样的关系里容易产生带崇拜成分的感情,就像学生喜欢老师。"

话说到这里,我偏过头顺口叮嘱几句:"灿灿,如果你以后喜欢一个比自己大很多的人,一定要试想下,万一他不在这个身份里,你还会喜欢吗?"

"缪哲就比我大。"她说。

"两岁不算。"

灿灿停顿一会儿,好像在思考我说的话,又问:"那你为什么不喜欢缪哲,选了我姐夫?"

他为什么喜欢你,你为什么不喜欢他。啊,我觉得自己在陪灿灿过家家,想了想,还是轻轻回答她:

"因为我也喜欢老师啊。"

灿灿没了声音。

我以为她睡着了,转过头看过去她眼睛还亮亮的,像个虔诚的小天使。

"他刚才回答,我追他的成功率,跟他追上你的成功率一样。"她又叹口气补充,"但我现在知道了,他追上你的成功率是0,所以我也一样。"

呃,小缪的这个回复……确实是他的风格。

"然后呢?你又哭了?"

"我没哭,我说回家问一下他的成功率有多少。"

灿灿说到这里,突然一阵恼,撑起胳膊皱眉道:"陈燃,你现在是我的情敌。但我的情敌完全没当回事,想斗都使不上劲,唉……"

她又重重地躺回去。

我哑然失笑,轻轻地拍灿灿:"他这话本身就是伪命题,他要是成功了,那你还有机会吗?他的成功率是0,你才有成功率,傻瓜。"

"睡吧。"我帮她盖好被子。

我之前说灿灿比我小九岁,但舅舅只比我妈小一岁。

所以那个词怎么说来着,老来得子。哥哥姐姐都比她大很多,灿灿

一路长大在争宠方面没有对手,真正是全家捧在手心里。

也导致她性格里天然自信洒脱、直率勇敢,有点莽撞但从不带后悔的。

我们都爱她。

第二天台风过了境,风是小了,雨势依旧。

我早早去了机场,看着告示牌一片"Delay",在接人队伍里暗自着急。

从十二点等到下午四点,把机场逛了个遍。书店服装店、咖啡馆快餐店,巡视一样进进出出。

其实心一直紧着,每经过一个告示牌,都要驻足看半天。

终于,终于等到上面的字变成"到达"。

我飞奔回接人的队伍,挤着往里面张望,也就几分钟,看到顾轶一晃而过去取行李。

等等,旁边还有一个女的。

我当场就要飙出声,被旁边的人瞥了一眼。

这个叶老师是怎么回事,人家请假她也请假?我都快忘了这个人了,又蹦出来给老娘找不痛快。

因为航班大面积延误,接机口已经聚了很多人,我挤在其中实在毫不起眼。

于是,等了四个多小时,没能等来一个浪漫相拥的重逢画面——顾轶和叶老师从面前掠过,压根儿没看见我。

急急喊了一声他的名字,被淹没在嘈杂中。我有点恼,索性就咽回去,转身艰难地挤出人群,远远跟着这两个人。

老娘倒要看看你们怎么回家。

反正接人变成跟踪了,就也很上火。心想着这短短一路,如果顾轶打个电话过来,我就顺势装作来晚了,结果他全程没拿起手机,步履匆匆,时不时跟叶老师讲几句话。

眼见两人要走到门口。透过自动门的玻璃望出去,外面是出租车停靠点,等车的人排起长龙。

跟还是不跟?我骑虎难下。

说实在的，两个同事下飞机，合伙搭个车这是不是很正常？排队打车的人那么多，共乘一辆是最高效的方式对不对？以一个数学老师和一个经济老师的脑回路，我还能指望他们分开走？

碰上顾轶就容易智商下线，好好的接人、好好的惊喜，最后人家一起打车回去，我搞了个机场一日游，有劲没劲啊陈燃！

我丧着张脸在后面踟蹰，突然发现顾轶在门口停下了。他跟叶老师说了几句话，像是道别，然后自己又折返，往机场里面走去。

掉了东西？着急买东西？去洗手间？

我远远看见叶老师出了门，转头跟上顾轶。

他步伐放缓，我保持一点距离跟着，最后走到角落一个没人的通道。

没有掩护，再跟着就很容易被发现了。脚下略迟疑，我探头探脑往里面看，这时候顾轶回头了。

他不光回头了，还很自然地走两步拉过我，脸上的笑意藏不住："干吗停住了，过来啊。"

呆若木鸡。

没等我开口，顾轶把我轻推到墙边，揽过后脑勺吻下来。直到保洁阿姨推着车经过，才松开。

"你看见我了，什么时候发现的？"我喘了几口气，终于问出来了。

顾轶笑得嘴角扳不回去，说："玻璃门反光。"

回家路上我问清楚了。趁他这次回来，学校想搞一个中间成果汇报会，所以叶老师就也同时请假了。理由是挺官方的，但不妨碍我多想。

顾轶觉得我偷偷跟着他们这事挺可乐的，揶揄我果然是调查记者出身，喜欢暗中取材。

"那要是没发现我，你们就一起打的回家了呗？"我回怼，这么一想还是不爽。

顾轶想了想："不会，不在一个方向，绕路浪费时间。"

"你还赶时间。"

"嗯。"他点头，"着急想见你。"

回家也……看得出是挺着急的，我赶紧打住："慢慢慢，家里有人。"

灿灿"嗷"一嗓子,然后吧嗒吧嗒的拖鞋声传来:"没人!我这就出去!"

"去哪儿?"我跟上去,看她已经在门口穿鞋,笑嘻嘻地跟顾轶打了个招呼。

"去缪哲的排练室。"

"你知道在哪儿吗?外面还这么大的雨,这么晚了。"老妈子上线,我实在不放心。

"不知道,缪哲没回我,"灿灿恨恨道,"林嘉月也不告诉我。所以我准备直接去报社找她,我问了,她今天值班。"

这叫什么事啊,敢情两眼一抹黑就要出发。我想拉住她,还是被她溜了出去。

我开门,见姑奶奶还在等电梯,问:"要不要我送你啊?"

"不用,你忙你的。"她带上暧昧的笑容,乐颠颠地进了电梯,"这点小事难不住我。"

如果剧情能回放,我一定给灿灿机会重新说一遍这个话,难不住吗?啊?

吃完晚饭,顾轶突发奇想要教我下象棋,规则实在太复杂,每一步都要犹豫好久,连输几盘,逐渐耍赖。

八点多,眼见又一局要输了,我正撑着脑袋叹气,接到灿灿的电话。

她明显紧张,还故作轻松说:"姐,能不能来接我一下,被锁在一个房间里了。"停顿一会儿,她补充,"有点黑,我有点害怕。"

我听到这句话登时吓出一身冷汗,和顾轶紧赶慢赶往报社去,路上才搞清楚状况。

这位姑奶奶,到了报社问林嘉月排练室的地址,没得到答复。

因为上回听小缪说了个大概——隔壁写字楼的地下室,于是她一拍脑门决定自己去找,按说范围缩小到这种程度,找一间排练室应该不难。

偏偏写字楼地下室弯弯绕绕房间很多,大多还在装修,也就敞着门。她误进了间正装修的工作室,在里面绕一圈发觉不对,想出来的时候门已经被锁了。

大概是正巧装修师傅回家,没发现进去了人,顺手锁了门。

事情转述给顾轶,他一脸哭笑不得,犹豫再三还是说:"你给小缪打电话,应该离得不远,让他先找到灿灿的位置。"

有道理。

小缪接到我电话很诧异,听完这件事更蒙。他人就在排练室,立马答应去找。

挂断之前,我还是问了句:"灿灿说问了你地址,你是没看见还是故意不回?"

电话那边的人倒吸口气,迟疑已经给出答案。

小祖宗也真行,之前笑着邀请灿灿去玩的是他,这会儿不告诉地址的还是他。碰上别人告白蹿得比兔子都快,居然还敢说我心狠。

再想想林嘉月,她不给灿灿地址我非常理解。顶着哥们儿的头衔,明眼人都看得出的喜欢,也不知道小缪是真傻还是装傻,还是两个人都怕失去友情小心翼翼维持平衡。

大概过了五分钟,思路被电话打断,小缪回过来说人已经找到了,就在隔壁,那个工作室的老板恰好认识,已经联系上人家来送钥匙了。

这才松了口气。

顾轶还在停车,我先赶了过去。

到的时候,小缪正蹲在门口,有一搭没一搭地陪灿灿说话。他看见我,表情有点复杂,就像被抓包的学生,一下子起身说:"她说有点害怕……你陪她聊吧。"

我敲了敲门,轻声叫她。

灿灿委屈巴巴地回应,听起来紧靠门边。

我心里一紧,赶紧宽慰两句,然后,手机就收到条微信,姑奶奶发的,她说:"你别陪我聊……缪哲呢?"

"你在这儿陪她待一会儿,我去买点吃的。"我边说边转身,做忧虑状,"关在里面好久了,出来肯定饿了。"

"哎哎哎——"小缪伸手拽我袖子,然后又收回去不自然地捋了一下后颈,"你在这儿,我去买。"

"和顾轶一起,你去吗?"

眼看着他眉头拧起来,一下陷入进退两难里。半响他才张口:"他回来了?"

"在停车呢。"

小缪不说话了。

我正要继续往外走,听见背后窸窣的脚步声,几个男生从里面的房间出来,背着吉他,看起来是一起排练的乐队成员。

"先回去了啊,好好忙。"语调里带着调侃,几个人拍了拍小缪的肩,被他臭着张脸甩掉。

侧身让他们先过,注意到几个眼神的交换,男生的八卦果真都在肢体和表情里。

"我也回去了,陈燃,"可能是被朋友一番打趣,让他有点下不来台,小缪加重语气重复了一遍,"我要回去了。"

我转头,感觉这个人全身散发着"我很烦"的气场,从眉头到下颌,从语气停顿到手势站姿,连呼吸都带着纠结。

一时有点拿不准,相持了几秒钟。

"咚咚咚!"旁边响起轻轻的、小心翼翼的敲门声。

我和小缪同时看向那扇门。

不一会儿,里面传来灿灿的声音:"嘿……别走啊……"

糯糯的,不大不小正好充满这个空间。

姑奶奶不吱声差点忘了她的存在,这一开口,我刚才拿不准的好像都稳了。

"随你吧,我去买吃的了。"扔下句话,我转身上了楼。

不信小缪能走得了。

到楼梯口正赶上顾轶要下来,被我一把拉住。

"怎么,人不在下面?"他问。

我揽着他胳膊往楼上带:"在,小缪在陪她,我们去买饭。"

顾轶懂了我的意思,无奈地笑道:"你是随口找的说辞,还是真的要去买?"说着低头看了眼表,"这个点了,还有店开门吗?"

"我知道附近有家店,带你去。"

我说的店,在报社后面的小巷子里,开了好多年,专卖各种本地点心。以前跑新闻时间不固定,常常没法按时吃饭,习惯备着充饥。

雨势很大,路上几乎没人。

其实特别不喜欢在雨天出门,不知道为什么,会有种黏黏糊糊拎不清,整个世界充满噪点的感觉。

哦,就像电视里的雪花屏。

但是现在挽着顾轶,撑着伞,感觉雨也没那么讨厌了,我跟他闲聊几句,话题又回到小缪和灿灿身上。

"你说这会儿小缪会走吗?"我问。

"不知道。"他语气淡淡的。

觉察出这一点点冷漠,我抬头去看顾轶。

他倒没藏着掖着,伸手轻拍了拍我脑袋,说:"你能不能别老是想他们的事,你太上心了,没有发觉?"

被说得愣住,我脚步停住,顾轶撑着伞惯性往前,一下子雨漏了我半身。

他没料到这一出,抓着我走到路边便利店,自己进去买了包纸巾,就着门口窄窄的屋檐帮我擦脸上水渍。

"没事。"我一边接过纸,敷在发梢吸收水分,一边问,"你什么意思啊?"

顾轶垂眼看我,叹口气说:"你不能因为工作不顺,就把生活重心放在别人的事情上。"

"哦……你说我闲的?"突然上来一股无名火,觉得自己像电视剧里被嫌弃的家庭妇女,"我以前工作也是半吊子,就没顺过,你第一天认识我?"

他没说话。我一时都有点恍惚站在面前的是林文昊,人家才两个月就发现我不思进取了,这位教授用了一年到今天才认清?

越想越来气,可能因为心里隐隐认同,更加生气。两个人在屋檐沉

默了一会儿,他居然又来了一句:"你也不能因为觉得愧疚,要去帮人家谈恋爱,这不是你的事。"

这叫什么话,说得好像我硬要给小缪配个对儿?

"我什么时候愧疚了,我怎么帮……你不也说支持灿灿吗?"

"那是因为我不想有人阴魂不散在你旁边,"顾轶脱口而出,"但你自己一头扎进去了。"

话怎么就聊到这儿了,我张了半天嘴,愣是没找到反驳的说辞,只能顾左右而言他:"我也不想有人阴魂不散在你旁边。"

对,就是叶老师。想到这里,我的火气又上去了,音量都跟着涨:"阴魂不散跟出国的人是谁啊?"

"你自己没意识到最近提小缪的频率,你对他们的事过度关心了。"他稳稳在自己的节奏里,丝毫没理我的打岔。

"顾轶!"我很恼火,再也不想听这个"常有理"讲话,"你回来就是为了跟我吵架的?"说完气呼呼地往回走。

他看起来也气得够呛,又只好在身后跟着撑伞,两个人都淋湿,回到写字楼全身往下滴水。

雨天依旧讨人厌!

就这样,什么都没买到,反而惹了不痛快。我脸色极其难看地下楼找灿灿,远远地听见琴声。

从排练室传出来的。

走到门口一看,是灿灿坐在键盘前。她小时候学过一段时间钢琴,没能坚持下去,会弹的曲子一只手就能数过来。

小缪瘫坐在旁边沙发上,一脸无奈地望着天花板,不时说:"这个音弹错了,这个也错的。"

果然没走。

片刻他才注意到我在门口,瞬间坐直身,想问什么看到我表情硬生生憋回去了,开始四下找毛巾。

"回不回家?"我吸吸鼻子,尽量平缓语气。

灿灿全情投入,还在弹跑调的旋律。她被我吓了一跳,转过头来,叫道:"你真去买吃的,没带伞啊?"

"嗯,走吧。"我没力气解释,转身就先撤了。

回去的车上,全程沉默,灿灿很识相不敢出声。

到了楼下,顾轶刚熄火要开门下车,被我推了回去。

"我觉得你说得挺有道理,"我隔着车窗跟他说,"要不你今晚回自己家吧。"

我曾经觉得跟顾轶永远也不会吵起来,因为他是个理性的人,凡事讲道理。正巧,我自认为是个听得进道理的人。

但是我俩的道理好像暂时出现了点分歧。

晚上想了很久,他说的两个问题结合起来看,可以勾勒出我目前的形象:无所事事,热衷于撮合别人谈恋爱的闲人马大姐。

一旦接受这个设定,我越想越觉得对……

自从换了工作,我是真的没有劲头,太颓了。要说新媒体的事情无聊,林嘉月不是也搞出个文本分析吗?

再加上灿灿来了,我就变成老妈子,以前哪会有闲心管小孩儿谈恋爱的破事?

陈燃啊陈燃,人家在进步,进步的路上还有人同行。

你呢,你在干吗?

第二天,我起了个大早,下决心好好上班,没等灿灿这个懒蛋,先行出了门。

结果等来电梯,顾轶的脸映入眼帘。

"这么早出门?"

"你干吗来了?"

顾轶提了提手里的袋子:"早餐,吃完再去上班。"

"谢谢您了,我现在就要去上班,工作要紧。"想想还是回头拿上早餐,一本正经地进了电梯。

第十六章 / 尾声
{HeNiBuJinShiXiHuan}

李姐一到单位就被我盯上了，磨了十来分钟，她最后叹口气说："檀大今天好像有个会，这么想跑新闻，你去一趟吧。"

我乐颠颠地去了，轻车熟路摸到多功能厅，结果在签到处卡住，没找到我的名字。这才反应过来，哪有任务？她大概只当给我放风半天。

我很尴尬地拿着笔不知道往哪儿签。

工作人员是个学生干部，看了好几遍名单说："老师，名单里日报社有一位记者，但不是您的名字，要不我帮您问问？"

"日报社是哪位？"

"叫……"她指尖移在名单上，"林文昊。"

一个摄影记者，自己跑会议来了。想到这里，我才问了一句："今天是什么会啊？"

没等女生回答，后面传来一句："你家顾教授的会，你不知道？"

循声回头，林文昊背着个相机过来了。

"不知道，什么会？"我懒散地应声，真烦他这种反问句。

这人弯腰签了个字，抬起头说："一个中间成果汇报会。"

想起来确实听顾轶说过，这么一个汇报还要请媒体吗？我揶揄道："你们真是没事干了，这种小新闻也跟，浪费受众注意力。"

"在我们教育圈就是大新闻。"他习惯性回怼我,但仅维持了三秒就破功了,苦笑,"最近檀大消息太少,赶上今会议蔡姐肯定要做大,面子得给啊,只好派我这个拍照的来了。"接着说了一些文教版的事。

老头儿下个月就退休了,真快。我跟他边聊边进了多功能厅,远远看见台上一条长桌,正中间就坐了顾轶和叶老师两个人。

请问谁布置的会场,明星公开恋情的新闻发布会啊?

"这女的谁啊?"林文昊随口一问,坐下来开始摆弄他的相机。

"就一个老师。"我也跟着坐下,抱胸靠着椅背,冷冷地看他们在台上交头接耳。

"哦。"他抬眼又瞄了一下,把镜头对上焦,"挺好看。"

"你眼瞎了啊?"

林文昊一愣,转脸看我,沉默半天才笑出声:"陈燃你还会吃醋,不是没心没肺的人了?"

我没搭话,看见他相机显示屏上的照片,一本正经道:"你照片拍成这样,人家都不知道是学术交流还是八卦新闻。"

"会场就是这样,我如实呈现。"他嘿嘿一乐,把照片放大,自言自语,"确实像八卦新闻啊⋯⋯"

会议开始,顾轶挪步到屏幕前做介绍,我拿过林文昊的相机拍了几张,轻声交代他:"到时候报道用我拍的。"

"假公济私啊你!"他压低嗓子,"而且你拍照技术这么差,别砸我招牌。"

"我帮你写稿。"我拍拍他肩膀,"就你一个人来了,稿子不也得写吗?你文笔那么差,不用感谢我。"

林文昊翻个白眼,想了一会儿说:"那你稿子下午就得给我。"

"好。"我作势起身,"现在就去找蔡姐要通稿。"

从后门溜出去,我直奔宣传处,好久没来了还真有点陌生,一进门发现办公室布局都变了。

但蔡姐依旧在喝茶,看见我很惊讶,笑着招呼:"陈燃,你都多久

没来了？"

"是啊，这不换部门了？"我一副腼腆状，感慨，"有小半年了。"

说明来意，她照例把通稿发给我，就着汇报会的话题跟我闲聊："他们这次回来能待多久？"

"顾轶请了一周的假，叶老师我不清楚。"

"叶老师……"蔡姐不自然地笑了一下，"她这一走，自己的课没人上，带的学生也不管了，经济系现在还在到处借人手呢。"

"呵！"我不自觉地发出嘲讽，意识到赶紧搂回来，"可能机会难得吧，年轻老师是想出去闯闯的。"

蔡姐笑而不语，她这表情我以前可见多了，每每聊到别人的八卦都如此，潜台词是：我已经忍不住要爆料了，快来问我。

我顺势递给她一个疑惑的眼神，说吧您。

"小陈啊，"她还一副不知当讲不当讲的样子，"你不知道吧？我也是听说哈，叶老师跟小顾相过亲的啊，就在你之前。"

"啊？"

"可不是我介绍的啊。"她不好意思地笑笑，"听说是数学系主任搭的线，小顾来学校可能也就正经见过这一个，当时好多人以为能成呢。"

难怪叶老师阴魂不散，原来故事开始得这么早。

"不然知道你俩在一起的时候，我怎么那么惊讶，你记得吧。"她观察我脸色越来越难看，又开始找补，"领导介绍嘛不好拒绝，但小顾自己有主意，硬给搅黄了不是？"

不知道说什么，我只好跟着打哈哈，故作大度："哈哈，原来还有这么回事，我还真不知道。"

"是，都是以前的事了。"她又给我续茶。

说得轻巧，以前的事，但延续到现在啊。我脑袋上搞不好是要长草啊大姐。

主任搭线相亲，所有人看好，见面完没几天相亲对象跑了，确实没面子。但这么打着做课题的名号赖着不走，就没劲了吧？

我没心情喝茶，借口写稿匆匆离开了宣传处，刚一出来就接到顾轶的电话。

"你人呢？刚才看到你在会场了。"电话里传来嘈杂的背景声，看样子那边刚结束。

"我回报社了。"我边说边往校门口走。

"你说工作要紧，就是指这个会？"他笑意流露，"早知道我送你。"

这一番巧合倒像是我示好了，心里更窝火，话就冲到嘴边："你还跟叶老师相过亲，不解释解释吗？"

电话那头的人停顿几秒，说："好像是。"

什么态度？我火大停在半路："什么叫好像是？"

"记不清了，太多。"他声音稳稳的，"你记得我当初请你帮忙吧，咖啡馆。"

对，什么回国后太多同事长辈介绍，占用时间精力的说辞……

"你少打岔。"我索性也不走了，找了棵树就着阴凉，专心讨伐，"蔡姐说你就见过这一个，就一个还记不清？"

"哦……"顾轶如梦初醒，"见过那个是她啊？"

我一口气上不来差点把自己憋死——精明人装傻充愣，最是不要脸。

"你把我当傻子啊，顾轶？"

"没有没有。"他一本正经地解释，"就这一个推托不掉，在主任办公室见了个面，几分钟的事。"过会儿又自顾自补充，"原来是叶老师。"

我听得无言以对，也开始犯迷糊，这人是真不记得还是装呢，要是装傻该怎么揭穿他……

智商严重不足，我愤愤难平，一脚把树边的石子踢飞，就听电话那头的人笑说："别踢了，脚不疼吗？"

我抬头，顾轶握着电话从不远处走过来。

"不是说回报社了吗？"他笑道。

"正要回去。"

"吃饭了没？"他明知故问，走到跟前，"先吃饭去。"

"不吃。"我还在"智不如人"的气头上。

"要不射箭去，好久没去了。"

我有点心动，皱眉思考了一下，还是回答："不去，我要赶稿。"

"要不把箭靶换成我的照片。"

"什么？"我没想到他来了这么个不稳重的提议……是不是偷看什么偶像剧了？

顾轶笑了，树荫漏了点光在他脸上，斑斑驳驳有种不真实的电影感。

他说："能解气吗？我让孙一舟打印。"

我一边觉得好笑，一边有种被看扁的感觉，努力板着脸说："顾轶，你不要用这种哄小学生的方式……"

"走吧小学生，"他顺势拉过我，"去解解气。"

射箭馆真是好久没来了。今日一见，孙老板又恢复了他中年大叔的打扮，整个人无精打采，颓到不行。

聊起来才知道原来分手了，还是因为事业发展的分歧，张咪想让他搬过去一起经营餐厅，但孙老板放不下自己的射箭馆。

我好歹也算媒人，实在是不称职。看他惨兮兮的样子，我心里也不无感慨，安慰了半天，顾轶就撑着下巴坐在旁边看我开导。

半小时过去，店里来了客人。

孙老板抽身去招呼，我瞥了顾轶一眼："你是不是早知道了，用人家的事想给我上一课啊？"

别怪我过度揣测，是这个人实在太精，跟他斗智斗勇真觉得费脑。

"你想多了。"他苦笑。

"那我们聊聊，叶老师的事你打算怎么办呢？"

话一出口，我后悔了，特别怕他反问我一句"你想让我怎么办"。

因为我也不知道他应该怎么办。几乎是问出来的同时，体会到了顾轶的难处。

暂停课题？自己主导的课题；回国研究？会失去更好的环境。更不要说叶老师没有任何出格举动和表示，仅仅是赖在身边碍眼。

我现在是不是真的表现得像一个小学生，因为自己手里的玩具被别人盯上，在找玩具的麻烦？

这些都是电光石火间的想法，也就几秒钟，我摆摆手："算了，你不用回答，我先回报社了。"

"陈燃，"他拉住我胳膊，"这件事情再等我几天。"

又是什么缓兵之计？没明白他话里的意思，我只好说："我想了一下，这好像也不是你的问题。"

没等顾轶答话，孙老板招呼完客人回来了，坐下就自顾自唉声叹气："现在射箭馆生意其实也不大好了，没什么劲。"他喝口水，含含糊糊来了句，"你们说开饭店我能行吗……"

到头来，更放不下的，不还是人吗？

我忍不住回他："就非得放弃一个，你俩都够轴的，就不能换个店面开在一起？"

旁观者清——这算什么难事，至于分手吗？

"你们小区都多老了，附近全是老头儿老太太，射箭馆开在那儿能有生意吗？"一副小老板的精明样，看来他还真想过。

"你这生意就好了？就你店门口这条巷子，一般人敢进来吗，阴森森的。"我短暂地陷入回忆，下意识地看了顾轶一眼，"我第一次来的时候，还以为这是什么不良场所。"

孙老板气得翻了个白眼，半天说不出话来，看向顾轶求援。

"她说得对，"顾轶拍了拍这位老同学的肩膀，"快找你家老板娘去吧，我送陈燃回报社了。"

没再拒绝顾轶送我。

路上，顾轶抬举我嘴厉害，能说会道。

我说："厉害有什么用，一见你不就偃旗息鼓了吗？"

他抿了抿嘴，半晌开口："陈燃，昨天我说的有气话。"

"哪句？说我工作的还是说操心小缪的？"

"都有。"他声音低沉，"我怕离你太远，几个月不见，已经不熟悉你的生活了……所以才会说那些。"

我听着怔怔出神，不知道怎么就眼眶发酸，抓了抓自己头发故作轻

松:"我生活没变,只是想找点事情做……"随后就绷不住了,委屈涌上来变成哭腔,屏住口气才得以缓解,"记者丢了,你又走了,我也是突然不知道该干什么了。"

顾轶腾出一只手轻揉我的头发,他说:"你想做什么都可以。"

到了报社,我迟迟没有上楼,在外面绕了好几圈,做了两个决定:

一是不过多关注小缪和灿灿,他们已经是另一个故事了,确实不是我应该操心的。

二是在叶老师回去之前,要找她聊聊。小学生要用小学生的方法了,有人惦记自己的东西是要反击的,这才是我的事。

想清楚这两点,我整个人都轻松了,仿佛做完决定事情就解决了一样。

心情颇好地回到办公室准备写稿,结果一进门就察觉气氛不对。

邻桌的程真真一脸担心加八卦:"林嘉月和灿灿吵起来了,现在都在李姐办公室呢。"

"啊?"

两个人虽然互看不顺眼,但交集不多也算客客气气,在报社里能因为什么事吵起来?

"不知道啊。"程真真撇撇嘴,"我刚才在校稿,突然就听那边吵起来了,挺凶的。"

我好不纳闷,动作迟缓地放下包,坐在位置上。

"然后就被叫到办公室去了。哦,我听有人哭了,也不知道是她俩谁……"

"嗯……"

哭的肯定是灿灿,吵架惯用伎俩,哭包岂是浪得虚名?

我有点担心,佯装找人,在李姐办公室门口转悠了两圈,门开了。

灿灿先出来的,我迎上去发现这姑奶奶虽然闷闷不乐,但不像是哭过的样子。转头再去看林嘉月,眼圈红红的。

她紧抿着嘴,从我们身边快步走过去,回位置收拾东西就要出门。

"怎么回事？"我问灿灿。

"不知道……"她绞绞手指，闷声说，"我就是说她复印材料不按顺序了，她每次都这样，我都说好几次了。"

"就因为这事吵到领导办公室？还哭了？"我叹口气，把灿灿拉到隔壁会议室，带上门。

"忽悠你姐？"

"那不然是因为我上午去找缪哲了……"她拉出个椅子坐下，支支吾吾。

"你上午翘班了？"我感觉一阵头疼，不知道怎么跟我舅交代，这个暑期注定不会按照他的期望进行了。

"我没翘！"她瞥我一眼，又低下头，"我跟李姐说了的，身体不舒服……"

"灿灿，你爸送你过来是实习的。大学生了想谈恋爱可以，但主次要分清的。"我板起脸坐在她对面，"你再这样我把你送回家了啊。"

姑奶奶撇撇嘴，刚才没哭，这会儿又酝酿上了。

"别哭！"我轻喝了一声，还是抽张纸巾递给她，"然后呢？你去哪儿找小缪，怎么回来又跟林嘉月吵起来了。"

"我听乐队的人说他们今天在会展中心有活动，哎，我找了两个多小时才找到人，会展中心太大了……"灿灿皱眉道，对上我的眼神，又抿抿嘴接下去，"结果他不让我跟着，排练到一半也不管了，非要把我送回来，在报社门口撞见林嘉月了。"

"嗯……"

这就搞清楚了，林嘉月碰上这两人一起回报社。

"上来就因为复印的事情吵架了对吧？"

"她态度不好，我只是照常说了几句，她就生气了……后来就控制不住了。"灿灿烦闷地拍脑门，此刻像一个男人，"我也没吵过她啊，她哭什么啊，真是的。"

哭包原来也怕别人哭，多新鲜啊。

"你没吵过她，但是你执着冲动脸皮厚，你潇洒啊。"

"陈燃你是夸我吗?"灿灿皱眉。

"嗯。"郑重其事地点点头,我感慨,"她憋屈,哥们儿也不好当啊。"姑奶奶没作声,低头玩手。

"行了,不管你们这些破事了。"我起身开门,回头嘱咐,"好好实习,再惹事我肯定要送你回家的。"

灿灿不情不愿地"嗯"了一声,也跟着从会议室出来了。

从这之后,我几乎没见过小缪出现在报社。

灿灿常常下班往排练室跑,但不是每次都能逮到他。

偶尔碰见了,她那天回家就是眉飞色舞的。大多数时间白跑一趟,进门一脸平静。

还有时候回来唉声叹气,那一定是在排练室遇上林嘉月了。

这样的状态几乎持续到暑假结束。

我有时候挺佩服她,在一场没获得回应的喜欢里还能怡然自得。

对此,灿灿是这么回应的,她说首先能有一个喜欢的人很充实快乐,没考虑那么多。

其次,小缪和林嘉月更别扭,相比之下,她觉得自己希望还是挺大的。

最后,她说:"起码缪哲现在不来找你了啊,这就是成功的一大步。"

但我刚才说,她这种状态"几乎"持续到暑假结束。

几乎。

暑假结束前一天,灿灿把她说的这些都推翻了,在家里哭了一晚上,第二天未留只言片语,独自回学校了。

还是先讲回这几天。

顾轶说是回来休假的,其实没落着一天休息。基本上我前脚上班,他后脚就去了学校。

眼看着他们离回新加坡的时间越来越近,还没找到机会跟叶老师谈谈,我不禁开始着急。

终于在他们要启程的前一天,我拨通了叶老师的电话,约她在学校附近的咖啡馆见了面。

不要笑,见她之前我特地找了几个电视剧片段观摩学习,就是那种劝退小三宣示主权的对手戏。

总结一下:要美,要自信,要快准狠,要拿出气势。

我特地化了妆,搭配好衣服,容光满面出门,结果因为职业习惯提前半小时就到了咖啡馆。

按照电视剧上演的,晚到的人在气场上明显高出一截,大家要注意。

我边等边在想等会儿怎么说,惯性拿出笔来写写画画,就差列出一个采访提纲。抬起头,叶老师进来了。

她看起来没什么精神,甚至有点憔悴,可能在学校刚开完会。照样穿着素净,绾着头发,居然有种病态美。

感觉一对比,老娘马上就从正牌女主变成恶毒女配了。

"喝点什么?"我礼貌地问。

叶老师坐下摇摇头,无精打采地说:"聊几句我就回去了,等会儿还有个会。"

"行,那我就不绕圈子了。"battle 吧,来。

"等下。"她打住我,叹了口气,带着点不情愿的微笑,"陈记者,我先跟你说件事吧。"

"你说。"我意料之外,这是什么路子,反客为主?学经济的也不容小觑啊。

"顾教授不回新加坡了,下半年的研究由杜博士接替。"她看着我,"这几天他就在忙这些交接的事。"

我愣住了。

"陈记者你好幸运啊,不觉得吗?"叶老师露出一个复杂的笑容,更多是疲倦,"听完我说的,你想说的话是不是可以收回了。"

我半天张不开嘴,想起顾轶在射箭馆说"这件事再等我几天"。

和叶老师分开后,我晕晕乎乎地回到报社,满脑子糨糊。顾轶怎么做了这么个决定,当初他要走的时候劝都劝不住,为什么中途自己把计划打破了。

是不是我给他压力了?并没有想让他这样解决叶老师的事啊……

带着自责和疑问,我下班直奔家里想问问清楚,开门的工夫话已经到嘴边,结果看见顾轶正坐在沙发上,弯腰收拾行李。

我咽了回去。

他抬头看见我进来,自然地说:"今天回来得挺早,来帮下忙。"

"哦。"我放下钥匙,机械地走到边上,看了眼他的行李箱,半扇都是带回来的衣物,原封未动。

"你……干吗呢?"不是不走了吗?

顾轶直起身捶了捶腰,说:"收拾行李啊,我明天的航班,不记得了?"

我兀自张了张嘴,想问但怕被他知道私下见叶老师的事,化成一脸纠结。

难道叶昕仪这女的诓我呢?

"你……课题研究还顺利吗?"我坐到他旁边。

顾轶不明所以,点点头:"顺利啊。"

"明天要走了?"我下意识地瞟了眼展开的行李箱,好像抓住了些什么,"你带的东西都不换换吗?"

他稍微愣了一下,笑说:"换给谁看啊?"

大脑一片空白,我蒙了,说真的。

没一会儿,感觉自己脸被捧起来,他似笑非笑地看着我:"怎么呆呆的啊?不舍得我走?不舍得你说,我就不走了。"

然后,他在我额头亲了一下。

"不是……"我陷在矛盾里难辨真伪,只能感觉离别的难受又涌在最前面了,伸出胳膊环住他脖子。

"继续研究挺好的。"我小声说。

"那你明天能送我吗?请个假。"顾轶轻轻踢了踢脚边的行李箱,顺势把我放倒在沙发上。

"好啊……"

早上跟李姐请了假,没一会儿就听见闹钟响。

灿灿去上班，出门的时候还跟顾轶道了个别。

大概九点我们从家里出发。他把行李装进车后备厢，关上门那一刻，老娘觉得自己真的被叶老师忽悠了，一想等会儿在机场要见到她，就控制不住一股恶气直冲脑门。

就这样，都没注意到路线不是通往机场，直到半个多小时仍然堵在车流里，我才纳闷。

"你怎么不走机场高速啊，工作日这里堵车很严重的。"

"嗯。"注意到他忍不住弯弯嘴角，又压下去，"走错了。"

"你走这条路可能赶不上飞机的，"越来越可疑了，我凑近观察他的表情，"顾轶，这是去哪儿？"

"快到了。"他腾出一只手，拉开中控台下面的小抽屉。

户口本，两本。

我从诧异到笑出来，大约用了十秒钟，中间还混杂着各种情绪和各种问题。

"所以你不回新加坡了是不是？研究就这么断了不可惜吗？如果是因为我……"

"杜博士去了，一样的，研究不会断。"他打住我的话，"是因为你，所以没什么好可惜的。"

我没作声，手指下意识地摆弄户口本，翻着翻着才又想起来："哎，我户口本你哪儿来的？"

"你妈给我的。"他边开车边说。

"什么时候啊？"这回真惊了。

"嗯……"他沉吟，"就你生气不让我回家那天，开车过去取的。"

不让他回家那天，不就是去找灿灿那个晚上？

"你没回自己家啊？"我忍不住变了声音，"去我爸妈那儿了？又开夜车？"

顾轶伸手拍我脑袋："咳，还好吧，不算远，我回来还眯了一会儿。"

"天啊。"我仰在靠背上，手压住眼睛，特别怕矫情得哭出来，但是声音已经不受控哑了。

"顾轶啊,我有这么好吗……"我开始絮絮叨叨,"不务正业,不思进取,好吃懒做,该圆滑的时候轴,该正经的时候马大哈……"

他乐了,皱眉说:"这么好……确实不至于。"把车停下,"刚刚好吧。"

我在民政局门口看见灿灿,她蹦蹦跶跶过来说:"你们开车怎么比我坐公交车还慢啊?还好帮你们取了号。"

"你怎么回事?"胳膊肘往外拐的帮凶,我问,"你早知道了?"

"我姑让我来的,我今天可请假了啊。"灿灿嘴一撇。

敢情一家人合伙蒙我一个。

"姐夫,白衬衫呢?我看人家都穿白衬衫来的。"

"哦,在箱子里,"他很少有马虎的时候,此时一拍脑门,"我去取。"

这出戏行李箱居然也拥有姓名,顾轶你真的可以。

多亏了灿灿提前取号,我们没有等太久。

过程和想象中不太一样,领证在办事大厅,和办理其他业务没太大分别。

交材料,拍照,填表,签字。

直到工作人员盖完章,跟我们例行公事地说了声恭喜,才有了实感。我当场没控制住开始哭,灿灿在旁边嘻嘻哈哈地录像,说以后看一遍笑一遍。

事情来得突然,也没准备好庆祝,下午依旧和灿灿回了报社。

没多久,我领证的消息就传遍办公室,又过一会儿,文教版的同事组团上来恭喜我。

林文昊看起来比我还高兴,嫁女儿一样。回想那个采访完的午后,我在家边吃苹果,边听他揶揄我和采访对象谈恋爱。

就感觉一切都特别不真实。

"主编说恭喜你,让你下楼。"他说。

大佬就是不一样,我急忙起身:"对对对,我应该下去汇报。"

回到文教版,刚进门就看到老头儿在主编办公室门口招呼我,一如每次选题会结束:"陈燃,进来一下。"

他办公室乱得很,以前柜子上密密麻麻的报纸材料现在清理得差不多了。

这才反应过来,老头儿要退休了。

"恭喜你啊。"他坐下,喝了口茶,"哎,婚礼我是证婚人吧?要提前告诉我啊,好安排时间。"

"是是是。"差点忘了这茬儿。

老头儿笑起来,开始跟我交代婚礼前要准备什么。他儿子前几年结婚的时候,那叫一个手忙脚乱。

聊了挺久,我问:"您什么时候……"

没想好怎么说这个词,卡住了。

什么时候搬出办公室,回家,变成一个退休老干部。

他很快会意。

"就这两天。对了,"老头儿想起什么来,手一指,"那吉他你拿走啊,要不他们可给扔了。"

我顺着他目光,看到角落里小缪的吉他,落满了灰。

我提着小缪的吉他上楼,还没想好放哪儿,它已经有归宿了——灿灿迎上来,可能因为最近常去看乐队排练,离得老远就注意到。

"你怎么还捡了个吉他上来?这是谁的啊?"

"小缪的。"我想想又多解释一句,"他实习那会儿用的,一直放在报社没带走。"

"他的?"好像得到什么意外收获,灿灿笑嘻嘻地伸手要接,"正好我拿去还给他。"

"嗯……"我递给她,"他可能不要了,这吉他。"

"不要了?"灿灿拉开拉链,扒开往里面看,"坏的啊?"

"坏的……你收着吧。"

我往办公室里走,还没走几步听见身后灿灿的声音。

"哎,这上面还刻字了啊?"

回头,她拎着吉他走过来,指给我看:"你看这琴上是不是有字?"

仔细分辨，确实有字，而且是用笔写上去的。可能写了很多很多遍，终于留下凹凸的痕迹，还带一点点墨水的颜色。

"嗯，是有字。"

灿灿用手指轻抚几遍，看着我说："这不是'遗憾'吗？这两个字。"

我探过身，从她的角度看过去，是"遗憾"。

我从来没打开袋子看过这把吉他，不知道是什么时候留下的，回想过去，可能是寻人活动之后在报社见他那天。

后来，吉他被灿灿带回家了，放在她房间里。有时候能听见她拨几下琴弦，弹不出调来，又好好装回去。

临近开学，顾轶去学校的时间越来越多，我也努力在重复性的工作里寻找些许乐趣。

比如私下给各个版面稿件的错别字率做了一个排名，文教版竟然高居榜首，不是我说，老头儿临退休这段时间肯定疏于把关了。

再就是偶尔做做婚礼前的准备，订酒店、婚纱照、喜糖伴手礼等各种琐碎的事。常常看着看着就晕，要抓一篇稿过来提神醒脑。

大概是暑期结束的前几天吧，一个周五，下班刚出报社大门，碰见小缪了。

五点多，太阳余晖是暖黄色，他松松垮垮地穿着件T恤，特别像跟着我实习时的样子。

说是来恭喜我。

我俩绕着报社走了几圈，聊了聊专业，得知他上学期成绩居然还不错。

然后不知道怎么就说起来写小说的话题。

哦，是这样，他突然问我："小说里为什么有男一号男二号，而女主角都要和男一号在一起？"

没来由的话说得我一愣，这什么娘唧唧的问题。

但作为一名十八线网络作者，我还是正经回答他："你逻辑搞反了，不是因为那是男一号，女主角就要和他在一起，而是女主角跟谁在一起，谁就是男一号。"

说完我就被自己绕口令般的回答搞晕了。难怪老娘只能当十八线网络作者,说的什么玩意儿。

"反正就是……就是这个意思。"也没找补回来,我只好岔开话题,"你一个男生还看小说?"

"在你iPad里看过一本。"他看我,露出一个"料想你也不知道"的表情,接着解释,"在招待所的时候,你把iPad借给我,里面有本小说,我无聊就看了。"

我浑身寒毛登时都竖起来,胡乱写的小说就这么被小缪全文欣赏了,当时如果我知道,还有脸指导人家写稿件吗?

我作为记者的严肃性都没有了!

"我还在网上找到那个作者了,叫……"

"行行……行了。"我不想听见自己的笔名,简直头皮发麻,但是转念一想……

原来他不知道是我写的。

绕到第二圈,我强行把话题拉回专业,小缪这才说了正事,他有机会去外校交流,类似于3+1的模式,很远的城市。

其实不算机会,他随时可以去,以"娘娘"的人脉安排这些都是小事。

"我决定去了,这几天就走,所以除了恭喜,还跟你道别。"小缪停住,手好像无处放,插在裤子口袋里。

"好事。"我点点头,心情还是沉了些下去,"灿灿知道吗?"

"我会告诉她。"

"去交流就好好学习,既然费了周折就不要只拿毕业证这么简单……"

"我知道了,陈燃,记者。"他有点不耐烦,居然给我名字后面加了个"记者"。

好像从来没这么叫过。

说到这里,正好又绕回报社门口,就好像到了某个有仪式感的节点,特别适合说再见。

于是，我顺势提议："回去吧。"

"嗯，那我走了。"他转身又回头，跟我说的最后一句话是：

"我觉得吧，你刚才都是瞎扯，男二号之所以是男二号，就是因为出场晚了。"

回家之后有点担心灿灿的反应，但想着既然小缪说过会儿告诉她，应该能把事情解决好，所以忍住没提。结果周末傍晚，我和顾轶正在沙发上看电视，就听她房间里传来"哇"的一声。

我急急敲开了门，发现姑奶奶坐在床上号啕大哭。

问了半天，才从她断断续续的表述中得知，小缪已经走了才告诉她，通过电话。

顾轶一句安慰都讲不出来，听见哭声就头皮发麻，在客厅转圈圈。

我开始后悔，自己为什么不当天就告诉她这件事，一个完整的道别总好过这样先斩后奏。

灿灿的哭持续了很久很久，哭累了就发呆，然后絮叨。

说她喜欢一个人太累了一点也不开心。

说小缪走就是被林嘉月给吓跑了。

说自己白白浪费一个暑假，什么都没得到。

一直折腾到凌晨，我实在困到不行，没法再听进去一个字了，准备回房间睡觉。

正好看到顾轶也蹑手蹑脚出来了，在门外等我。

"我给你关门了啊灿灿，早点睡吧。"我一点点退出门外。

"陈燃，"她满脸眼泪叫我名字，一副痴情女主角的样子，"你之前说错了，你说小缪喜欢你是崇拜，其实没有，他就是简单的喜欢。"

门正关一半，我尴尬地顿住，回头瞄了眼顾轶，他抱着胸在看我。

"睡吧，睡吧。"合上门，我转头讪笑道，"你听她瞎说。"

顾轶挑挑眉："可能不是瞎说吧？"

他揽过我，话里带点不以为然："你有什么好崇拜的，怎么想的？"

第二天一早灿灿就走了，带着她巨大的行李箱和小缪的吉他。

睡梦中模模糊糊听到了动静，起来去看的时候房间已经空了。后来人到了学校才电话通知我，跟小缪一模一样的路数。

回头想想，灿灿在这儿也不过一个暑期，短暂又无疾而终的喜欢，不知道对她来说是怎样的一段时光。

后来见到小姑奶奶的机会很少，偶尔会跟我联系问一些专业上的事，更多情况是听我妈提起。

她转专业之后，学得还不错，果然甩掉数学之后没有再挂科；钢琴也捡起来了，居然在准备考级。光这两点，让我舅夸了我小半年，说灿灿暑假在这儿真是学到东西了。

就是她平时很少回家，喜欢到处跑，用长辈的话说："孩子野了。"

至于感情方面嘛，没听说什么新消息。

故事拉回来。

我觉得顾轶旺我。

不是迷信啊，他就是旺我。

自从领证之后，我运势扶摇直上，尤其在事业上迎来了转机。

准备婚礼那段时间，正赶上鼓励媒体做媒介融合的标杆试点。

其实，这早就是大势所趋，大家都在做。但不知道什么契机老话重提，于是我们报社决定在新媒体中心搞一档视频栏目，做记者深入一线的内容。

一次会后，李姐把我留下来说了这件事。

她坐在桌前看电脑，一边点鼠标，一边分神说："你看了刚下来的文没有，咱们要做一个新栏目。"

"这事我知道。"我坐在了她对面。

"上面说，让我在社里选几个记者。"她瞟了我一眼，"要上镜的，和写稿可不一样。"

"嗯……"当时已经隐隐觉得机会来了。

李姐说着把电脑屏幕转过来："你看，大概就是这样的视频。"过了几秒评价，"这是要把报社记者逼成电视台记者啊。"

我不动声色，等她接下来的话。

"陈燃你知道吗，你们主编退休之前，特意给我打电话，说你得干记者的活儿，不然就是浪费。"李姐笑着看我，"既然部门就有个现成的记者……你做不做？"

那不废话吗，我肯定做啊！

就这样接手了新工作，很多东西要从头学起，几个月过去，面对镜头仍然状况迭出。

你们可以在网上找到我的各种采访视频：

在台风天被吹成面瘫的，抱着电线杆艰难说话。

跟着质检人员暗中抽样的，被轰出去把麦都跑掉了。

曝光酒托差点自己喝多，不小心口吐芬芳，后期忘记剪掉了，罚了一个月奖金，两个人都罚。

报道会议，结果身后的电脑屏幕停留在小说文档界面，这个没播出去，编辑及时发现了，我请她吃了一周的饭。

真的不适应跑新闻有摄像机跟着自己，常常控制不住言行，一度想放弃。但就是莫名其妙的新闻点击率节节攀升，我就说顾轶旺我嘛。

哦，怎么找到这些视频，搜索"记者+搞笑"。

也因为新工作，越来越难抽出时间准备婚礼，把战线拉得老长。

顾轶倒没什么怨言，就是怕我太累。他变成了准备工作的主力，把一切安排得井井有条，充分利用我们的碎片时间，见了父母，订了酒店，请了婚礼策划。

还搬了家。

我恢复了弹性工作，顾轶却常常要去学校，权衡之下，我们搬到了他的住处。

这房子闲置挺久的，但出乎意料很整洁。搬过去收拾东西的时候，我偶然发现他书柜上，数学教材旁边叠着一摞报纸。

一打眼我就知道是日报，马上发现新大陆一样招呼他。

我边翻边打趣说："哈，你原来是我们报纸的忠实读者。"

顾轶笑笑，不搭理我。

"现在可没几个人看日报了，都是机关订阅的。"我撇撇嘴，逮到一个野生读者真是不容易，"你从什么时候订的？"

他腾出空来抽出最底下一份，随手点了点报头日期："从这天之后。"

是我给他专访那天。

"哦哟，原来不是我们报的读者，是陈记者的读者。"

顾轶给了我一个"脸皮真厚"的表情，转身半蹲下整理东西。

正好就顺势整个人扑在他背上，双手把报纸展开在他眼前，四开，一下子把视线都遮住。

"这篇你看了吗？这篇写得好。"我用下巴示意，是去年化工厂泄漏的第一篇报道。

"没看。"顾轶不堪其扰，双手还徒劳地整理。

"哎，你看一下呀。"我冲他耳朵说，说完开始呼呼吹气。

"陈燃，"他生气了，手里东西一放，"我是收拾房间还是收拾你。"

"我？"

顾轶笑得肩膀颤抖，直接背着我起身要往卧室走。这一动我突然怕失去平衡，手里报纸就掉了。

他目光随之看向地上，说："我看过，知道当时我为什么突然去找你了吗？因为在这篇报道上看见你实习生名字了。"

本报讯（记者陈燃 实习生缪哲）——小小的铅字，静静地躺在地上。

嗯，我讲了三个月的故事了。

经常写道"后来……这是后话"。

当所有后话变成前言，时间就走到现在。

现在我在新的住所，刚经历一场令人疲惫的婚礼。

老头儿证婚，资深记者的派头不见，拿着稿一字一句念得认真极了。

灿灿当伴娘，这个哭包从我上台开始哭到结束。

林文昊组了一帮摄影记者，全程跟拍。

反正现场是哭的哭，笑的笑，闹的闹，除了我和顾轶累到眼睛都睁

不开。

但是深夜回家，我又来精神了。现在坐在桌前敲键盘，侧头能看见顾轶睡着的脸。

会让我回想那个下雨的周五，偶然的契机，感谢偷偷码字的恶习以及不着四六的提问，让轶事开始。

感谢你们听我唠叨，希望你们意识到：

主编、林文昊、蔡姐等，都是很真实而且平凡的人。有一天你走进办公室，会发现很多他们的影子。

灿灿、林嘉月都是非常可爱的女孩子，值得既拥有爱情，又拥有优秀的学业乃至事业。

小缪这样的小祖宗，缺点不少，莽撞冲动但真挚善良，莫名吸引人注意（大概除了我），遇到要抓紧，别想太多。

顾轶这样的人不多见，停止幻想。

如果你们还记得，我在第一章就提到一个人，我的闺蜜梁齐，她说我浑身散发"丧丧"的气质来着。

然后这个人就消失了，现在特来解释：

是这么回事，我落笔之初就告诉了她这件事，我说我要把这段故事写出来。

她问那你打算怎么写我？

我说如实写啊。

梁齐跷个二郎腿，摇头说你别写我，赶明儿我自己写自己，不愿意在别人书里当配角。

我一想，这属于当事人未授权嘛，只好说，行吧，反正你彪悍的人生我也写不出来。

至于她什么时候写，我也不知道，这人懒得很。

以下才是结局。

两年后。

我和顾轶结婚两年，家里没有添新成员，但多了两只可爱的毛孩子：

大课和芥末。

灿灿要毕业了,前段时间听我妈说她在找实习单位,让我帮忙留意。打听了几家媒体,正准备推荐给她,得知姑奶奶已经自己找好了。

但我妈在电话里也没说清楚,只知道是外地一家新闻媒体,叫什么不记得了。

一直想着找时间好好问问她,总是忙忘了。直到去那个城市参加年会,终于知道她在哪儿实习。

是这么回事:媒介融合搞好几年了吧,今年我才第一次代表报社去参加年会。也赶巧,日期和我结婚纪念日撞上了。

去年结婚纪念日我和顾轶去了新加坡忆苦思甜,当时约定以后每个纪念日都找一个地方旅游,没想到第二年计划就要泡汤,因为这出差。

几小时飞过来,晚上才到,第二天就在酒店会议厅坐一上午。我困得眼睛打架,伏在桌子上睡着,还是被手机振动吵醒的。

是顾轶。我弯腰接起来悄声说:"在会场,等下我出去回给你。"

起身从后门溜走,在走廊拐角正想打回去,看见另一侧后门走出来一个人。

高个子,穿了件衬衫,手里很明显拿了包烟。

小缪?

我反应过来,忙用手机打开会议群找参会名单,发现了他的名字,后面跟着的单位是一家前不久崭露头角的线上新闻媒体。

小缪的角度看不到我,他大概是中途溜出来抽烟。没等他拿出烟来,后门又跟出一个女生。

"这个采访我明明没参加,为什么要我写稿?"她边说边走过去。

"你是实习生,你不写谁写?"小缪拿烟的手暂时放下,一脸理所当然。

"那上次的新闻我写了稿子,也没发出去啊?"女生接着质问。

"你那稿子根本用不了。"

女生明显倒吸一口凉气:"那你不早说,怎么会有你这种记者,我以前怎么就没发现?"

小缪笑答:"都是跟你姐学的。"

灿灿原地呆了几秒,我甚至都能想到她生气又委屈的表情,没准马上要哭出来。

"哎,我要抽烟了。"

她无计可施,一边转身要走,一边恨恨地嘟囔:"早知道我不来了。"

"后悔来不及了,今天的稿子也你写。"小缪淡淡地说。

半晌,他看着她背影自顾自笑了,说:"我都没让你去游泳池偷拍。"

我还在这场偶遇中看戏,突然手机振动,这才想起来忘了给顾轶回电话,赶紧讪讪地接起来。

"喂,我刚从会场出来。"

"司机师傅等我半天了,你赶紧说一下酒店名字,"他解释,"结婚纪念日还是要过,这算不算旅游啊?"

(全文完)

番外一 不知道的事

你问我从什么时候开始知道陈燃在写这个,搬家之前。

那天晚上有课,回家将近十点。开门没听到动静,进了房间发现她伏在桌子上睡着了,电脑开着。

陈燃经常晚上写稿,有时候是写小说。但接了新工作之后,白天精力消耗过大,加上准备婚礼,越来越力不从心。

这已经不是她第一次写睡着了。

没试图去叫醒,我轻轻扶她肩膀,想抱起来送到床上。

结果这过程中,人就被我弄醒了,她眼睛半睁了几秒,迷迷糊糊地说:"你回来了。"

"嗯。"我答,"去睡觉。"

她可能困极了,挺老实地任我抱起来,要离开桌子的时候突然伸手徒劳地挥了几下:"我得关电脑关电脑……"

"我关。"我下意识地就扫了一眼,停在文档界面,内容多对话,看起来像小说,"我不看你小说,放心。"

她支支吾吾,我凑近也没听清在说什么,但很快不出声了,手又缩回胸前,眼睛慢慢合起来。

将她放到床上,盖好被子。她稍微挪了几下,呼吸逐渐均匀,睡熟了。

陈燃从来不让我看她的小说,觉得难为情,想想也可以理解。我答

应了她不看，但转身回去关电脑的时候，无意发现屏幕上出现自己的名字。

写小说用真名，倒没料到。这在你们写作里叫什么来着，自传还是纪实文学？

鼠标从关机键移走，我坐下来，准备只看这一页。

看完发现我抬举她了，这应该就是个日记。

陈燃问过我是不是一见钟情，不止一次。她纳闷故事的开端，有时候回忆以前的事情，会恍然大悟觉得一切都是我计划好的。

呵，其实没那么多计划，我也措手不及。

是否一见钟情有点难讲，但那次会议我确实一眼就看见她了。

当时回国不久，顶着教授头衔难免有人质疑。所以年会就显得比较重要，我也算上心，准备妥当。

会前几分钟，确认好发言材料，我在台上环顾座席。几乎满座，大多数人处于等待开场的无聊状态。

只有她不是，让我一眼就注意到了。

陈燃当时坐在第二排靠边，她的位置头顶刚好有射灯，再加上穿了一件黑色衬衫，辉映反衬下，异常明显。

很白，长发披肩，发尾有点散乱，几缕贴着锁骨滑进衬衫领子里。

一直对着笔记本电脑飞快地打字，很专注。我留意了桌牌，是日报社记者，心里正要感叹稿件任务繁重，就发现她敲着敲着键盘笑了。

非常由衷地、旁若无人地笑了。

后来整场发言，我都时不时地观察她。她有时候笑，有时候发呆，有时候皱眉冥思苦想，目光数次扫过台上，都没有聚焦，仿佛眼前一片空白。

原来是个全程开小差的划水记者，挺有意思。

其实会议尾声的记者提问环节，系里已经安排好了，我也有现成的答案，涉及下一步研究方向。但就是一个瞬间的念头，我想关照下这位差生，低声和主持人交代。

于是她满脸茫然地站了起来,甚至不知道提问对象,最后信口胡诌了一个无关痛痒的问题。

接着她问"您结婚了吗",让我有点吃惊,自己顺势回的话"欢迎增加个人生活",则让我完全震惊。

所以我没有计划好,从注意到她开始,事情就不可控制地滑向计划外了。

之后的一切,是不断计划又推翻的过程,我的计划永远赶不上她的变化。

陈燃总觉得我"厉害"。她时常发表类似感慨,诸如我脑子好使、精明、她又被我绕进去了等。

她不知道我一直在解题而已,脑子再好使也只能败给这个出题的人。

解题过程中遇到最大的障碍,是陈燃的实习生,一次次打乱我的步调。

叫缪哲对吧,陈燃叫他"小缪"。

我第一次见他是在办公室改试卷。当时就有一种自己的两个学生在底下偷偷谈恋爱的感觉。

作为老师,见过太多学生。窃窃私语、交头接耳、暗中较劲能发展成什么,我太清楚了。

后来去酒吧接人,是对我担心的印证。他喝多了,在我耳边絮絮叨叨讲的都是陈燃。

"为什么不来看演出?"

"稿子要不要我写?"

"今天采访怎么样……"

所以陈燃的实习生喜欢她,这件事我早早就知道了,甚至可能比小缪自己意识到时还要早。

后来做了很多冲动的决定,多多少少和这相关。比如匆忙去乡下找陈燃"相亲"。

我到现在还记得那家小饭店。墙角的破电视音量时大时小,桌面油

迹发亮，老板娘一脸看戏的神情，她女儿晃得椅子嘎吱嘎吱……

一碗没味道的面。反正我是没吃出味道，一直在心里构思等会儿怎么开口。

没底，只能强装镇定。她不会知道自己说"满意"的时候，我心里长舒出一口气。

真正有点麻烦的是，实习生的音乐节告白。

我那天一整天的课，从早到晚。下午课间的时候，前排的几个女生聚在一堆看手机视频，不时发出尖叫。

能隐约听到视频里的音乐声和起哄声，我以为她们在看明星演唱会，直到听到一个女生说：

"这个陈燃也太幸福了吧！到底是谁啊……"

我胳膊撑在讲台上，往前探身："在看什么？"

"顾老师……"几个人抬起头，以为吵到我了，忙不迭关掉视频，"没什么……一个音乐节视频。"

"陈燃？"

"哦，不是她唱的。"在学生眼里，我不认识一个明星，"这个陈燃是告白对象，有个乐队主唱在音乐节当众告白。"说完又小范围兴奋起来。

"嗯。"我结束这段对话，"快上课了。"

回办公室后我就找出这段视频看了，正是昨晚我们离开之后的事。

当时我有点烦躁，反正晚上选修课进度也一直超前，随手找了个沾边的电影放放。

我坐在讲台上对着电脑。这部片子我看过很多遍，那时却完全看不进去，很累，一直在走神。

听到底下有个男生接电话，我的思绪才被拉回来，看到陈燃傻乎乎地坐在旁边，目送人家直到出门。

她回过头正好跟我对视，好像在说"终于被你发现了"。

回忆起来，求婚也是一件让我头疼的事。

在一个傍晚，我去射箭馆找孙一舟聊天，想要问问经验。他之前有数段恋情几乎走到谈婚论嫁。

这人出了几个点子都被我否决。我说藏在数学公式里，也被他嘲笑。

无奈之际，陈燃的主编来了电话，于是有了后面的"会议重现"。我其实觉得这个方式过于戏剧和公开化，求婚应该是两个人的事，并不需要观众。

但稀里糊涂被说服……说到这里，突然觉得会不会因为受实习生告白的影响，潜意识里有一较高下的想法，也未可知。

再后来出国，小半年只回来一次。课题是我主导的，联系上合作研究是系里的功劳，于公于私势在必行，但决定下得并不容易。

第一次见陈燃哭得这么狠……不提了吧。我在新加坡待了半年，几乎没有出过学校，生活两点一线。现在回想那段时间过得很快，但当时就好像有人调慢了我的时钟。

再次回国，只用了一天就决定留下，和课题组开了几次会终于把事情办妥。后来陈燃问我："因为我把研究断了不可惜吗？"

怎么会可惜？数学存在我脑子里，陈燃不止如此，她必须要在我身边才行。

"顾轶啊，我有这么好吗……"陈燃絮絮叨叨，"不务正业，不思进取，好吃懒做，该圆滑的时候轴，该正经的时候马大哈……"

她说这话的时候，仰面捂着眼睛，声音有点哑，随情绪波动。

我听笑了，她有这么好，但自己不知道。

陈燃就写到这里，屏幕上停留的，是进民政局之前的片段。

我确实只看了这一页，但在电脑前坐了两个多小时。

晚上十二点多，一侧头，能看到她睡着的脸。

轻手轻脚把电脑关上的时候，我在想，这个故事里有多少她不知道的事。

慢慢我都会告诉她。

番外二 去旅行

"咪姐,这包是狗粮,这包是猫粮,别喂错了啊。"我指着包装袋叮嘱,看她只顾着算账,含含糊糊地应答,不禁叹口气。

"看到没有啊大老板?"我敲敲台面,加大音量。

"哎,看到了,看到了,我还不认字吗?"她抬眼,一头大波浪微微晃动,索性把手里的笔放下,"陈燃,猫猫狗狗你俩还真当孩子养了?就不准备生一个吗?"

"又来了,又来了……"我撇撇嘴,把身上背的太空舱放下来,"猫放你这儿了啊,等会儿记得带回家,不能一直让它关着的。"

"知道。"她用手指敲敲透明外壳,专注逗猫,"芥末,来干妈这里开不开心?"

"你看你不也把猫当孩子了?"我身体前倾靠在前台,笑着揶揄。

"你别跟我比,我俩本来就丁克,把什么当孩子都成。"

我不再接话。结婚三年,对于为人父母这件事仍旧毫无准备。

她看我不吱声了,转头岔开话题:"你俩这次出去玩多久?怎么想着去泰国?"

"咳,没提前准备签证,去泰国方便嘛,一周。"我边说边去牵狗绳,"大课我送到隔壁去了啊,饭店客人不喜欢狗,我知道。"

"好。"她在我身后喊,"告诉孙一舟等会儿早点过来吃饭!"

我牵着狗,比了个"OK"的手势,出了门。

孙老板的射箭馆就开在同一条街,仅相隔两个店面。他们各自放不下的事业得以继续,还有赖于我当初的建议。

射箭馆依旧是高高的举架,简约的装修,仿佛原封不动从小巷子搬过来的。我进去的时候孙老板正在帮客人验证券码,等了几分钟,他才抽出空来。

"大课先放你这儿,狗粮狗窝之类的都在咪姐店里。"

他点头接过狗绳,弯腰把狗狗抱起来,问:"顾轶呢?好久没见他过来。"

"他在学校。有个新课题,最近每天都去学校。"

孙老板毫不留情地吐槽老同学:"暑假也闲不下来,都教授了还想怎样啊?"

我笑笑附和,摸摸他怀里的大课:"那我回去了啊。"走到一半,差点忘了有事交代,"对了,咪姐说让你等会儿早点过去吃饭。"

他白眼一翻,嘟囔"这还要传话",却是满脸笑意,往门外走了两步,吼了一声:"小咪,晚上几点吃饭?"

没几秒,远远传来老板娘的声音:"早点过来得了!"

我看得直乐,好一会儿才缓过神来,开车往檀大驶去。

暑期的校园很安静。

我把车停到数学系楼下,伸个懒腰进了教学楼。空空荡荡的走廊只有"嗒嗒"脚步声,还未走到他办公室门口,看见里面晃出个人影。

"就知道是你来了。"顾轶拖着步子走近几步,脑袋往前栽过来,被我双手扶住。

"你这样不行的啊,课题有这么急吗?"我轻声埋怨,顺手帮他按着太阳穴。

这人缓了好一会儿,呼吸都显得很疲倦。直到我举着的胳膊有点酸,他才抬起头来,好像短暂的休息起到什么作用,揽过我后脑勺揉了揉,说:"回家。"

晚上收拾行李，衣柜被我翻个底朝天，纠结带哪套衣服。最后顾轶看不下去，直接帮我拿主意。

"就带这条裙子。"他靠坐在沙发上，手随意一指。

"可是这个套装也很好看啊。"我低头左右看看，举起右手的衣架。

"不，就这个裙子好看。"他斩钉截铁，瞟了眼手机屏幕，"十一点多了，陈燃。"

"这个套装当时你说好看的。"

顾轶倒吸口气，皱皱眉欲言又止，重复一遍："十一点多了。"

"我看你是随便说的吧，你随手一指指到这条裙子是不是？"我把左边衣架抬起，裙摆随之晃动。

他仰起头，双手抹了把脸，突然站起身把两件衣服都接过："都带着，我帮你装，睡觉去。"

"我可以自己来。"说着我蹲下掀开行李箱，正要去够他手上的衣服，被他拔萝卜一样直接抱起来，往卧室挪。

"哎！放我下来！"

我双手扑腾，只是徒劳，就听到上方他低沉的声音："睡觉，不然你明早绝对起不来。"

果然，第二天一早我是被顾轶硬拉起来的，迷迷糊糊被推着去洗漱，迷迷糊糊被拽上车，迷迷糊糊睡到机场。

这才精神一点，此刻坐在行李箱上，被他推着，挨个确认东西有没有带。

"我墨镜带了吗？帽子呢？泳衣有没有带？"

"带了带了都带了。"他答。

"喔！"我掐指一算，"那这箱子里岂不都是我的东西，你带什么了？"

"带你。"

其实我本来不是特别爱旅游的人，以前总觉得目的地没选对，后来才发现，去哪里不重要，跟谁去才重要。

我们在泰国待了一周。白天在酒店躲太阳，晚上才出动逛夜市。出发之前也做了攻略，哪些餐厅必吃，哪些景点必玩，我有模有样地列了个提纲。

结果到了之后每天晚上都信誓旦旦规划好第二天的行程，等到太阳升起来，我就腿软脚软赖在酒店装死。

顾轶拿我没有办法。他是个喜欢计划的人，现在已经习惯把我的计划当空气，左耳进右耳出。我告诉他计划就是用来打破的，因为生活充满变数。

他说他从遇到我开始就知道了。

入夜，外面热闹起来，能听到耳边各种语言，熙熙攘攘在街头巷尾。顾轶穿着花衬衫，我穿着长裙，都是夜市买的游客专供，一路撞衫不断。

买了好多小物件、装饰品，一下手就刹不住车。提着大包小包走得累了，找一家露天酒吧，边喝啤酒边听着不知名的乐队演唱，一曲结束，我跟着大家鼓掌叫好。

自在，开心，兴奋。不知不觉一扎啤酒已经见底，顾轶饶有兴趣地打量我，说："快醉了吧？"

"我的量不止这些。"我用手敲敲玻璃杯，又跟着众人欢呼起来。

但是泰国的啤酒后劲怎么这么大呢？欺负老娘是外国人？

也就十来分钟，我已经有点晕，看顾轶坐在对面直晃，忍不住伸出手去把住他。

"别晃了。"

他笑着顺势扶我，说："醉了吧？"

我努力睁大眼睛，看他还是在晃，索性闭上，嘟囔："我的量是国内的啤酒，这个酒，我……我不熟。"

回酒店的路好长，其余的记忆已经模糊不清，只知道顾轶背着我，手里还提着一堆战利品。我晕晕乎乎地在他耳边讲话，控制不住自己的音量，猛地开口把他吓得头闪到一边。

"顾教授！"

我现在知道了，自己一喝醉就会叫他顾教授。

"干吗？"

"我们结婚几年了？"

"你不知道吗……"他无奈地回答，顿一顿把我背得更稳些。

"三年！"我手指艰难地比画个数字在他眼前晃。

不知道是比错了，还是什么原因，顾轶笑了，肩膀一颤一颤，被我"啪"地拍了一下，问："明……明年去哪儿？"

他叹口气，说："去哪儿都行。"

我迷迷糊糊地闭上眼睛，往他颈间蹭了蹭，半晌，听到他低声补充：

"跟你去哪儿都行。"

番外三 / 他们的故事

这几年的春节,我和顾轶都是各回各家。

大年初三,家族聚会,舅舅做东。

傍晚,我们在去饭店的路上,才听我妈说起,舅舅张罗请客是因为他家有喜事,灿灿今年过年把男朋友带回来了。

我有点惊讶,当下的第一个反应:是小缪吧?

去年开会偶然发现灿灿变成了小缪的实习生,后来陆续从我妈口里得知,灿灿留在了实习单位,故事的发展似乎有迹可循。

坐在车上心情有点复杂,回想起很多以前的事,既为她高兴,也为自己尴尬。对,说不尴尬是假的。

自从那个暑假后,灿灿和我好像再也回不到原来的亲昵。她把心事都藏好,只跟我交流浮在面上的东西:关于专业、关于工作。以至于这几年关于灿灿的大部分信息,居然要靠我妈这个二传手。

想来想去,症结还是在小缪吧。也是因此,才让我反思自己对他们俩的事处理得并不很好。我老是低估小孩儿的喜欢和坚持,其实他们真的不小了。

到了饭店,人已经来得差不多了,就是没见灿灿。

跟七大姑八大姨寒暄了一阵,我们落座,听舅舅满面红光地说,灿灿和男朋友下午去看电影,正在赶来的路上。

也是巧,他话音刚落,包间门被推开了。

灿灿一步跨进来,笑嘻嘻地跟大家打招呼,虽然工作了也没稳重多少。

下一秒,她身后一个高高的身影进入视野——很像,但不是小缪。

两人坐在了我边上。

许久不见,灿灿没等坐稳,就扑过来一把搂住我,好像瞬间回到跟她挤在一张小床的夜晚,搞得我眼泪都快下来。

半天,她才松开手,想起来介绍:"这是我男朋友,章逸,你就叫他小章吧。"

我赶紧打招呼。男生很大方,笑说经常听灿灿提起我。

饭局上推杯换盏,没聊太多,只知道章逸跟报社没半点关系,是做金融的,他们在当地的校友会遇见,慢慢走到了一起。

结束之后,一伙人去打麻将。我和灿灿受不了烟雾缭绕,逃出房间不知不觉就逛到楼下。下了小雪,反而不那么冷了。我俩裹着厚厚的羽绒服,踩着落地即融的雪水,边走边聊。

"姐,缪哲现在是我同事。"不知怎么,她先提起,"我当时实习,特意找过去的。"

"嗯,我知道。"

她意料之外,看我一阵,笑着呼出团雾气:"圈子真小,都不在一个城市了,也逃不出这个圈子。"

"咳……"我笑笑,"我也是偶然知道的。"

灿灿没追问,而是挽住我的胳膊,絮絮叨叨地说:"我实习是他带的,你都不知道,简直恐怖,成天安排我写稿,还不给我发。"

想起那次偶然听到他们的对话,好像是有那么点印象。

"你还说在这种关系里容易产生感情,像什么老师和学生……骗人,扼杀感情差不多。"

我一阵无言,都忘了自己曾经说过这番话,笑道:"我这么说的吗?"

"可不是。"她眼珠一转,顿了顿,接着说,"也好在我当初死活要找过去实习,才能发现自己和缪哲并不合适。但我因为一个暑假,喜欢了他三年呢。"她掰着手指,比画出一个数字。

雪大了,头发和肩膀落了点点白色,我轻轻帮她抖掉,问要不要回去。

灿灿摇头，好像聊在兴头上，也好像憋了太久，关于小缪的事迫不及待一股脑儿都倒给我，想到哪儿说到哪儿。

从她的叙述里，可以拼凑出小缪的现状。

他还在那家媒体，只是常到处奔波，按灿灿的说法，就算是同事也见不到几面。

因为主攻线上，地域性限制小，基本上只要有热点事件发生，小缪就会去跟，一年到头不是在采新闻，就是在采新闻的路上。

这点我万万没有想到。

灿灿打趣我这个师父带得好，因为小缪常跟她说："这是跟你姐学的。"学的都是些烂招术吧，我自觉没教给他什么。

而且那会儿小缪是个十足的半吊子，还记得自己几次试图认真跟他讨论点正事，都被嗤之以鼻。哪承想他现在会把新闻当事业，还做得有声有色。

小缪再一次让我惊讶，只是这次的惊讶带着欣慰。

关于他的八卦，也有很多。灿灿都不确定，说得模棱两可。

有说他跟当地广播电台的一位女播音员谈恋爱，在新闻活动中认识的。灿灿的原话：那是一个非常温柔漂亮的小姐姐，比你漂亮。

我说你不要扯上我。

她撇撇嘴，又叹口气说，但好像他不是太上心，不知是真是假。

还有传言，他和一个女记者走得非常近，惺惺相惜。

灿灿哈哈一笑，说："这个就扯了，他们说的是林嘉月。他俩还是朋友，我们偶尔还一起吃饭呢。她跟缪哲一样，大忙人，整天在外面跑。"

"林嘉月"这个名字我有阵子没听到了。她当年没有留在我们报社，李姐还觉得惋惜来着，原来也是去了新媒体。

这小姑娘在学校的时候专业素养就不俗，努力又有韧劲，取得什么样的成就我都不意外。

就这么聊着，都记不清在楼下绕了多少圈。直到章逸给灿灿打电话，担心她着凉，才准备回去。

这时候已经绕回到单元门口，灿灿突然说，其实关于小缪的八卦，她觉得这一个可信度最高。某天中午，一个女生来单位等缪哲，然后两

人出去吃饭，被她看到了。

"哦？然后呢？"我问。

"没然后啊，我就见过那么一面。"

"那你说什么可信度最高？"

灿灿看着我，一本正经道："因为我看到她的时候，差点以为是你来了，感觉很像。"

我听完翻了个白眼，继续往前走。

她嘀嘀咕咕出声："姐，你不觉得章逸跟缪哲也有点像吗？"

"啊？"打眼一看，是的，但我没好意思说出口。

灿灿几步跟上来，笑道："我不是说找替代品啊。章逸是章逸，那个女生是那个女生，像的只是某些外在，实际完全不一样。"顿了顿，她接着说，"只是吧，以我恋爱理论学家的身份总结出的规律，人总是容易喜欢上同一个类型。"说完，她装模作样背着手迈上台阶。

我恍神很久，在想她这句话。这次见面，灿灿好像又回到了从前，她把关于小缪的结打开了。短暂的接触，虚幻的印象，产生过真真切切的喜欢，现在过去了。章逸不是任何人，就是他自己。

至于小缪，记得曾经有个读者常常给我留言吗？是他。我们最后一次聊天，他说起看小说的事，回去才留意那个读者账号后缀是他乐队的缩写。大概一年多以前，留言慢慢都变成"来晚了"，随后频率越来越低，直到消失。

刚才灿灿说的众多版本中，不管孰真孰假，我愿意相信，他已经找到自己的故事了。

本书由飒飒委托长沙大鱼文化传媒有限公司正式授权花山文艺出版社，在中国大陆地区独家出版中文简体版本。未经书面同意，本书的任何部分不得以图表、电子、影印、缩拍、录音和其他手段进行复制和转载，违者必究。